FEUER
WERKE
VERLAG

Das Buch

Kommissar Marc Wittmann ist entsetzt, als die grausam entstellte Leiche einer Frau gefunden wird, der ein Organ entnommen wurde. Noch schockierter ist er, als er erfährt, dass die ermittelnde Psychologin Frieda Rubens einen neuen, anonymen Patienten hat, der mit ihr über seine Kannibalismusfantasien sprechen will und sie immer wieder anruft.

Als wenige Tage später ein weiterer Mord nach gleichem Schema geschieht, wird den Ermittlern klar, dass sie es mit einem Serienkiller zu tun haben. Es beginnt ein grausames Katz- und Mausspiel, in dem der Killer Pakete per Post verschickt, die nicht nur den Ermittlern, sondern auch den Empfängern das Blut in den Adern gefrieren lassen.

Der Autor

Gunnar Schwarz konnte gar nicht anders. Als Kind der späten Siebzigerjahre in eine schreibende Familie hineingeboren, war sein Weg zum Schriftsteller schon vorgezeichnet. Bereits als Jugendlicher verfasste er erste Kurzgeschichten und entwickelte einen beeindruckend facettenreichen Schreibstil. Das Genre, in dem er sich am meisten zu Hause fühlt, wird schließlich der Thriller. Der Wunsch, mit seinen eigenen Worten einen spürbaren Nervenkitzel zu erzeugen, lässt ihn tagtäglich an seinen Geschichten arbeiten. Wenn Gunnar den Schreibtisch verlässt, dann am liebsten für lange Spaziergänge mit seinem Hund. Die Stille des norddeutschen Landlebens wirkt dabei inspirierend und schafft Raum für die Entstehung neuer Ideen.

Schmeckst du ihren Tod?

Ein Thriller von Gunnar Schwarz

Rubens und Wittmann 5

Mehr zum Autor finden Sie auf
www.gunnarschwarz.de,
www.facebook.com/gunnarschwarz.autor,
www.instagram.com/gunnarschwarz.autor und
www.feuerwerkeverlag.de/schwarz

Abonnieren Sie auch unseren Verlags- und Autoren-Newsletter und erfahren Sie so als Erster von unseren Neuerscheinungen, Autorennews und exklusiven Buch-Gewinnspielen:
www.feuerwerkeverlag.de/newsletter

Originalausgabe Juni 2023

Maracuja GmbH, Laerheider Weg 13, 47669 Wachtendonk
Herstellung: Books on Demand GmbH
Printed in Europe
Umschlaggestaltung: Chris Gilcher (Buchcoverdesign.de) unter Verwendung von unter Verwendung von Adobe Stock ID 549102946, 64670840, 77951915, 500380351, 102038486 und freepik.com
Lektorat: Ulrike Jonack, Leipzig

ISBN: 978-3-949221-72-9

Kapitelübersicht

Prolog 7
1. Kapitel 10
2. Kapitel 19
3. Kapitel 24
4. Kapitel 33
5. Kapitel 44
6. Kapitel 49
7. Kapitel 58
8. Kapitel 68
9. Kapitel 75
10. Kapitel 82
11. Kapitel 88
12. Kapitel 92
13. Kapitel 98
14. Kapitel 104
15. Kapitel 114
16. Kapitel 121
17. Kapitel 127
18. Kapitel 138
19. Kapitel 141
20. Kapitel 144
21. Kapitel 148
22. Kapitel 156
23. Kapitel 160
24. Kapitel 172
25. Kapitel 182
26. Kapitel 185
27. Kapitel 194
28. Kapitel 201
29. Kapitel 205
30. Kapitel 213
31. Kapitel 216

32. Kapitel 218
33. Kapitel 222
34. Kapitel 231
35. Kapitel 239
36. Kapitel 241
Epilog 244

Prolog

„HALLO? *Hallo?*

Du bist es. Du bist es wirklich. Gut ... gut.

Du musst zuhören, ja? So, wie wir es vereinbart hatten. Nur zuhören, nicht sprechen. Ich schwöre, ich lege auf, wenn du ein Wort sagst.

Hör zu ...

Ich bin in schrecklicher Gefahr. Oder vielleicht ist das das falsche Wort ... ich bin nicht sicher. Etwas stimmt nicht. Schon lange. Vielleicht hätte ich mich früher melden sollen. Vielleicht hätte ich mich mit alldem früher auseinandersetzen sollen. Aber wer hätte denn ahnen können, dass es so schlimm werden würde?

Aber ich sollte von vorne beginnen, oder? Allerdings weiß ich nicht genau, wo dieses ‚Von vorne' ist.

Beginnen wir einfach so: Seit einiger Zeit ist es schlimmer als je zuvor. Ich kann nicht schlafen, ich kann nicht essen. Ich bin einsam. Einsam und alleine. Ich meine das nicht im konventionellen Sinne, wie jemand, der abends ohne Gesellschaft vor dem Fernseher sitzt, sondern wie jemand, der völlig und ganz auf sich alleine gestellt ist, weil es niemanden, absolut niemanden gibt, der ihn verstehen könnte. Früher nicht, heute nicht und künftig auch nicht.

Es sind diese Fantasien. Sie beginnen, mich aufzufressen. Langsam, aber beständig. Es ist, als würde etwas an meinen Organen knabbern, verstehst du? Es fühlt sich tatsächlich so an, ja, wirklich. Ich kann sie spüren, *meine Gedanken. Wirklich, wirklich spüren.*

Heißt das, ich bin verrückt?

Ich fühle mich nicht verrückt.

Aber ich kann nicht aufhören, an sie zu denken. An ihr Gesicht, an ihr Lächeln, an ihre Haare, an ihre Brüste.

Hilke.

Das ist ihr Name. Es ist ein eigenartiger Name, oder? Er geht mir nicht mehr aus dem Kopf. Der Name hat mich so sehr beschäftigt, dass ich recherchieren musste, was er bedeutet.

Hilke – die Kämpferin.

Ich dachte, das ist ziemlich passend. Findest du nicht auch?

Weil sie kämpfen muss. In meinen Fantasien muss sie kämpfen. Weil ich nicht aufhören kann, an ihren Körper zu denken. An diese Brüste. Ich frage mich ständig, wie es funktionieren könnte. Bei Männern wäre es einfach, weil die Brüste da nicht im Weg sind.

Aber wie schneidet man den Oberkörper einer Frau auf, ohne ihre Brüste zu verletzen? Und das will ich nicht, verstehst du? Das will ich auf keinen Fall. Das ist es, was mich die ganze Nacht wachhält.

Das Wie.

Es heißt Y-Schnitt, soviel weiß ich. Ich habe ziemlich viel darüber gelesen. Na ja, ich bin kein Arzt. Niemand hat mir beigebracht, wie es geht. Also habe ich nachgelesen. Ein Schnitt von beiden Schlüsselbeinen schräg zum Brustbein und von dort gerade hinunter bis zum Schambein. Stimmt doch, oder?

Jetzt kommt das nächste Problem, bei dem ich in meiner Fantasie nicht weiterkomme. Was ist mit all dem Blut? Wenn der Y-Schnitt an einer Toten durchgeführt wird, ist da kein Blut, so viel ist mir klar. Aber Hilke lebt. In meiner Fantasie lebt sie. Das ist wichtig.

Dann ist da also all das Blut. Und ich sehe nichts. Dabei muss ich noch die Rippen durchtrennen, um das Brustbein entfernen zu können. Erst dann gelange ich an alle Organe im Brust- und Bauchraum.

Das ist das Ziel. Hatte ich das bereits erwähnt?

Die Organe sind das Ziel. Ich glaube, deshalb bin ich so von ihren Brüsten fasziniert. Nicht aus demselben Grund wie andere Männer. Sondern weil ich mir vorstelle, was darunter ist.

Und jetzt kommt das, was wirklich essenziell ist.

Hörst du mir noch zu?

Also, was wirklich essenziell ist ... Welches Organ ist das richtige? Es muss perfekt sein. Ich denke, das ist das Einzige, was zählt.

Ist sie zu diesem Zeitpunkt eigentlich schon tot? Sie müsste tot sein, oder? Ich spiele es immer und immer wieder durch, und ich frage mich, wie viele Schmerzen sie ertragen kann, bevor sie stirbt. Sind es denn die Schmerzen, die sie umbringen, oder der Blutverlust?

Es gibt ja diese Redewendung ... vor Schmerzen sterben. Ich habe recherchiert, und eigentlich stimmt das so überhaupt nicht. Man stirbt vom Schock. Starke Schmerzen verändern die Herzschlaggeschwindigkeit und den Blutdruck, und dadurch kann man ohnmächtig werden und letztendlich sterben. Das Herz bleibt einfach stehen.

Aber wann? Wann ist es so weit?

Kann Hilke es spüren? Das Entfernen des Brustbeins und das Entnehmen eines Organs?

Des einen *Organs, des* richtigen *Organs.*

Es wäre gut. Ich hätte gerne, dass sie zusieht. Sie soll zusehen, wie ich es nehme, auf einen Teller lege und langsam in kleine Stücke schneide. Ja, das wäre gut.

Verstehst du jetzt mein Problem? Verstehst du jetzt, warum ich nicht aufhören kann, an sie zu denken?

Ich ... ich kann nicht mehr. Jetzt ist es schon wieder zu viel. Der Drang ... diese Fantasie. Nein, ich kann nicht mehr. Ich brauche eine Pause. Du verstehst das, oder?

Natürlich tust du das.

Ich melde mich morgen wieder. Um 20 Uhr. Bis dann."

1. Kapitel

DOKTOR Frieda Rubens legte den Hörer aufs Telefon und starrte ihn an, als handle es sich um ein Insekt, das den Weg von draußen in ihre Psychologiepraxis gefunden hatte. Natürlich war es nicht ungewöhnlich, dass Menschen wie dieser Anrufer gerade eben den Weg zu Frieda fanden – auf die eine oder andere Weise. Friedas Spezialgebiet waren geistig abnorme Rechtsbrecher. Seit vielen Jahren versuchte sie, deren Wesen zu ergründen, sie zu verstehen, ihnen zu helfen und ihre Probleme zu lindern. Manchmal gelang es ihr, manchmal auch nicht. So oder so gab es für viele dieser Menschen niemand anderen, an den sie sich wenden konnten. Sie hatten nur sie.

Wie hatte Friedas Vater früher oft gesagt? *Irgendjemand muss schließlich die Drecksarbeit machen.*

Nicht, dass Frieda ihren Job als Psychologin als Drecksarbeit ansah. Im Grunde liebte sie ihre Arbeit. Sie hatte sich bewusst und gegen alle Widrigkeiten dafür entschieden, Psychologie zu studieren.

Wobei es ja eigentlich nur *eine* Widrigkeit gegeben hatte, und die war ihr Vater Peter Rubens. *Doktor* Peter Rubens, darauf legte er Wert. Und er hatte auch Wert darauf gelegt, dass sein einziges Kind einen solchen Titel erwarb. Das hatte Frieda letztendlich geschafft. Allerdings in einer anderen Fachrichtung, als ihr Vater es sich gewünscht hatte. Peter Rubens war ein angesehener Anwalt in Viden gewesen und hatte keinen Hehl daraus gemacht, dass Frieda in seine Fußstapfen zu treten hatte. Natürlich ohne sie je nach ihrer Meinung zu fragen.

Frieda seufzte und versuchte, ihre Gedanken zu ordnen. Sie tat sich schwer damit, dass sie in letzter Zeit ständig über ihren Vater nachdachte. Sie hatte gewusst, dass es früher oder später so sein würde, denn Verdrängung war keine psychologische Taktik, die man ein Leben lang praktizieren konnte. Dennoch … Seit einigen Wochen ließen die – zumeist unerfreulichen – Erinnerungen an ihren Vater sie nicht mehr los.

Sie sollte ihn besuchen. Sie wusste seit Langem, dass er schwer krank war. Ihr Onkel Johannes hatte ihr davon erzählt. Sie hatte es sich fest vorgenommen – ungefähr eine ganze Sekunde lang. Dann hatte sie die Sache einfach wieder verdrängt.

Doch das funktionierte nicht mehr. So, dachte sie jetzt, musste sich ihr neuer Patient fühlen. Dieser Anrufer.

Erneut ging ihr Blick zum Telefon. Hatte sie gerade die Probleme eines offensichtlich psychisch kranken Menschen mit Gewaltfantasien mit ihren eigenen Problemen verglichen?

„So geht das nicht weiter", murmelte sie und zwang sich, ihre Gedanken weg von ihrem Privatleben und hin zu ihrem Berufsleben zu lenken.

Die Sache mit ihrem neuen Patienten hatte vorgestern begonnen. Sie hatte eine kryptische E-Mail erhalten. Anonymisiert und von einer 0815-Adresse. Der Absender erklärte unumwunden, dass er Hilfe benötigte, psychologische Hilfe, und dass er sie, *nur* sie, wollte. Er hatte von ihr gehört. Doktor Frieda Rubens, die berühmte Psychologin, die zusammen mit der Kriminalpolizei spektakuläre Mordfälle aufklärte, für die widerwärtigsten Straftäter vor Gericht als Sachverständige aussagte und nebenbei auch noch ein paar Bestseller schrieb.

Er hatte sie als Superwoman bezeichnet. Als die Einzige, mit der er über „seinen Wahn" sprechen konnte.

Anonym.

Er konnte sich ihr vermutlich nicht zeigen. Noch nicht. Er konnte sich wohl niemandem zeigen oder zur Gänze offenbaren. Daher das Telefonat. Wahrscheinlich sah er es als eine Art Testlauf an. Das war gut. Es war gut, wenn psychisch kranke Menschen sich ihren Schwächen stellten. Das verhinderte oft, dass etwas Schlimmes passierte, dass sie sich selbst oder anderen etwas antaten. Der Anrufer hatte sich an sie gewendet, und das bedeutete, dass er Hilfe annehmen wollte, *bevor* etwas passierte.

Frieda hatte also eingewilligt, ihm zuzuhören, ihn einfach reden zu lassen, keine Fragen zu stellen, auch wenn das hieß, dass sie erst mal gratis arbeiten musste. Aber damit hatte sie kein Problem. Obwohl ihr in gewissen Kreisen der Ruf vorauseilte, sie sei gierig nach Ruhm, Geld und Publicity, weil sie ihre Bücher schrieb und oftmals in Radio- oder Fernsehinterviews zu sehen war.

Aber was wussten die Leute schon?

Mittlerweile war es ihr egal, was man von ihr hielt. Mit Anfang vierzig hatte sie die Stärke, über den Dingen zu stehen, wie man so schön sagte. Das war nicht immer so gewesen. Manchmal fühlte ihr bisheriges Leben sich wie ein einziger Kampf an, begonnen beim Selbstmord ihrer Mutter, als Frieda gerade mal dreizehn Jahre alt gewesen war, über den strengen, unnahbaren Vater bis hin zu den anderen Männern in ihrem Leben, die den Hürdenlauf durch die Jahre erst komplett gemacht hatten.

Nicht, dass es da so unglaublich viele Männer gegeben hätte. Und von Bedeutung war nur einer gewesen.

Oder vielleicht auch zwei.

Marc und André.

André und Marc.

Der eine war ihre Vergangenheit, der andere eine potenzielle Zukunft.

Doktor André von Hofbeck war erst vor Kurzem in ihr Leben gestolpert und hatte sich als jemand entpuppt, der Frieda tatsächlich glücklich machen könnte. Wäre da nicht Marc. Kriminalkommissar Marc Wittmann, jener Mann, der schon vor langer, sehr langer Zeit in Friedas Leben getreten war. Er war weniger getreten, als viel mehr wie ein Komet auf sie gekracht, und hatte alles verändert. Er hatte ihr Leben verändert, ihre Wahrnehmung, ihre Sichtweisen, er hatte *sie* verändert.

Und sie ihn.

Doch das war lange her. Die Welt hatte sich weitergedreht. Es hatte nicht funktioniert. Sie waren beide zu kompliziert, zu schwierig, zu sehr mit sich selbst beschäftigt und ja, zu unterschiedlich.

Und doch hatte das Leben, das Schicksal oder der Zufall ein Spinnennetz um sie gewoben, hatte nicht zugelassen, dass sie sich ganz voneinander lösen konnten.

Das war nicht gut, zumal Marc zwischenzeitlich geheiratet und eine Familie gegründet hatte. Bis vor Kurzem war das der einzig relevante Stand der Dinge gewesen.

Bis vor Kurzem ...

Dann hatte Marc eine Nahtoderfahrung gehabt und offensichtlich vieles überdacht. Und dann kam diese Liebeserklärung. Eine, wie nur Marc sie formulieren konnte.

Ich hätte dich nie gehen lassen dürfen ...

Das bedeutete alles. Gleichzeitig bedeutete es gar nichts. Sieben Worte, die Frieda gänzlich aus der Bahn geworfen hatten. Also hatte sie sich zurückgezogen. Hatte Marc und André um Abstand gebeten, auch wenn das André gegenüber alles andere als fair gewesen war.

Aber er hatte Verständnis gezeigt. Natürlich hatte er das. Weil André perfekt war. Freundlich, offen, unterstützend, unkompliziert. Im Grunde war er so ziemlich alles, was Marc nicht war.

„Das muss aufhören ...“, murmelte Frieda und griff zum Telefon, um ihre Assistentin Lotte anzurufen. Sie musste sich auf die Arbeit konzentrieren. Das würde helfen. *Nur das* würde helfen.

„Lotte, kannst du eine neue Patientenakte anlegen?“, fragte sie, als Lotte ranging.

„Der Anrufer von gerade eben?“

„Ja.“

„Name?“

„Anonym.“

„Thema?“

„Mordfantasien, möglicherweise kannibalistische Fantasien.“

„Möglicherweise? Das ist aber schon *sehr* spezifisch.“

„Er hat es nur angedeutet. Weiter sind wir noch nicht gekommen.“

„Wird erledigt, Frau Doktor. Sie wissen, dass Sie gleich zu Gericht müssen, ja?“

Frieda atmete tief ein. Natürlich wusste sie das. Wie hätte sie *diesen* Termin je vergessen können? „Ja, weiß ich.“

„Sie müssen los, sonst kommen Sie zu spät.“

Dann muss Marc das eben alleine durchstehen, dachte sie, sprach es aber nicht laut aus. „Ja. Danke, Lotte.“

Sie legte auf. Seit Tagen fragte sie sich, ob es richtig war, Marc bei seinem Gerichtstermin zu unterstützen. Seit dem Moment im Krankenhaus, seit der verstörenden Liebeserklärung hatte sie Marc weder gesehen noch gehört, also war sie gar nicht sicher, ob er sie überhaupt noch dabeihaben wollte.

Aber er hatte sie darum gebeten ...

Und wann war sie je in der Lage gewesen, Marc eine Bitte abzuschlagen?

Frieda seufzte, stand auf und griff nach ihrer Handtasche. Natürlich würde sie zu dem Termin gehen. Das war sie Marc oder viel eher ihrer gemeinsamen Vergangenheit schuldig.

Sie durchquerte mit langen Schritten ihr großes Büro, wie immer darauf bedacht, mit ihren hochhackigen Schuhen den Naturholzboden aus Eiche nicht zu zerkratzen, sondern auf dem weinroten Läufer zu gehen, der von der Bürotür bis zu ihrem Schreibtisch reichte. Vor der Tür blieb sie noch einmal stehen und blickte in den Wandspiegel daneben. Ihr langes Haar, das sie seit ihrer endgültigen Trennung von Marc vor dreieinhalb Jahren schwarz färbte, hatte sie zu einem strengen Zopf gebunden. Das Funkeln ihrer grünen Augen wurde durch die Lesebrille, die sie seit Neuestem benötigte, etwas verdeckt. Sie nahm sie ab, steckte sie in ihr Brillenetui und erwog, die Lippen mit rotem Lippenstift nachzuziehen. Dann schüttelte sie energisch den Kopf und war mit einem Mal wütend auf sich selbst.

„Hör endlich auf damit!“, sagte sie zu ihrem Spiegelbild. Das hier war schließlich ein Gerichtstermin, kein Date.

Dennoch war sie aufgeregt. Sie wusste nicht, was Marc über ihre letzte Begegnung dachte, konnte nicht absehen, ob er seine Meinung geändert hatte. Doch wie sie ihn kannte, war ihm das, was er gesagt hatte, zumindest unangenehm. Also würde er eiskalt sein.

„Das Spiel können zwei spielen“, flüsterte Frieda, blickte ein letztes Mal in den Spiegel und verließ die Praxis.

Als sie kurz darauf das Gerichtsgebäude betrat, sah sie Marc schon von Weitem vor einem der Gerichtssäle stehen. Selbst aus zwanzig Metern Entfernung konnte sie erkennen, wie ungeduldig er war. Als ob er ihre Anwesenheit spüren könnte, wandte er sich zu ihr um und nickte in ihre Richtung. Wie immer trug er seine Lederjacke und seine Pilotenbrille mit orange getönten Gläsern. Er war eine überaus markante Erscheinung in dieser Welt voller adrett gekleideter, bieder wirkender Anwälte. Stoisch und ungerührt stand er da, die Arme vor der breiten Brust verschränkt, ein Fels in einem Meer aus hektisch hin und her laufenden Juristen. Lässig nach hinten gekämmtes dunkelblondes Haar zwischen aalglatten Seitenscheiteln.

Frieda verkniff sich ein Lächeln und ging auf ihn zu. Dabei versuchte sie abzuschätzen, in welcher Stimmung er war.

„Du bist zu spät", sagte er anstelle einer Begrüßung.

„Bloß zehn Minuten. Und dein Termin ist erst um halb."

„Manche Menschen schaffen es tatsächlich, pünktlich zu erscheinen, wusstest du das?", fragte er, löste sich aus seiner starren Haltung, zog sich die Lederjacke aus und drückte sie ihr kommentarlos in die Hand.

„Zu diesen Menschen habe ich noch nie gehört." Sie sah auf die Jacke. „Was soll ich damit?"

„Kannst du sie mit dir in den Saal nehmen? Und das hier?" Er hielt ihr eine Aktenmappe unter die Nase.

„Wenn ich gewusst hätte, dass ich hier als Sherpa herhalten soll, hätte ich eine Sackkarre mitgebracht."

Marc ließ den Arm sinken. Er blickte Frieda einen Moment lang an. „Tut mir leid", sagte er dann leise. „Ich bin nervös."

„Ich weiß."

„Du bist nicht als … Sherpa hier. Ich bin froh, dass du … Du weißt schon."

„Schon okay." Frieda griff nach der Aktenmappe und legte sie auf die Lederjacke. „Die Brille", sagte sie und nickte Marc zu.

Er schüttelte den Kopf. Frieda wusste, wie wichtig ihm seine Brille war. Marc hatte scharfe Augen, er brauchte sie nicht, um einen Augenfehler zu korrigieren. Nein, er brauchte sie, um eine emotionale Distanz zwischen sich und dem Rest der Welt zu schaffen. Er nahm sie nie ab. Er konnte es nicht leiden, wenn Menschen ihm in die Augen stierten und versuchten, etwas, irgendetwas, darin zu lesen. Diesen kleinen Tick hatte er wohl Frieda zu verdanken, die, wie er ihr mehr als nur einmal vorgeworfen hatte, den lieben langen Tag damit verbrachte, Menschen mit Blicken zu durchbohren, um sie zu analysieren.

Frieda wusste nur zu gut, dass es nicht das war, was Marc wirklich störte. Nein, was ihn störte, war, dass Frieda in aller Regel mit ihren Analysen und Einschätzungen recht hatte.

„Weißt du schon, was du sagen wirst?“, fragte Frieda vorsichtig.

Das alles hier war sensibles Terrain. Marc war für seinen Vater hier. Einen Vater, der seit 25 Jahren im Gefängnis saß. Er hatte nicht nur ein, sondern mehrere, vermutlich hunderte Vergehen begangen. Doch das eine, das eine vorzeitige Entlassung unmöglich gemacht hatte, war der Mord an Marcs Mutter gewesen. Ein Mord, den Marc nicht hatte verhindern können, obwohl er damals bereits volljährig, groß gewachsen und kräftig gewesen war. Frieda wusste, dass Marc damit nie abgeschlossen hatte. Doch jetzt stand er hier, und diese Tatsache verriet ihr, dass er zumindest über die Phase der Verdrängung hinweg war.

Endlich.

„Ich werde mich für eine Sicherheitsverwahrung aussprechen“, sagte Marc nach einer kurzen Pause.

Frieda zögerte kurz. Es war nicht ihre Aufgabe, Marc von seiner Meinung abzubringen. Dennoch …

„Er ist nicht im Maßregelvollzug, Marc, und er hat keine psychische Erkrankung …“

„Eine mögliche Sicherheitsverwahrung wurde im damaligen Urteil vorbehalten. Und die Sache mit der psychischen Erkrankung … nur weil keine diagnostiziert wurde, heißt das nicht, dass er nicht krank ist. Er *ist* krank, Frieda. Menschen wie er gehören weggesperrt, bis sie sterben. So einfach ist das.“

„Ich weiß, dass du das so siehst.“

„Und ich weiß, dass du es anders siehst.“

„Lass uns nicht damit anfangen“, entgegnete Frieda knapp und wandte den Blick ab.

Diese Diskussion hatten sie in den letzten zwanzig Jahren mehr als nur einmal geführt, und sie verspürte keinerlei Lust, sie erneut aufleben zu lassen.

Marc atmete schwer, und Frieda merkte, dass er aufgebracht war und sich nur mit Mühe zusammenriss. Sie streckte den freien Arm aus und drückte kurz seine Hand. „Du musst ruhig bleiben, Marc. Ich weiß, wie schwer das ist, aber das ist alles, was zählt. Du musst ruhig bleiben.“

Frieda blickte über Marcs Schulter und sah Michael Merten auf sie zukommen. Er war einer der bekanntesten und erfolgreichsten Strafverteidiger der Stadt und ein erklärter Lieblingsfeind von Marc. Dass Merten von Marcs Vater engagiert worden war, um über dessen Entlassung zu verhandeln, machte den Hass, den Marc empfand, keineswegs kleiner, wie Frieda sehr wohl wusste. Sie griff nach Marcs Arm und zog ihn etwas zur Seite. „Lass dich nicht provozieren, und egal, was du von Merten hältst, behandle ihn vor Gericht mit Respekt. Er ist der Anwalt deines Vaters, und er wird tun, was er tun muss. Verstanden?“

Marc nickte knapp. Dann deutete er auf die Aktenmappe. „Steck die lieber in die Handtasche. Du verlierst sie sonst. Ich muss direkt nachher ins Revier.“

„Neuer Fall?“, fragte Frieda.

„Ja. Eine Entführung.“ Marc atmete tief durch, blickte über seine Schulter und warf Frieda einen resignierten Blick zu. „Dann gehe ich wohl rein.“

Frieda nickte. „Alles wird gut werden.“

Marc wandte sich ab und betrat den Gerichtssaal. Frieda blickte ihm einen Moment lang nach. Dann griff sie nach der Akte und wollte sie in die Handtasche stecken. Ihr Blick fiel auf das Deckblatt. Einen Augenblick starrte sie es an, ohne zu verstehen, was ihr da gerade ins Auge stach.

Und dann erkannte sie es.

Es war der Name, der in Marcs krakeliger Handschrift auf dem weißen Etikett in der Mitte des Deckblattes zu lesen war. Ein Name, der sie erschaudern ließ.

Weil sie ihn kannte.

Weil sie ihn gehört hatte. Heute.

Hilke.

2. Kapitel

IM Moment konnte Marc nicht benennen, was schlimmer war. Seinem Vater nach all den Jahren gegenübertreten zu müssen oder Frieda, nachdem …

Er konnte noch nicht einmal daran *denken*, was er gesagt hatte. Natürlich wusste er, dass ihm Frieda nicht egal war, nie egal sein würde. Dass er nicht einfach einen Haken hinter die Sache machen und nach vorn schauen konnte. Er konnte aber auch nicht einfach so tun, als sei alles klar zwischen ihnen. Als sei es, wie es sein sollte. Zumal er nicht mal wusste, wie es sein sollte.

Wie es zwischen ihm und seinem Vater sein sollte, wusste Marc allerdings schon. Trotzdem fühlten sich beide Situationen ganz ähnlich an, nämlich wie Eisklumpen, die sich in seinem Magen eingenistet hatten. Die Sache mit Frieda war zu kompliziert, als dass er sich damit auseinandersetzen wollte. Und die Sache mit seinem Vater und Merten war zu surreal, als dass er sich damit auseinandersetzen konnte. Jedenfalls konnte er das nicht in dem Sinne, den Frieda als „gesunde Aufarbeitung“ bezeichnen würde. Wahrscheinlich würde er das nie können, unabhängig davon, was bei der heutigen Verhandlung herauskommen würde.

Doch es galt, einen Schritt nach dem anderen zu gehen. Marc hatte in den letzten Jahren viel über sich gelernt. Er war gereift – auf seine Art. Es lag an Sophie, seiner wunderschönen, perfekten Tochter, die vor etwas über drei Jahren auf die Welt gekommen war. Mit einem Schlag war alles anders gewesen. Die Erkenntnis, dass er nicht gut genug war, hatte ihn getroffen wie ein Fausthieb in die Magengrube.

Er war nicht gut genug.

Nicht als Vater, vermutlich auch nicht als Ehemann. Beides hatte sich im Wesentlichen bestätigt, doch die Tatsache, dass das Vatersein nie endete, während man den Job als Ehemann sehr wohl an den Nagel hängen konnte, führte dazu, dass er gezwungen war, sich mit seiner

Vergangenheit und seinen Unzulänglichkeiten auseinanderzusetzen. Alles, was er war, sein gesamtes Wesen, beruhte darauf, dass er eine beschissene Kindheit gehabt hatte. Das hörte sich wie eine Ausrede an, und vielleicht war es das auch – aber es stimmte dennoch. Er war hitzköpfig, unsicher, stur und verschlossen, und immer, wenn er Ungerechtigkeit wahrnahm, war er kurz davor, auszurasten. Einige Male war er tatsächlich ausgerastet, und das hatte ihn mehr als nur einmal fast den Job gekostet.

Das waren seine größten Schwächen, und er hatte sich fest vorgenommen, daran zu arbeiten. Ein bisschen hatte Marc das auch geschafft, fand er.

Doch das hieß noch lange nicht, dass er bereit war, seine mühsam errichteten emotionalen Mauern einzureißen.

Was war im Krankenhaus nur in ihn gefahren?

Jetzt, im Nachhinein, war er heilfroh, dass Frieda ihn nach seinem Annäherungsversuch gebeten hatte, auf Abstand zu gehen. Das hatte nicht nur ihr, sondern vor allem auch ihm ausreichend Zeit verschafft, über alles nachzudenken. Die Erkenntnis, die dann nach und nach eingesickert war, ließ ihn vermuten, dass er wohl noch unter Einfluss der Schmerzmittel gestanden haben musste.

Frieda und er – das funktionierte nicht. Das wussten sie beide. Da war zu viel Ballast. Außerdem steckte er mitten in einer Scheidung und musste erst herausfinden, wie diese Sache mit der Patchworkfamilie laufen sollte, seit Ella ihren neuen Freund langsam, aber sicher in ihr Leben integrierte. Ella und er hatten sich friedlich getrennt, das war schon mal gut. Dennoch gab es Dinge zu regeln. Dinge, die mit Geld und Besitz und Sorgerecht zu tun hatten und die Marc dazu zwangen, einer ihm überaus verhassten Spezies in viel zu kurzen Abständen gegenübertreten zu müssen: Anwälten.

Marc blickte nach rechts und sah Michael Merten neben seinem Vater sitzen. Überraschenderweise verursachte der Anblick Mertens weitaus mehr Wut in Marcs Bauch als der Anblick seines Vaters. Gegenüber seinem Vater, nein, seinem Erzeuger, empfand Marc nichts. Weniger als nichts.

Er hatte nächtelang wach gelegen, hatte sich den Kopf zermartert, sich die erste Begegnung seit 25 Jahren bis ins kleinste Detail ausgemalt, nur um in dem Moment, als sein Vater in den Gerichtssaal geführt worden war, feststellen zu müssen, dass da gar nichts war. Leere.

Eiskalte Leere, okay. Aber alles in allem: Leere.

Das war vermutlich gut. Aber was wusste er schon? Vielleicht würde er Frieda fragen, die hatte von solchen Dingen weitaus mehr Ahnung als er. Sie würde wissen, was das zu bedeuten hatte und ob es gut oder schlecht war, dass Marc nichts empfand. Frieda hatte ihm jahrelang mit dem Thema Verdrängung in den Ohren gelegen, vielleicht hatte es ja damit zu tun.

Vielleicht aber auch nicht.

Vielleicht war einfach zu viel Zeit vergangen. Marc erkannte seinen Vater kaum wieder. Er schien nicht nur um Jahrzehnte, sondern um Jahrhunderte gealtert zu sein. Er war ein gebrochener Mann. Runzelig, zittrig, dürr. Von dem hünenhaften Mann mit fast zwei Metern Körpergröße und Schultern so breit, dass ihr bloßer Anblick einem anderen schon das Blut in den Adern gefrieren ließ, war nichts mehr übrig.

Hätte Marc etwas empfunden, wäre es höchstens Mitleid gewesen. Und zwar nicht die gute, mitfühlende Version, sondern die böse, süffisante, die voller Genugtuung.

Er hatte Blickkontakt gesucht, sein Erzeuger. Das hatte Marc sofort gesehen. Sein Vater hatte den Gerichtssaal betreten und sich hektisch umgesehen. Nach wenigen Sekunden hatte er Marc entdeckt, und seine Augen hatten sich auf ihn geheftet. Auch Marc war 25 Jahre älter als bei ihrer letzten Begegnung, dennoch hatte sein Vater ihn sofort erkannt. Er hatte nicht gelächelt. Er war nicht zusammengezuckt. Nichts an seinem Vater hatte auch nur den Hauch einer Gefühlsregung gezeigt.

Bis auf die Augen.

Marc hatte es auch über die weite Distanz hinweg gesehen. Das Aufflackern. Die Hoffnung. Vielleicht sogar so etwas wie Freude.

Es war Marc gewesen, der sich abgewandt und seinen Blick seitdem starr auf das Richterpult gerichtet hatte. Er würde als erster Zeuge aufgerufen werden. Deshalb saß er bereits hier im Gerichtssaal. Er würde aufstehen, seine Aussage machen, seine Charaktereinschätzung abgeben, wie es so schön hieß, und dann verschwinden. Merten würde sauer sein. Er hatte Marc gebeten, ein gutes Wort einzulegen. Hatte ihm den Entwurf seiner Aussage sogar zugeschickt. Darin waren Passagen unterstrichen, die Marc genau so einflechten sollte.

Aber Marc war kein Schauspieler, und er ließ sich weder drängen noch erpressen.

Dann hatte Merten ihm eben gedroht, ihm das Leben zur Hölle zu machen, wenn Marc nicht tat, worum er ihn bat. Na und? Das interessierte Marc herzlich wenig. Merten hatte ihm auch bisher schon das Leben zur Hölle gemacht, indem er jeden noch so widerlichen Abschaum vertrat, den Marc nach tage-, wochen-, manchmal monatelanger Ermittlungsarbeit überführt hatte.

Die Richterin betrat den Saal. Alle standen auf, dann folgte eine Reihe von Informationen und Belehrungen, denen Marc nur mit halbem Ohr zuhörte. Er blickte weiter starr geradeaus und ignorierte sowohl die eindringlichen Blicke seines Vaters als auch die subtilen Handgesten Mertens. Dann, nach einiger Zeit, Marc konnte kaum abschätzen, wie lange es gedauert hatte, wurde sein Name aufgerufen.

Marc stand auf, strich sein Hemd glatt und machte einen Schritt nach vorn. Er hatte befürchtet, dass spätestens jetzt der Zeitpunkt wäre, an dem sein Herz mit brutaler Geschwindigkeit zu pochen beginnen würde. Dass all das Nicht-Fühlen doch nur ein Akt der Verdrängung gewesen war. Dass all der Wahnsinn in dem einen Moment, als er für die Aussage nach vorn treten würde, hervorbrechen und ihn lähmen würde.

Doch nichts davon passierte. Er war ruhig. Er war eiskalt. Er würde das hier mit links schaffen. Er atmete tief durch, schritt zum Richterpult und sah dabei noch einmal über die Schulter.

Sein Blick fiel sofort auf Frieda. Sie saß in der hintersten Reihe neben dem Eingang. Ihre Augen trafen sich. Und dann sah er ihren

Gesichtsausdruck und all die Ruhe, die er bis jetzt verspürt hatte, verschwand mit einem Schlag.

3. Kapitel

FRIEDAS Herz pochte ihr bis zum Hals, als sie neben dem Eingang zum Gerichtssaal stand und darauf wartete, dass Marc herauskam. Sie musste es ihm sagen. Jetzt, sofort. Sie durften keine Zeit verlieren, wenngleich sie noch nicht mal richtig wusste, was sie Marc überhaupt erzählen sollte.

Als sie ihn aus dem Saal treten sah, ging sie eilig auf ihn zu.

„Marc!“, sagte sie und packte ihn am Unterarm.

„Frieda, was ist lo…“

Weiter kam Marc nicht, denn plötzlich stand Merten vor ihnen. Mit hochrotem Kopf und ausgestrecktem Arm brüllte er Marc an. „Sie *Arschloch*!“

Marc griff in aller Seelenruhe zu seiner Lederjacke, die Frieda in den Händen hielt, und ignorierte Merten vollends. Doch der Anwalt war niemand, bei dem Missachtung als Gesprächstaktik funktionierte. Er drängte sich zwischen Marc und Frieda und funkelte Marc wild an. „Sicherheitsverwahrung? Was, zur Hölle, sollte das? Sie wissen ebenso gut wie ich, dass das nicht passieren wird.“

„Abwarten.“

„Ich wusste ja, dass Sie ein bemitleidenswerter Versager sind, aber, dass Sie ernsthaft in der Lage sind, Ihren eigenen Vater …“

Marc machte einen Schritt auf Merten zu, der sich sofort unterbrach und einen Satz nach hinten machte. Die beiden waren bereits einmal aneinandergeraten. Auch wenn Merten hier den starken Mann markierte, so war ihm sichtlich bewusst, dass Marc ihm sowohl an Körpergröße als auch an Muskelkraft weit überlegen war.

„Aufpassen, Merten!“, sagte Marc in eisigem Tonfall und beugte sich so nah zu ihm, dass dieser noch einmal zurückwich.

„Ich werde Sie fertigmachen“, fuhr Merten ihn an.

„Tun Sie das. Komm, Frieda.“

Marc packte sie am Unterarm und wollte sie mit sich ziehen, doch Merten stellte sich ihm in den Weg. „Was wollten Sie damit erreichen, hm? Ihr Vater hat 25 Jahre abgesessen. Das ist mehr, als die meisten hier in Deutschland für Mord bekommen. Und das alles trotz guter Führung. Er hat seine Strafe abgebüßt!“

„Hat er das, ja? Ignorieren wir hier gerade, dass mein Vater weitaus mehr Straftaten auf dem Kerbholz hat als Mord?“

„Die konnten ihm nicht nachgewiesen werden.“

„Weil er seine Handlanger dafür ins Gefängnis geschickt hat. Sagen Sie, wie bezahlt er Sie überhaupt, hm?“

„Was geht Sie das an? Wollen Sie einspringen?“

„Nein. Ich frage mich nur, warum Abschaum wie Sie Abschaum wie ihn verteidigt. Was ist das? Woher kommt dieses Bedürfnis, wenn es nicht um Geld geht? Warum tun Menschen wie Sie so etwas?“

„Gute Frage“, sagte Merten. Er verzog seine schmalen, trockenen Lippen zu einem grimmigen Lächeln und blickte zu Frieda. „Wieso tun *Sie* so etwas, Schätzchen?“

Frieda wandte den Blick ab und zog es vor, zu schweigen, zumal ihr Job keineswegs mit dem von Merten zu vergleichen war.

„Ihre Freundin macht dasselbe wie ich, Wittmann, oder etwa nicht?“, setzte Merten nach. „Sie hockt in Gerichtssälen und erzählt den Richtern, wieso diese Menschen, die Sie so freundlich als Abschaum bezeichnet haben, nicht ins Gefängnis gehören. Richtig, Frau Doktor?“

„Halten Sie die Klappe, Merten“, fuhr Marc ihn an.

Sein Griff um Friedas Handgelenk wurde fester. Er drängte sich an Merten vorbei und zog Frieda mit sich nach draußen.

„Aua“, rief sie und riss sich von ihm los, als sie vor dem Gerichtsgebäude standen.

„Ich hasse diesen Typen“, murmelte Marc mehr zu sich als zu ihr.

„Deine Aussage war gut, Marc. Du hast das super gemacht. Lass dich nicht von ihm provozieren.“

„Lass ich nicht“, behauptete er.

Frieda verschränkte die Arme vor der Brust und gab Marc ein paar Sekunden, um sich zu sammeln. Dann räusperte sie sich und fragte leise: „Willst du darüber reden?"

„Nein. Ich will wissen, was los ist." Er trat vor sie und blickte ihr forschend ins Gesicht. „Du siehst aus, als hättest du einen Geist gesehen."

Frieda atmete tief durch. Nach dem ersten Schock hatte sie etwas Zeit gehabt, ihre Gedanken zu sortieren. Die Möglichkeit, dass es sich um einen Zufall handelte, hatte sie sofort ausgeschlossen, wenngleich sie kurz darüber nachgedacht hatte, wie häufig der Name Hilke wohl in Deutschland vorkam.

„Frieda?", fragte Marc ungeduldig.

„Setzen wir uns in deinen Wagen", sagte sie.

Sie gingen um das Gerichtsgebäude zu dem kleinen Parkplatz am Ende der Seitenstraße und setzten sich in Marcs Auto. Frieda überlegte, wie viel sie überhaupt erzählen sollte oder konnte. Immerhin gab es so etwas wie eine Verschwiegenheitspflicht, auch wenn diese nicht galt, wenn akute Gefahr für Leib, Leben und Gesundheit vorherrschte. Dennoch – sie musste Marc erst fragen, was es mit dem Fall auf sich hatte.

„Also, was ist los?", fragte Marc erneut.

„Dieser Entführungsfall, an dem du arbeitest …"

„Was ist damit?"

„Ich habe auf dem Deckblatt gelesen, dass das Opfer Hilke Rosnig heißt."

„Ja."

„Kannst du mir mehr darüber sagen?"

„Nein." Er drehte sich zu ihr und warf ihr einen beunruhigten Blick zu. „Das ist eine Ermittlungsakte, und du bist nicht Teil des Teams. Worum geht es hier gerade?"

Frieda ließ den Kopf gegen die Kopflehne sinken und starrte durch die Windschutzscheibe auf den beginnenden Schneefall. „Ich hatte heute einen Anruf."

„Aha."

„Ein neuer Patient. Möglicherweise. Er hat mir vor ein paar Tagen eine E-Mail geschrieben. Er meinte, er muss mit jemandem sprechen, weil er nicht mehr weiterweiß und … Er wollte anonym bleiben. Ich habe eingewilligt, und heute haben wir das Telefonat geführt. Oder … eigentlich hat *er* das Telefonat geführt, weil er darauf bestanden hat, dass ich nur zuhöre. Fürs Erste."

„Wieso erzählst du mir das?"

Frieda schluckte. „Es ging um Mordfantasien. Es hat sich alles ziemlich spezifisch angehört, aber das ist an sich nicht ungewöhnlich. Nichts an alldem war wirklich ungewöhnlich, nicht in meinen Ohren, wenn du weißt, was ich meine. Ich habe im Laufe der Jahre sehr viele sehr furchtbare Dinge gehört und gesehen."

„Noch einmal: Wieso erzählst du mir das alles?"

„Er hat der Frau in seiner Mordfantasie einen Namen gegeben."

„Ist das unüblich?"

„Nein."

„Wieso …"

Sie drehte sich energisch zu ihm um. „Der Name war Hilke, Marc!"

„Okay, okay, okay! Können sich alle mal kurz beruhigen, ja?", rief Marcs Vorgesetzter Helge Paulsen in das laute Durcheinander.

Frieda saß an dem großen Besprechungstisch und versuchte, den Überblick zu bewahren und die Fakten, die sie bisher kannte, zu ordnen. Marc war umgehend mit ihr ins Revier gefahren, hatte seinen Kollegen und Freund Ralf Fischer informiert und war mit ihm gemeinsam zu Helge Paulsen gegangen. Der hatte sofort eine Besprechung einberufen, hatte das Team zusammengetrommelt und Frieda gebeten zu bleiben. Die saß nun hier und fragte sich, ob die hitzigen Diskussionen der letzten Viertelstunde allein ihre Schuld waren. Immerhin hatte sie das alles ins Rollen gebracht. Und nur wegen eines Namens …

Jemand setzte sich direkt neben sie.

„Wir wurden uns noch nicht vorgestellt", sagte der junge Mann und reichte ihr die Hand. „Viktor Bessling."

„Frieda Rubens", gab sie zurück.

„Ich weiß. Ich kenne Sie. Meine Ex hat Ihre Bücher geradezu verschlungen. Großer Fan von Selbstreflexion und Weiterentwicklung, blablabla. Unsere Ehe konnte das trotzdem nicht retten. Wie soll ich Sie denn ansprechen? Frau Doktor oder …?“

Frieda blinzelte irritiert. „Frieda ist okay“, gab sie gedehnt zurück und suchte Marcs Blick. Doch der war gerade in eine Diskussion mit Helge Paulsen vertieft. Sie betrachtete Viktor von der Seite. Er war ein bulliger Typ mit breiten Schultern, einem leichten Bauchansatz und einer Boxernase. Er war neu hier, genauso wie zwei andere Kollegen im Team, die Frieda noch nie zuvor gesehen hatte.

„Sie sind statt Justus Brühl hier, richtig?“, fragte Frieda.

„Ja. Der hat sich zur Drogenfahndung versetzen lassen. Die ganzen Serienkiller, die hier in letzter Zeit so rumgelaufen sind, waren wohl etwas zu viel für sein Nervenkostüm.“ Viktor stieß ein raues Lachen aus, das so laut war, dass Frieda kurz zusammenzuckte.

„Ah …“, machte sie und nickte knapp. „Sarah ist auch nicht mehr hier?“

„Die Blonde, die nie gelacht hat?“

„Nun …“

„Ne, die wollte auch eine Pause haben. Ich find’s super, ich warte seit Jahren darauf, mit Wittmann arbeiten zu dürfen. Der Kerl ist eine Institution.“

„Mhm.“

„Wenn Sie mich fragen, Sie passen viel besser zu ihm als Ella. Die war letztens kurz hier, hat die Tochter vorbeigebracht. Nicht mein Fall. Die Ex meine ich, nicht die Tochter. Die ist süß. Aber Sie, Sie sind da ein anderes Kaliber, wenn ich das sagen darf.“

„Dürfen Sie nicht“, gab Frieda pikiert zurück und rückte etwas von Viktor ab.

„Sorry, wollte nicht aufdringlich sein. Ich finde Sie nur beeindruckend.“

„Geben Sie mir die Akte“, sagte Frieda forsch und klatschte mit der flachen Hand auf den Papierstoß, der vor Viktor am Tisch lag.

Sie zog die dicke Akte zu sich und schlug sie auf. Einige der Fakten kannte sie bereits, doch sie las dennoch alle Informationen noch einmal konzentriert durch. Sie war mittlerweile mehr als unsicher, ob der Anruf heute Morgen tatsächlich etwas mit diesem Entführungsfall zu tun hatte. Das Opfer in Marcs Fall war eine 63 Jahre alte Richterin, die vor zwei Tagen auf dem Heimweg entführt worden war. Sie hatte noch mit ihrem Mann telefoniert, als sie spätabends aus dem Gericht kam, und war gesehen worden, als sie sich ins Auto gesetzt hatte. Doch sie war nie zu Hause angekommen. Ihr Mann hatte noch in derselben Nacht eine Vermisstenanzeige erstattet. Das Auto war auf der Landstraße, die westlich von Viden in den benachbarten Ort führte, gefunden worden. Doch von Hilke Rosnig fehlte jede Spur.

Was Frieda störte, war das Alter. Es schien überhaupt nicht zu der Fantasie, die der Anrufer geschildert hatte, zu passen. Das sagte ihr allerdings nur ihr Instinkt, auszuschließen war überhaupt nichts. Trotzdem war Friedas erster Eindruck gewesen, dass der Anrufer eine sexuell motivierte Fantasie schilderte, und die projizierten die meisten Patienten auf jüngere, schöne Frauen. Aber auch das war nur eine Vermutung gewesen. Sie konnte stimmen oder auch nicht. Frieda hatte sehr früh gelernt, dass Pauschaldenken und Vorurteile in ihrem Job keinen Platz hatten. Statistiken, Studienergebnisse, Wahrscheinlichkeiten – all das waren nur Indizien. Sie dienten einer ersten Orientierung, nicht mehr.

Jeder Mensch, jeder Patient war anders, individuell, speziell.

„Frieda?“, fragte Helge, und sie hob den Kopf.

„Ja?“

„Wie sicher sind Sie denn, dass Ihr Anrufer mit diesem Fall hier zu tun hat? Wie Sie mitbekommen, drehen wir uns mit der Ermittlungsstrategie im Kreis. Wenn das hier ein drohender Mordfall wird, müssen wir … Na ja, Sie wissen ja, was das bedeutet. Sie waren oft genug dabei.“

„Es wäre ein bisschen viel an Zufall, meinen Sie nicht, Helge?“, gab Frieda zurück und blickte direkt zu Marc.

„Da hat sie recht“, sagte dieser und sah zu Ralf.

„Finde ich auch“, sagte Ralf und schenkte Frieda ein Lächeln, das sie sofort beruhigte.

Ralf Fischer war ein ungemein angenehmer Zeitgenosse. Er war ruhig und besonnen und eine Vertrauensperson nicht nur für Marc, sondern manchmal auch für Frieda, wenn Ermittlungen ihr über den Kopf stiegen.

Helge Paulsen trommelte mit den Fingern auf die Tischplatte und dachte kurz nach. „Die Entführung war vor zwei Tagen. Wann hat Ihr Anrufer Sie per E-Mail kontaktiert?“

„Vor vier Tagen.“

„Könnte passen. Und der Name ist natürlich ein Indiz.“

„Ich habe bereits recherchiert, worum Sie mich gebeten haben, Helge“, sagte einer der anderen neuen Kollegen, die Frieda nicht kannte.

„Und?“

„Hilke kommt in der Häufigkeitsstatistik für Vornamen in Deutschland nicht vor. Wir wissen also nicht, wie oft dieser Name vergeben wird. Da er nicht erfasst ist, können wir jedenfalls davon ausgehen, dass er selten ist.“

„Schlecht.“

Eine kurze Stille trat ein, während derer alle nachzudenken schienen. Dann meldete Marc sich zu Wort: „Im Moment können wir weder bestätigen noch ausschließen, dass beides zusammenhängt. Und selbst wenn … Friedas Anrufer war anonym. Wir wissen nichts von ihm. Ich sage, wir machen mit der bisherigen Ermittlungsarbeit weiter, bis neue …“

Die Tür zum Besprechungszimmer ging auf und eine der Sekretärinnen steckte den Kopf herein. „Herr Rosnig ist am Apparat. Der Mann des Entführungsopfers?“

Marc und Helge Paulsen wechselten einen Blick. „Ist sie wieder aufgetaucht?“, fragte Marc.

„Nein. Aber er hat gerade ein Paket erhalten. Es ist rot. Er … er klingt überaus … hysterisch.“

Marcs Blick ging sofort zu Frieda. Die sprang bereits auf, als Marc die nächsten Worte sagte: „Wir kommen. Ralf, Frieda, ihr fahrt mit. Der Rest von euch: Jeder kümmert sich um die ihm zugeteilten Aufgaben. Los!“

Als sie beim Haus der Rosnigs ankamen, sahen sie bereits von Weitem das Blaulicht. Marc parkte den Wagen und lief sofort auf das Haus zu. Frieda hatte Mühe, ihm zu folgen.

„Was ist los?“, fragte Marc, als er das Haus durch die offene Tür betrat.

Frieda stellte sich neben ihn.

Ein Sanitäter kam auf sie zu. „Die Nachbarn haben einen Schrei gehört, kamen vorbei und haben ihn gerade so auffangen können. Er steht völlig unter Schock. Sie haben die Rettung gerufen. Und … offensichtlich auch die Polizei?“

Marc schüttelte den Kopf. „Herr Rosnig selbst hat die Polizei gerufen. Wo ist das Paket?“

„Welches Paket?“

Marc verdrehte die Augen. „Ralf …“, sagte er, schob Frieda sanft zur Seite und machte eine ungeduldige Geste in Richtung seines Kollegen. Ralf nickte und nahm den Sanitäter beiseite, um ihm die Situation zu erklären.

Frieda ging an ihm vorbei ins Wohnzimmer, in dem ein älterer Mann auf dem Sofa lag. Neben ihm kniete ein weiterer Sanitäter. Er maß gerade den Puls des Mannes und sprach beruhigend auf ihn ein.

„Marc …“, sagte Frieda und blickte sich nach ihm um. Er stellte sich neben sie, und sie nickte Richtung Esstisch, der am anderen Ende des großen Wohnzimmers stand.

Auf dem massiven Holztisch lag ein knallrotes, fast würfelförmiges Paket mit einer Seitenlänge von etwa dreißig Zentimetern. Marc griff in seine Jackentasche und zog Plastikhandschuhe hervor. Er reichte Frieda ein Paar und zog sich selbst welche an. Während sie durch den Raum gingen, hatte Frieda einen einzigen Gedanken: Bitte, lass da kein Organ in dem Paket sein!

Sie versuchte, sich zusammenzureißen, und beneidete Marc für die stoische Ruhe, die er ausstrahlte. Wie es in ihm aussah, konnte selbst sie, die ihn vermutlich am besten kannte, kaum sagen. Sie folgte ihm, immer darauf bedacht, einen halben Schritt hinter ihm zu gehen. Sie wusste, dass er sie vor einem grauenhaften Anblick beschützen wollen würde, und dieses Wissen gab ihr in diesem Moment Kraft.

Marc blieb vor dem Tisch stehen und Frieda direkt hinter ihm. Sie starrte seine Schulter an, während er den Kopf senkte und in das bereits geöffnete Paket schaute.

„Okay …“ Er atmete tief durch, drehte sich um und blickte Frieda fest in die Augen. „Ich will, dass du mir alles von diesem Anruf erzählst. Jedes kleinste Detail, verstanden?“

4. Kapitel

MARC hatte die Nacht über kein Auge zugetan. Der Anblick des Inhalts des roten Pakets war ihm nicht mehr aus dem Kopf gegangen.

Ein Daumen. Ein verfluchter *Daumen.*

Das bedeutete nicht per se, dass Hilke Rosnig tot war. Aber es war kein besonders gutes Zeichen. Marc wusste das, Frieda wusste das, und auch Hilke Rosnigs Ehemann war sich darüber im Klaren. Was sie alle jedoch noch nicht wussten, war, wann es passiert war. Wann hatte der Täter den Daumen abgetrennt? War Hilke bei Bewusstsein gewesen? War sie bereits tot? Der Gerichtsmediziner würde noch ein paar Stunden brauchen, um etwas sagen zu können.

Währenddessen starrte Marc regelmäßig auf sein Telefon, in ständiger Erwartung, dass jeden Moment jemand anrufen und einen Leichenfund melden würde. Er war übermüdet und konnte kaum einen klaren Gedanken fassen. Marc hob den Kopf und blickte zu Frieda. Im Gegensatz zu ihm schien sie völlig fokussiert zu sein. Sie war über ihren Notizblock gebeugt und versuchte, sich alle Details zu vergegenwärtigen, die der Anrufer preisgegeben hatte.

„Hast du kein Protokoll gemacht?“, fragte Marc und bemühte sich, nicht allzu ungeduldig zu klingen. „Ein Telefonmemo?“

Frieda schüttelte den Kopf. „Noch nicht. Nur die Stichworte, die ich mir während solcher Telefonate notiere. Ich hatte noch keine Zeit, ein Diktat für Lotte vorzubereiten. Sie hat eine neue elektronische Akte angelegt, aber weiter waren wir noch nicht.“

„Aber er hat gesagt, dass er noch einmal anruft, richtig?“

„Ja.“

„Wann?“

Frieda blickte Marc aus zusammengekniffenen Augen an. „Heute um 20 Uhr. Das habe ich dir doch schon gesagt.“

„Ich wollte nur sichergehen, dass du dich nicht geirrt hast. Wir müssen um 20 Uhr bei dir in der Praxis sein."

„Ja, schon klar. Aber bis dahin muss ich mir eine Gesprächsstrategie zurechtlegen."

„*Falls* er anruft."

„Richtig. Falls."

„Denkst du, er wird anrufen?"

„Ich habe keine Glaskugel, Marc."

„Aber du bist auf solche Irren spezialisiert. Was sagt dir dein Gefühl?"

„Dass er anrufen wird, nachdem wir die Leiche gefunden haben."

Marc nickte. So in etwa hatte er sich das auch zusammengereimt. Er ließ sich zurückfallen und legte den Kopf an die Lehne seines Schreibtischstuhls. „Sie ist Richterin", sagte er nachdenklich.

„Ja."

„Eine 63 Jahre alte Richterin. Was hat das mit dem zu tun, was der Typ dir am Telefon erzählt hat?"

„Das kann ich noch nicht sagen, dafür weiß ich zu wenig."

„Er hat gesagt, er will sie aufschneiden und ihr ein Organ entnehmen, richtig? Warum?"

„Ich weiß es nicht, Marc."

Er beugte sich wieder vor, stützte die Unterarme auf der Schreibtischplatte ab und verschränkte die Finger ineinander. „Es muss ein ehemaliger Fall sein, richtig? Es *muss* so sein. Das ist doch kein sexuell motivierter Mord. Es … es muss einfach mit ihrer Arbeit zusammenhängen."

„Vielleicht, vielleicht auch nicht."

„Worauf war sie spezialisiert?"

Frieda griff zu einem dicken Ordner, der neben ihr auf einem kleinen Abstelltisch lag. „Familienrecht", las sie.

„Also Scheidungs- und Sorgerechtsfälle."

„Außerdem Vormundschaft, Pflegschaft, Unterhaltsfragen, Eherecht, Erbrecht."

„Super. Und die Frau war seit drei Jahrzehnten Richterin. Wie viele Fälle gab es da, bei denen sie in höchstpersönliche Lebensbereiche eingegriffen hat? Hunderte? Tausende? Da wird nicht nur ein Kandidat dabei sein, der etwas gegen sie hat. Glaube mir, ich weiß, wovon ich spreche, wenn …“ Er unterbrach sich und schaute starr auf seinen Computerbildschirm. Dennoch spürte er Friedas Blick auf sich.

Einen Moment lang herrschte Stille. „Tut mir leid, dass du das durchmachen musst“, sagte Frieda dann.

„Ich will nicht darüber sprechen.“

„Okay. Also schön. Wir haben noch einige Stunden bis 20 Uhr, in denen wir mehr über Hilke herausfinden können. Über ihren Mann, ihre Familie, ihre Fälle. Sobald ihr Mann wieder ansprechbar ist, können wir ihn befragen. Er wird wissen, falls es jemanden gibt, vor dem sie Angst hat.“

Marc nickte.

Dann klopfte es an der Tür, und Ralf steckte den Kopf herein. „Wir haben sie“, sagte er.

Marc sprang auf. „Wo? Ist sie …“

„Sie ist tot“, unterbrach Ralf ihn.

Marc sah, wie Frieda zusammenzuckte. Er konnte ihr nicht verübeln, dass sie Hoffnung gehabt hatte. „Du kannst hierbleiben, wenn du …“

Sie schüttelte den Kopf und stand auf. „Gehen wir.“

Marc sah Frieda an, wie nervös sie war, obwohl sie sich zusammenriss. Er konnte es ihr nachfühlen. Manchmal wusste er nicht, was schlimmer war: zu wissen, was auf einen zukam, oder überrascht zu werden. Für Marc war es in der Regel etwas einfacher, den Anblick eines Mordopfers zu ertragen, wenn er wusste, womit er zu rechnen hatte. Doch Frieda schien es da anders zu gehen. Sie hatte gehört, was der Täter sich ausgemalt hatte. Er hatte es ihr brühwarm erzählt. Und nach allem, was Marc davon gehört hatte, war der Anblick, auf den sie sich gefasst machen mussten, nichts für schwache Nerven.

„Wir können uns auch einfach in der Gerichtsmedizin treffen, Frieda“, sagte er, obwohl er wusste, dass sie den Tatort würde sehen wollen.

Sie schüttelte den Kopf. „Das ist nicht mein erster Mordfall.“

Marc lächelte. „Nein, allerdings nicht. Da liegen ganz schön heftige Jahre hinter uns.“

Marc parkte den Wagen am Straßenrand. Die Leiche lag in der Nähe jenes Platzes, an dem Tage zuvor Hilke Rosnigs leeres Auto gefunden worden war. Die Landstraße war links und rechts von Feldern umgeben, die in regelmäßigen Abständen durch Windschutzgürtel getrennt wurden. In einem dieser Windschutzgürtel lag die Leiche.

Marc und Frieda gingen ein paar Meter über den Feldweg, dann wurden ihnen die Schutzanzüge übergeben. Der Mitarbeiter des Erkennungsdienstes zeigte Marc, wo die Leiche lag. Marc ging zu einem hohen, mit Misteln übersäten Baum. Dort, im dürren, vom Winter ausgetrockneten Gestrüpp sah er sie. Er hörte, wie Frieda hinter ihm nach Luft schnappte, drehte sich jedoch nicht zu ihr um. Da war er, der Anblick, auf den er sich bereits mental vorbereitet hatte. Frieda hatte ihm gesagt, wie die Leiche aussehen würde.

Der *Täter* hatte ihnen gesagt, wie sie aussehen würde …

Dennoch krampfte Marcs Inneres sich für einen Moment zusammen, als er sie sah. Nackt und geschunden lag der Körper vor ihm, achtlos weggeworfen wie ein schmutziges Taschentuch. Der Täter hatte sich nicht die Mühe gemacht, den Körper seines Opfers zu einer bestimmten Position zu legen, ihn vielleicht irgendwie zu drapieren. Sie lag einfach im Gestrüpp, die leeren Augen gen Himmel gerichtet, der Brustkorb aufgeschlitzt.

„Y-Schnitt“, hörte Marc Frieda hinter sich mehr hauchen, als sagen.

Er wusste genau, was sie empfand. Es war falsch, einfach falsch. Sie beide hatten diesen Schnitt schon viel zu oft gesehen. Doch immer war es ein präzise durchgeführter Schnitt in einen Körper, der sich in einer klinischen Umgebung befand. In der Gerichtsmedizin, auf einem Edelstahltisch in einem kalten, steril wirkenden Zimmer, in Begleitung eines Mediziners und seines Assistenten, die den toten Körper mit allem gebührenden Respekt behandelten.

Das hier war … Es war … grauenhaft.

Marc betrachtete die arme Frau. Sie war klein und zierlich, ihre Haut blass, ihr dichtes Haar zu einem Pagenschnitt geschnitten. Im Gesicht waren zahlreiche kleine Falten zu sehen, die verrieten, dass die Lebensmitte bereits hinter ihr gelegen hatte.

Marc spürte, dass Frieda näherkam. Sie stellte sich neben ihn. „Wir müssen auf Herbert warten“, sagte sie.

Marc nickte. Doktor Herbert Meissner war der hiesige Gerichtsmediziner. Ein älteres Semester, das Frieda gut kannte, weil Doktor Meissner ein enger Freund ihres Vaters war. Marc schätzte ihn für seine ruhige, bedachte Art, für sein umfassendes Wissen und die Kompetenz, die er nicht nur mit jeder Faser seines Körpers ausstrahlte, sondern die er auch lebte.

Wie auf Kommando hörte er Schritte neben sich und nickte dem Gerichtsmediziner, der gerade auf sie zukam, zur Begrüßung zu.

„Hallo, Frieda“, sagte Herbert und küsste sie auf die Wange. „Herr Kommissar“, richtete er sich an Marc und nickte ebenfalls. „Was haben wir?“

Er nahm die Leiche sofort in Augenschein, und Marc und Frieda gingen ein paar Schritte auf Abstand, um dem Mediziner nicht im Weg zu stehen. Nach einiger Zeit trat Doktor Meissner an sie heran. „Ich will nicht pietätlos sein, aber der Täter scheint mir einen Teil meiner Arbeit abgenommen zu haben.“

Marc und Frieda nickten synchron.

„Ich habe den Schnittverlauf geprüft und den Körper auf weitere äußere Verletzungen geprüft. Es fehlt …“

„Der Daumen“, platzte Frieda heraus. „Das wissen wir bereits.“

Doktor Meissner schenkte ihr ein väterliches Lächeln. „Richtig. Der rechte Daumen fehlt, aber das wollte ich nicht sagen. Ich habe mir den Körper angesehen, und obwohl eine Erstbeschau keine Obduktion ersetzen kann, so ist mir eines doch sofort ins Auge gestochen, als ich die Einschnitte näher betrachtet habe.“

„Was?“, fragten Marc und Frieda gleichzeitig.

„Der Magen fehlt.“

Marc öffnete den Mund, klappte ihn aber sofort wieder zu und warf Frieda einen Seitenblick zu. Die starrte Doktor Meissner aus weit aufgerissenen Augen an. Als sie sich zu fangen schien, fragte er sie: „Hat der Anrufer etwas vom Magen gesagt?“

Frieda schüttelte den Kopf.

„Der … Anrufer?“, fragte Doktor Meissner nach.

Marc winkte ab. „Fragen Sie lieber nicht. Der Magen also … Das ist … interessant?“ Wieder betrachtete er Frieda. Er wollte ihr so viele Fragen stellen. Was hatte das zu bedeuten? Wieso der Magen? Wieso der Daumen? Was hatte das eine mit dem anderen zu tun? Doch er konnte förmlich sehen, wie Friedas Gehirn in diesem Moment auf Hochtouren arbeitete, und er wollte ihren Gedankengang nicht unterbrechen.

„Ich …“, begann sie leise, brach dann aber sofort wieder ab. Ihr Blick war in sich gekehrt, und Marc wusste, dass es keinen Sinn hatte, sie jetzt mit Fragen zu löchern.

Herbert Meissner blickte zwischen ihnen hin und her, nickte dann knapp und sagte: „Wir sehen uns dann in der Gerichtsmedizin, ja? Dort kann ich Ihnen bestimmt schon mehr Details sagen.“

Frieda und Marc saßen am selben Abend in Friedas Praxis. Sie hatte dies als eine der seltenen Gelegenheiten betrachtet, die Tür ihrer Glasvitrine zu öffnen und die Kristallkaraffe hervorzuholen. Sie goss Marc und sich je einen guten Schluck Cognac ein und ließ sich dann in den Sofasessel fallen.

„Tja“, sagte sie und nippte an ihrem Glas.

„Das war aufschlussreich“, sagte Marc und nahm ebenfalls einen Schluck. „Ich bin kein Fan davon, Gefühle mit Alkohol zu betäuben.“

„Ich auch nicht. Aber ich bin ein großer Fan davon, einen rebellierenden Magen mit Alkohol zu kurieren.“

„Okay, ich muss fragen …“, begann Marc und lehnte sich vor.

„Frag.“

„Das ist bei Weitem nicht die erste Leiche, die du gesehen hast. Und nicht, dass ich Vergleiche anstellen möchte, aber es war auch bei Weitem nicht die, die am schlimmsten zugerichtet war. Sonst stehst du mit recht stoischer Miene am Obduktionstisch. Was ist heute anders gewesen?“

Sie schüttelte den Kopf und nahm einen weiteren Schluck. Dann stellte sie das Glas ab. „Es ist gleich acht Uhr.“

„Ich weiß. Denkst du, er ruft an?“

„Ja.“

„Wir sind schon dabei, den ersten Anruf zurückzuverfolgen. Wir haben eine Verfügung an den Provider geschickt. Aber …“

„… aber du denkst, dass das nichts bringen wird“, unterbrach Frieda ihn, „weil der Anrufer nicht so dumm sein wird, von seinem Handy anzurufen.“

Marc nickte. „Was wirst du ihm sagen?“

„Ich werde gar nichts sagen. Er möchte sprechen. Ich soll zuhören.“

„Wir müssen herausfinden …“

„Ich weiß!“, unterbrach Frieda ihn scharf. „Ich weiß …“, fügte sie sanfter hinzu. „Weißt du, was anders war?“

„Sag es mir.“

„Er hat mir davon erzählt. Dass er sie aufschneiden und das Organ entnehmen will. Und er hat gesagt, sie soll dabei zuschauen. Er hat gesagt, dass er sie wach haben will. Herbert hat all das bestätigt. Sie hat noch gelebt, als er sie aufgeschnitten hat. Verstehst du? Sie hat noch gelebt.“

„Wir wissen nicht, ob sie alles mitbekommen hat, Frieda.“

„Was, wenn er dafür gesorgt hat? Es gibt Mittel und Wege, Marc, das weißt du genauso gut wie ich. Es gibt Medikamente. Aufputschende Drogen. Gott, es gibt chemische Substanzen, die so ziemlich alle Körperfunktionen unterdrücken können. Kriegsdrogen. Was, wenn …“

„Hör auf“, unterbrach Marc sie. „Es hat keinen Sinn, sich darüber den Kopf zu zerbrechen. Du hattest schon mit anderen Tätern zu tun, die ihre Opfer gequält haben. Himmel, *du* wurdest selbst gequält. Wieso macht dich das so fertig?“

Sie warf ihm einen vielsagenden Blick zu.

„Du weißt genau, was ich meine. Abgesehen vom … Offensichtlichen.“

„Du meinst, abgesehen davon, dass ich mal wieder in die geistigen Tiefen eines Psychopathen eintauchen darf?“

Er verzog die Lippen zu einem schiefen Lächeln und drehte die Handflächen nach oben.

„Es ist, was er gesagt hat. Am Telefon. Dass er es unbedingt will. Und er meinte damit nicht nur, dass er wollte, dass sie alles spürt. Er wollte, dass sie alles sieht. Alles.“

„Was ist alles?“

„Die Sache … mit dem Teller.“

Marc sah, wie Frieda angewidert den Mund verzog. „Dem … Teller?“, fragte er leise nach.

„Er …“, begann Frieda.

Dann klingelte das Telefon.

Der Anrufer

„ICH war es nicht, ich schwöre es! Hallo? Hallo, bist du hier? Du ... du kannst dieses Mal etwas sagen."

„Ich bin hier."

„Gut. Gut ... Es tut mir leid."

„Was?"

„Ich ... ich konnte nicht ... ich konnte nicht. Warte. Ich muss kurz ... Ich muss atmen."

...

„Okay. Es geht wieder. Ich habe gesagt, ich rufe an, also rufe ich an. Ich musste mich nur kurz sammeln. Ich bin wieder dran mit Reden, okay? Ich schwöre, es war alles nur eine Fantasie. Ich hätte nicht gedacht ... aber dann ist es wirklich *passiert. Verstehst du? Sie lag da. Ich habe mir das alles zuerst ganz anders vorgestellt. Ich hatte ein ganz anderes Bild von ihr im Kopf. Aber es war egal. Weil sie es war. Und dann war da das Skalpell. Wusstest du, dass man diese Dinger einfach online kaufen kann? Und die Anleitungen! Ganze Obduktionsanleitungen! Das ist ... krank. Jemand sollte damit aufhören, oder? Jemand muss dem Ganzen Einhalt gebieten. Es ist unglaublich, was man alles online findet, binnen weniger Sekunden. Das ist doch gefährlich!*

Vielleicht wäre all das nicht passiert, wenn ... wenn all das nicht so einfach zu besorgen wäre. Aber dann war sie da, und das Skalpell lag auch da. Ihr Mund war zugeklebt. Aber sie war wach. Sie war die ganze Zeit wach. Und sie hat sich umgesehen. Sie hat aufgepasst. Ihre Augen waren wie die eines Raubtiers. Aufmerksam, angriffslustig. Zumindest hat es auf mich so gewirkt. Aber als sie das Skalpell sah ... Als Hilke das Skalpell sah ... da war es plötzlich weg. Da war da nur noch Angst. Horror. Es war, als ob ihre Stärke überging auf ... Und dann war da der Schnitt, und plötzlich war da überall Blut!

Blut macht acht Prozent unseres Körpergewichts aus, hast du das gewusst? Bei einer Person von durchschnittlich 70 Kilogramm sind das fünf bis sechs Liter. Das wusste ich. Aber ich wusste nicht, dass das alles auf einmal herauskommen kann. Ist es ja eigentlich auch nicht, aber es sah so aus. Verstehst du? Es sah so aus!

Sie wollte sich bewegen. Sie wollte schreien und sich aufbäumen. Sie war so tapfer, so unglaublich tapfer. Aber ihr Mund war zugeklebt, und um den Hals und um die Hüfte und an den Knöcheln war sie festgebunden. Sie konnte nicht weg. Sie konnte sich nicht bewegen. Nicht wirklich.

Dann kam die Säge. Auch die kann man online kaufen. Knochensägen! Ich ... Ich bin total ... Ich bin high. Das ist es. Das ist das Wort. Ich nehme keine Drogen, ich schwöre es! Aber so muss es sich anfühlen. Wenn man sich etwas spritzt. Ich hätte nie gedacht ...

Aber es war schlimm, als die Säge kam. Ich werde dieses Geräusch nie wieder vergessen. Ein ... Säbeln. Sagt man das so? Säbeln. Knirschen. Knochen, die splittern. Und sie hat das auch gehört! Sie war wach!

Aber nicht mehr lang, glaube ich. Weil man ab etwa zwei Litern verlorenem Blut das Bewusstsein verliert. Das wusstest du, oder? Ich habe es nachgelesen. Zwei Liter. Und wenn man mit einem Messer, ich meine, mit einem Skalpell den gesamten Oberkörper aufschneidet, dann gehen da leicht mal zwei Liter weg. Also war sie irgendwann ohnmächtig. Aber ich konnte ihr Herz sehen. Ich konnte es schlagen sehen.

Dann musste man nur noch die Leber wegschieben, damit man an den Magen kommt. Der Magen war das richtige Organ. Der Magen! Ich wusste das zuerst nicht, aber ...

Ja. Der Magen. Warte ...“

...

„Hör zu. Es geht nicht um Quälerei. Ich weiß, dass du das denkst. Ihr denkt das alle, oder? Aber darum geht es nicht. Glaubst du an das Böse? Ich schon. Und ich glaube daran, dass man es auslöschen muss. Und ich glaube, dass man es radikal *auslöschen muss. Also hat es*

nichts mit Quälerei zu tun, sondern mit Reinigung. Ja, Reinigung. Ich ... ich kann das nicht so gut erklären. So gut wie ...“

...

„Bist du noch da? Du kannst etwas sagen. Jetzt kannst du wieder etwas sagen.“

„Ich bin noch da.“

„Okay.“

„Hast du einen Namen?“

„Ja. Aber ich kann ihn dir nicht sagen. Ich schwöre, ich ... Weißt du, wie sich das jetzt anfühlt?“

„Nein.“

„Als ob das High nachlässt. Fühlen sich Drogensüchtige so? Es lässt nach, und ich ... ich ... ich ...“

„Du musst das nicht tun. Hörst du? Ich kann dir helfen. Lass mich dir helfen.“

„Das weiß ich. Das ist der Grund, warum ich dich ausgewählt habe. Aber ... ich sagte doch ...“

„Was?“

„Ich war es nicht. Ich habe gar nichts getan. Gar nichts. Ich bin nur der Schüler.“

„Der ...?“

„Ich lerne. Ich sehe zu. Ich stehe da und lerne. Ich darf alles sehen. Alles berühren. Aber ich habe es nicht getan. Ich schwöre es.“

„Wer? Wer hat es getan?“

„Er. Der Meister.“

5. Kapitel

FRIEDAS Hand zitterte, als sie den Hörer auflegte. Sie blickte Marc an, der ihr gegenüber an ihrem Schreibtisch saß. Sein Gesicht war blass.

„Was denkst du?“, fragte er leise, während er das Aufnahmegerät abschaltete.

„Ich muss darüber nachdenken“, sagte Frieda.

„Hat er das erste Mal auch so … so …“

„… aufgeregt geklungen?“, vervollständigte Frieda seinen Satz.

„Ich wollte irre sagen, aber okay.“

Frieda schüttelte den Kopf. „Nein. Letztes Mal hat er eher schüchtern geklungen. Gefasst und … ja, doch. Schüchtern. Schüchtern und ängstlich. Das hier war völlig anders.“

„Was war das mit ‚Meister‘?“

„Ich weiß es nicht.“

„Soll das heißen, wir können davon ausgehen, dass es zwei sind?“

„Nein, nicht unbedingt. Es könnte auch sein, dass er sich eine andere Persönlichkeit geschaffen hat, wenn du so willst. Um es sich einfacher zu machen, mit allem … klarzukommen.“

„Ein irrer Psychopath, der auch noch schizophren ist? Hört sich großartig an.“

„Nicht schizophren“, klärte Frieda ihn auf. „Schizophrenie führt zu Realitätsverlust und Wahnvorstellungen, vereinfacht ausgedrückt. Was du meinst, ist eine dissoziative Identitätsstörung.“

„Das macht das Ganze nicht besser.“ Marc stand auf. „Ich bringe die Aufnahme ins Revier und schreibe einen Bericht.“

Frieda nickte. „Das werde ich auch versuchen.“

Marc hob die Hand zum Gruß und ging. Frieda blickte ihm nach, drehte sich dann mit ihrem Stuhl nach hinten und betrachtete nachdenklich ihr deckenhohes Bücherregal. Sie musste nur den Anfang finden. Aber wo?

Da war zum einen die Sache mit der möglichen zweiten Persönlichkeit, dem Meister. Und es gab das Thema der Reinigung und des Bösen, das besiegt werden musste. Aber das war nicht alles. Sie hatte die Worte von Herbert Meissner heute Nachmittag noch allzu gut im Ohr. Der Y-Schnitt war vor dem Tod und, wie alle annahmen, bei Bewusstsein durchgeführt worden. Herbert hatte jedenfalls keine Anzeichen für Betäubungsmittel feststellen können. Auch der Daumen war abgeschnitten worden, als Hilke noch gelebt hatte. Also ging es sehr wohl darum, das Opfer zu quälen. Wieso beharrte der Anrufer so sehr darauf, dass dem nicht so war?

Es ging also nicht nur um Reinigung. Nicht nur darum, etwas Böses auszutreiben. Es ging auch darum, dem Opfer Schmerzen zuzufügen, es zu demütigen, es zu erniedrigen. Die Frage war nur, warum? Macht? Sadismus? Rache? Alles waren Optionen.

Und dann war da noch das Thema mit dem Teller, das Frieda Übelkeit verursachte.

„Das Thema mit dem Teller“, murmelte sie und griff entschlossen zu einem Fachbuch.

Als Frieda am nächsten Tag zur Ermittlungsbesprechung kam, sah sie sich einer ganzen Reihe mürrischer Gesichter gegenüber. Einzig Ralf und Helge Paulsen lächelten sie an, als sie den Raum betrat.

„Bitte sagen Sie uns, dass Sie ein paar gute Ideen haben“, sagte Paulsen und nickte Frieda zu.

„Ich habe gute Ideen. Aber es ist im Moment nicht mehr als das. Ideen.“

„Wir nehmen, was wir kriegen können. Schießen Sie los.“

„Ich weiß, wie das gleich für Sie alle klingen muss, und es ist auch nur eine Ahnung, die ich habe, aber nachdem der Täter zweimal recht deutlich darauf angespielt hat, muss ich davon ausgehen, dass wir es mit Kannibalismus zu tun haben könnten.“

Frieda blickte einmal in die Runde. Sie sah Entsetzen und zum Teil überraschte Gesichter, stellte aber fest, dass der eine oder andere bereits dieselbe Ahnung gehabt hatte. Sie sprach weiter. „Ein Organ fehlt. Uns allen ist klar, dass das etwas zu bedeuten hat. Möglich, dass er es verbrannt hat, möglich, dass er es vergraben hat, möglich, dass er gerade das nächste rote Paket zusammenschnürt und an jemanden schickt. Ich betone: All das ist möglich."

„Aber nicht wahrscheinlich?", fragte Viktor Bessling nach.

„Doch. All diese Varianten sind möglich und wahrscheinlich. Aber der Täter hat zweimal davon gesprochen, dass ein Teller hergerichtet war. Vielleicht wollte er mich damit auf eine falsche Fährte bringen, aber …"

„Aber deine Intuition sagt dir etwas anderes?", unterbrach Marc sie.

„Nicht nur das. Es ist der Zusammenhang aus mehreren Informationen. Im zweiten Telefonat sprach der Täter von Reinigung. Davon, das Böse auslöschen zu müssen."

„Wir haben uns die Aufnahme bereits angehört", sagte Viktor. „Klingt total geisteskrank. Woher wissen wir, dass er nicht nur irgendeinen Wahnsinn daherlabert? Etwas, das die Stimmen in seinem Kopf ihm befehlen?"

„Das wissen wir nicht. Es macht aber keinen Unterschied, oder?", gab Frieda zurück. Sie setzte ihre Lesebrille auf und stierte Viktor über den Brillenrand hinweg an. „Oder macht es für *Sie* einen Unterschied, Viktor? Hilke Rosnig ist tot. Unser Täter war dafür verantwortlich. Es ist meine Aufgabe, herauszufinden, warum er tut, was er tut, und Ihre Aufgabe ist es, aus dem, was ich Ihnen sage, ermittlungsrelevante Schlüsse zu ziehen."

Im Raum herrschte angespannte Stille. Viktor nickte knapp und wandte den Blick ab.

„Zurück zum Kannibalismus. Das ist kein Gebiet, auf dem ich mich besonders gut auskenne …"

„Ich hoffe, das ist kein Gebiet, auf dem sich *irgendjemand* gut auskennt", sagte einer der neuen Kollegen, und ein paar andere lachten auf.

Frieda ignorierte sie. „So oder so, es ist kein neues und auch kein sonderlich … kreatives Phänomen, wenn Sie so wollen. Kannibalismus gibt es seit Jahrtausenden, und beim Menschen hat er unterschiedliche Gründe."

„Oh Gott …“, sagte eine Kollegin und wirkte recht grün um die Nase.

„Echt jetzt?“, fragte Viktor. „Wie viele Gründe gibt es denn?“

„Traditionen, Rituale, Religion, Medizin, Extremsituationen und psychologische Gründe“, zählte Frieda auf. „Wir interessieren uns für Letzteres. Und ich nehme gleich vorweg: Im 20. und 21. Jahrhundert gab es bereits einige Kriminalfälle, in denen es zu Kannibalismus kam. Auch in Deutschland im Übrigen.“

„Also hat unser Täter sich vom Kannibalen von Rotenburg inspirieren lassen?“, fragte Ralf.

„Möglich. Aber das alleine reicht natürlich nicht. Ich sagte zwar, dass das Thema häufiger vorkommt, als wir glauben wollen. Allerdings sind Studien dazu sehr rar. Wir wissen nur wenig darüber, was Leute dazu bringt, Kannibalismus zu betreiben. Oder an Kannibalismus teilzunehmen, wie es etwa beim Kannibalen vom Gimmlitztal im Jahr 2013 war, einem Fall von eingewilligtem Kannibalismus.“

„Igitt“, sagte Viktor, und einige Kollegen nickten.

„Aber ein paar Ansatzpunkte hat die Forschung“, sprach Frieda weiter. „Kannibalismus wird in verschiedene Kategorien eingeteilt. Der Täter hat am Telefon genau jene Schlagworte geliefert, die ich in einem psychologischen Lexikon nachgelesen habe. Die Reinigung, das Böse. Es passt zum Angst-Kannibalismus. Der Gedanke dahinter ist es, den getöteten Feind am denkbar sichersten Ort zu verwahren und seine Wiederkehr zu verhindern.“

Frieda pausierte und wartete auf erste Reaktionen. Doch alles, was sie sah, waren aschfahle, fassungslose Gesichter.

„Okay“, sagte Ralf, der sich als Erster gefangen hatte. „Und was jetzt?“

„Vorausgesetzt, dieser Ansatz stimmt, dann ist der nächste Schritt, das Umfeld unseres Opfers danach zu durchleuchten, wer vor ihr Angst gehabt haben könnte. Wem könnte sie etwas angetan haben, das furchtbar genug war, um in ihr das Böse zu sehen.“

Ralf hob die Hand. „Ich habe eine Frage.“

„Ja?“

„Das auslösende Ereignis muss doch vor relativ kurzer Zeit passiert sein, oder? Etwas muss diesen Impuls ja ausgelöst haben.“

Frieda dachte kurz nach. „Es ist die Frage, was für den Täter das auslösende Ereignis war.“

„Es gibt eine viel wichtigere Frage“, warf Marc ein.

„Welche?“, fragte Paulsen.

„Wird es weitere Opfer geben?“

Frieda blickte Marc einen Moment lang an. Dann sagte sie: „Das kommt darauf an.“

„Worauf?“, fragten mehrere Ermittler zeitgleich.

„Ob Hilke Rosnig all das Böse in sich vereint hat, vor dem der Täter Angst hatte.“

„Ist das wahrscheinlich?“, hakte Ralf nach.

Frieda warf ihm einen vielsagenden Blick zu. „Nein.“

6. Kapitel

„ABER es könnte möglich sein, oder?“, fragte Marc, als er mit Frieda gemeinsam wenig später im Wagen saß.

Herr Rosnig war endlich so weit ruhiggestellt, dass er in der Lage war, befragt zu werden, sodass sie nun auf dem Weg zu seinem Haus waren.

„Was könnte möglich sein?“, fragte Frieda nach.

„Dass es bei diesem Mord bleibt. Ich meine, es könnte doch sein, dass diese Richterin all das Böse verkörpert hat.“

Frieda nickte einmal, doch Marc spürte an ihrer Reaktion, dass sie das für sehr unwahrscheinlich hielt.

„Du gehst also von weiteren Morden aus?“, hakte er nach.

„Es ist nur so ein Gefühl. Aber … er betreibt einfach viel zu viel Aufwand dafür, dass er es bei einem Mord belassen möchte. Weißt du, was ich meine?“

Marc schüttelte den Kopf und fuhr mit viel zu hoher Geschwindigkeit über eine rote Ampel. Er hörte, wie Frieda neben ihm einen protestierenden Laut von sich gab, doch darauf konnte er jetzt keine Rücksicht nehmen. Das Ermittlungsteam hatte Hilke Rosnigs Leben so weit als möglich durchleuchtet, und dabei waren einige ziemlich pikante Details ans Tageslicht gekommen, die Marc umgehend mit dem Witwer erörtern musste.

Frieda sprach weiter, als die Straße vor ihnen frei von Autos und Ampeln war. „Wenn es ihm nur darum ginge, eine Person zu ermorden, müsste er nicht all den Aufwand betreiben.“

„Den Aufwand?“

„Die Anrufe bei mir. Und das Paket. Das Paket ist es, das mich irritiert. Wieso der Daumen?“

„Die Frage stelle ich mir auch die ganze Zeit. Was hat das zu bedeuten?“

„Ich weiß es nicht. Aber wir sollten vom Schlimmsten ausgehen."

Marc kam nicht mehr dazu, zu fragen, was das genau bedeutete. Er fuhr bereits in den Ort ein, in dem Hilke Rosnig gelebt hatte. Kurz nach der Ortseinfahrt befand sich das Wohnhaus, in dem sie am vorigen Tag zum ersten Mal auf den völlig aufgelösten Witwer getroffen waren.

Marc und Frieda gingen zum Eingang, und Marc drückte auf die Klingel. Kurz darauf wurde die Tür von einem Mann im Anzug geöffnet, der ganz eindeutig nicht Herr Rosnig war.

„Kommissar Marc Wittmann", stellte Marc sich vor. „Das ist Doktor Rubens. Wir sind hier, um …"

„Ich weiß", unterbrach der Mann ihn. „Kommen Sie mit."

Marc folgte dem Anzugträger ins Wohnzimmer und staunte nicht schlecht, als er dort neben Herrn Rosnig noch einen weiteren Mann antraf. Der Dritte im Bunde war wohl Herrn Rosnigs behandelnder Arzt, denn er hatte ganz klischeehaft ein Stethoskop um den Hals hängen.

Wo wir gerade bei klischeehaft sind, dachte Marc und wandte sich zum Anzugträger um. „Sie sind sein Anwalt." Das war keine Frage, sondern eine Feststellung, und das knappe Nicken, das als Reaktion kam, bestätigte nur, was Marc ohnedies schon wusste. „Na, wenn das mal nicht interessant ist", sagte er und blickte Herrn Rosnig direkt an.

Der war nach wie vor sehr blass und saß in sich zusammengesunken auf dem Sofa. Doch sein Blick lag wachsam auf Marc. „Herr Kommissar", sagte Herr Rosnig und nickte Marc zu.

„Sie wollen die Befragung also zusammen mit Ihrem Anwalt durchführen?", fragte Marc und ließ sich auf einem Sofasessel nieder. Er blickte sich um und sah, dass Frieda im Türrahmen stehen geblieben war.

„Nur, um sicher sein zu können, dass alles geordnet abläuft", antwortete der Anwalt. „Mein Name ist übrigens …"

„Ich habe mit Herrn Rosnig gesprochen", unterbrach Marc den Anwalt, ohne den Blick vom Witwer abzuwenden.

„Meine Frau war Richterin", sagte Herr Rosnig mit zittriger Stimme. Seine Augen waren wässrig. „Ich selbst bin Verwaltungsjurist. Es ist aus meiner Sicht etwas völlig Normales, einen Kollegen hinzuzuziehen. Sie verstehen das sicher?“

„Natürlich. Es gibt nichts Schöneres als das Gefühl, jedes Wort auf die Goldwaage legen zu müssen, wenn man einen Mordfall aufklären möchte“, gab Marc trocken zurück.

Er wusste, dass das unpassend und vermutlich auch unfair war. Der Mann hatte schließlich gerade seine Frau verloren. Aber Ehemänner standen auf der Verdächtigenliste in aller Regel ganz automatisch auf Platz eins, und das taten sie erst recht, wenn sie gleich bei der ersten Befragung mit einem Anwalt antanzten.

„Also schön … Beginnen wir“, sprach Marc weiter und legte eine Aktenmappe mit den bisherigen Ermittlungsergebnissen auf den Tisch.

Er ging mit dem Witwer alle Fakten durch, die bisher bekannt waren. Sie hatten bereits rekonstruiert, wie die letzten Tage in Hilke Rosnigs Leben ausgesehen hatten, und konnten den Entführungszeitpunkt ziemlich genau einschränken. Das half ihnen allerdings bislang nur bedingt.

„Wir sind auf der Suche nach Zeugen“, erklärte Marc. „Aber Sie können sich sicher vorstellen, dass wir dahingehend wenig Hoffnung haben, da Ihre Frau mitten auf einer Landstraße entführt wurde. Es war zudem dunkel. Wir gehen also nicht davon aus, dass wie Zeugen finden werden.“ Marc blickte Herrn Rosnig prüfend an.

Der nickte knapp.

„Sie haben ein Alibi?“, fragte Marc beiläufig.

Herr Rosnig nickte erneut. „Ich war hier. Ich habe auf meine Frau gewartet. Ich habe Abendessen gekocht und warmgehalten. Der Fernseher lief, und ich …“

„Waren Sie alleine?“, unterbrach Marc ihn.

„Ja. Aber ich war im Internet.“

„Entschuldigung?“

„Im Internet. Ich saß an meinem Computer. Doktor Kürschner, das ist mein Anwalt hier, hat bereits den Browserverlauf ausgedruckt.“

„Die Bestätigung des Internetproviders ist ebenfalls schon angefordert“, erklärte der Anwalt und reichte Marc den Ausdruck mitsamt einer Visitenkarte.

Marc ignorierte beides und würdigte den Anwalt keines Blickes. „Dass jemand an Ihrem PC gesessen hat, ist kein ausreichendes Alibi, Herr Rosnig. Das kann jeder gewesen sein. Haben Sie eine Kamera in Ihrem Büro? Oder wo auch immer Ihr Schreibtisch steht."

„Eine …? Nein."

„Sie haben also keinen *Beweis*, dass Sie es waren, der zur fraglichen Zeit am PC saß."

Herr Rosnig wechselte einen Blick mit seinem Anwalt.

„Die Laptopkamera", sagte dieser nachdenklich.

„War die Laptopkamera eingeschaltet?", fragte Marc.

„Ich … weiß es nicht", gab Herr Rosnig zu.

„Schön. Wir prüfen das gerne. Bis dahin …"

„Ich weiß genau, worauf Sie hinauswollen", unterbrach Herr Rosnig Marc. Er richtete sich auf, und sein Blick bekam etwas Trotziges.

„Ach ja?"

„Ich weiß von der Affäre. Darum geht es doch, oder? Dass meine Frau eine Affäre hatte?"

Marc lehnte sich zurück und bedachte Herrn Rosnig mit einem langen Blick. „Nun, wenn Sie schon davon anfangen …"

„Das ist Jahre her. Viele, viele Jahre. Wir hatten eine Ehekrise. Das passiert. Und es ist absolut … Um ehrlich zu sein, empfinde ich es als Sauerei, dass Sie auch nur ansatzweise unterstellen …" Der Mann brach ab und schüttelte den Kopf. Dann ging sein Blick zu seinem Anwalt.

„Ich unterstelle gar nichts, ich prüfe Fakten", gab Marc zurück.

Frieda tauchte neben ihm auf und ließ sich auf Marcs Armlehne nieder. „Herr Rosnig …", begann sie in bewundernswert sanftem Tonfall. „… ich bin sicher, dass das alles hier eine untragbare Situation für Sie ist. Und wenn Sie Hilfe benötigen oder mit jemandem sprechen wollen, biete ich mich gerne an."

„Sie sind Teil des Ermittlungsteams, oder nicht?", fragte Rosnig misstrauisch. „Ich kenne Sie aus dem Fernsehen."

„Mein Angebot gilt dennoch. Es tut mir sehr leid, was Sie mitmachen. Ich bin sicher, Ihnen ist genauso daran gelegen, den

Mörder Ihrer Frau zu finden, wie uns. Alles, was Sie uns sagen können, würde helfen. Alles."

Marc nickte und nahm zufrieden wahr, wie Herrn Rosnigs Gesicht einen versöhnlichen Ausdruck bekam. „Fragen Sie", forderte er Frieda auf.

„Erzählen Sie uns von der Affäre."

„Die Affäre ist zehn Jahre her. Hilke hatte den Mann in einer Bar kennengelernt. Es war nichts. Es war … unbedeutend. Aber dann hat er begonnen, sie zu stalken, nachdem sie das Ganze beendete. Sie hat ihn angezeigt, und er wurde verurteilt. Er musste ins Gefängnis, weil er einschlägig vorbestraft war."

Marc griff zur Aktenmappe und schlug sie auf. „Das war Pascal Kralliker, ja?"

Herr Rosnig nickte.

„Haben Sie seitdem wieder etwas von Herrn Kralliker gehört?"

Der Witwer schüttelte den Kopf. „Nicht, seitdem er ins Gefängnis gekommen ist."

„Sie wissen, dass er freigelassen wurde?", fragt Marc.

„Ja."

„Aber er hat Sie oder Ihre Frau nicht kontaktiert?"

„Nein."

„Sind Sie sicher? Könnte es sein, dass Ihre Frau Ihnen einfach nichts davon erzählt hat? Immerhin …"

Herr Rosnig hob die Hand, und Marc unterbrach sich. Der Witwer schüttelte den Kopf und blickte auf seinen Schoß. „Sie hätte es mir erzählt, dessen bin ich mir sicher."

Marc und Frieda wechselten einen Blick.

Pascal Kralliker wurde in diesem Moment von Ralf und Viktor Bessling befragt. Marc wusste noch nicht, ob er ein Alibi hatte oder welche Ergebnisse bereits erzielt worden waren. Natürlich war ein verurteilter Stalker, der eine Affäre mit dem Mordopfer gehabt hatte, ein ziemlich passender Verdächtiger. Dennoch … zu diesem Zeitpunkt schloss Marc gar nichts aus. Auch nicht, dass der Ehemann etwas mit alldem zu tun hatte.

„Fällt Ihnen noch jemand ein, für den Ihre Ehefrau ein Hassobjekt dargestellt haben könnte?“, fragte Marc weiter.

Herr Rosnig zuckte mit den Schultern. „Sie war Richterin.“

Das war alles, was er dazu zu sagen hatte, und Marc konnte gut verstehen, was er damit meinte.

„Jemand Konkretes? Ein konkreter Fall, der Ihnen einfällt?“

Der Witwer schüttelte den Kopf.

Marc nickte Frieda kurz zu, und beide standen auf. „Das wäre fürs Erste alles. Bitte halten Sie sich weiter zur Verfügung. Und weisen Sie Ihren Anwalt an, ein besseres Alibi zu besorgen.“ Marc verließ das Zimmer, ohne den Anwalt eines Blickes zu würdigen, und ging auf die Haustür zu.

„Warten Sie“, rief der Witwer ihm nach.

Marc drehte sich um.

Herr Rosnig kam auf ihn zu, den Blick starr auf Frieda gerichtet. „Ich habe eine … eine Frage.“

„Ja?“ Frieda ging einen Schritt auf ihn zu und blickte ihn offen und abwartend an.

„Wenn Sie das Paket analysiert haben … Fingerabdrücke, richtig?“

Frieda nickte.

„Wenn Sie damit fertig sind, denken Sie … denken Sie, ich könnte es haben?“

Marc hob die Augenbrauen. Er blickte zu Frieda, die sich gleichzeitig für einen Moment zu ihm umwandte. Ihre Miene blieb ausdruckslos, doch Marc konnte an ihren Augen erkennen, wie überrascht sie war.

„Nun …“, begann sie, schloss dann aber wieder den Mund und blickte Herrn Rosnig fragend an.

Der senkte den Kopf und starrte auf seine Füße. „Ich … ich hätte gerne ihren Daumen zurück, wissen Sie? Das ist alles.“

Marc fuhr in rasanter Geschwindigkeit zum Revier. „Das schmeckt mir nicht“, sagte er zum wiederholten Male.

„Er hat es doch erklärt“, gab Frieda zurück.

„Das ist eine irre Erklärung.“

„Er ist ein gläubiger Mensch. Er möchte, dass der Körper seiner Frau so komplett wie … na ja … wie möglich ist, wenn sie beerdigt wird. Das ist ein legitimer Wunsch."

„Das ist krank. Der Typ schmeckt mir nicht."

„Okay. Gut. Er gilt doch ohnedies schon als Hauptverdächtiger, oder?"

„Jetzt erst recht."

„Wirst du eine Untersuchungshaft beantragen?"

„Dafür habe ich noch zu wenig. Ich warte, welche Beweise der Anzugträger noch für Rosnigs Alibi liefert. Vermutlich hat er noch etwas in petto. Ich weiß, wie Anwälte ticken."

Marc setzte Frieda bei ihrer Praxis ab und fuhr weiter ins Revier, um sich kurz mit Ralf über dessen Befragungsergebnisse bei Pascal Kralliker auszutauschen. Am Abend würde eine Ermittlungsbesprechung folgen, bei der Frieda wieder anwesend sein würde. Bis dahin wollte Marc ein paar ordentliche Ergebnisse auf dem Tisch liegen haben.

Er betrat das Revier und stieß beinahe mit Michael Merten zusammen, der im Empfangsbereich des Reviers gestanden und offenbar auf ihn gewartet hatte.

Marc baute sich vor ihm auf. „Was wollen Sie hier?", fragte er. „Oh, lassen Sie mich raten. Meine Kollegen haben einen Kriminellen festgenommen, und Sie sind der dunkle Ritter hoch zu Ross, der gekommen ist, um uns das Leben schwer zu machen?"

„Fast. Ich wollte Ihnen mitteilen, dass die Sache mit Ihrem Vater noch lange nicht gegessen ist." Merten verschränkte die Arme vor der Brust und funkelte Marc an.

„Aha. Dafür sind Sie extra hier? Haben Sie sonst nichts zu tun?"

„Nein, *dafür* bin ich nicht extra hier." Merten machte einen Schritt auf Marc zu und streckte drohend den Zeigefinger aus. „Ich bin hier, um Ihnen *persönlich* zu sagen, dass Sie sich mit dem Falschen angelegt haben, Wittmann. Ich werde Ihren Vater aus dem Gefängnis holen, bevor Sie bis drei zählen können. Und dann werde ich etwas noch viel Besseres tun."

„Ach?“ Marcs Muskeln spannten sich wie auf Kommando an. Er war kurz davor, diesem widerlichen Schleimbeutel eine zu verpassen, riss sich aber zusammen.

Merten reckte das Kinn in die Höhe. „Ich werde Sie so was von fertigmachen.“

Mit diesen Worten stolzierte Merten an Marc vorbei und knallte beim Hinausgehen die Tür des Reviers hinter sich zu.

„Ihnen auch einen schönen Tag“, murmelte Marc und ging in sein Büro.

Er ließ sich erschöpft auf den Bürostuhl fallen und lehnte sich zurück. Den Blick zur Decke gerichtet dachte er darüber nach, was er erfahren hatte. Er wollte sich nicht von ersten Eindrücken blenden oder beeinflussen lassen, dafür war er schon viel zu lange Polizist. Wenn er ehrlich zu sich war, so musste er sich eingestehen, dass Herr Rosnig nicht wie jemand wirkte, der kaltblütig seine Frau ermordete.

Aber was sagte das schon aus?

Fakten waren alles, was zählte. Fakten und Alibis. Und genau das konnte Rosnig nicht liefern. Marc lehnte sich vor und griff zum Telefonhörer. Es war Zeit, sich mit Ralf auszutauschen, falls der mit seiner Befragung schon fertig war. Doch in dem Moment, als er nach dem Hörer griff, klingelte das Telefon.

Marc nahm ab. „Ja?“

„Kommissar Wittmann, ich habe eine Frau am Apparat, die etwas zu Ihrem Mordfall beisteuern kann“, sagte eine Sekretärin am anderen Ende der Leitung.

„Stellen Sie durch.“

Marc wartete gespannt. Das war nun wirklich interessant, denn die Medien hatten den Mordfall noch nicht thematisiert. Die Leiche war erst gestern Morgen gefunden worden und dies Gott sei Dank außerhalb Videns an einer so abgelegenen Position, dass es der Polizei bisher gelungen war, die Sache unter dem Radar der Presse zu halten. Es war nur eine Frage der Zeit, bis Informationen durchdringen würden, doch noch war das nicht passiert. Was also hatte diese Frau beizusteuern?

„Hallo?“, hörte Marc eine schüchterne Stimme am anderen Ende der Leitung.

„Kommissar Wittmann hier. Mit wem spreche ich?“

„Inge Göplitz. Ich … Ich wollte eigentlich nur eine einfache Anzeige erstatten. Man hat mir gesagt, ich solle direkt mit Ihnen sprechen.“

„Für eine einfache Anzeige?“

„Ja.“

Nun war Marc noch gespannter. Für so etwas war die Kriminalpolizei nicht zuständig. Doch wenn seine Kollegen den Anruf zu ihm durchstellten, dann war das höchst brisant. „Worum geht es denn?“

„Es geht um … Es hört sich ziemlich eigenartig an. Und ich weiß selber nicht, was ich davon halten soll, aber …“

Marc wartete und hörte, wie die Frau am anderen Ende der Leitung schwer atmete.

„Was ist passiert?“, fragte er mit sanfter Stimme nach.

„Ich … Ich habe ein rotes Paket erhalten. Und an der Unterseite ist ein Blutfleck.“

7. Kapitel

FRIEDA hatte es sich noch nicht mal auf ihrem Schreibtischsessel bequem gemacht, als ihr Handy klingelte. Marc war dran.

„Hast du etwas vergessen?“, fragte sie.

„Nein. Die Dinge entwickeln sich rasanter, als mir lieb ist. Ein neues Paket wurde verschickt. Ich fahre direkt zu der Empfängerin. Ich dachte, du willst vielleicht mitkommen.“

Frieda überlegte einen Moment. Eigentlich hatte sie Termine. Drei Patienten standen heute noch in ihrem Kalender und außerdem ein Termin mit Marie, ihrer Verlegerin und besten Freundin. Marie würde nicht sehr glücklich sein. Nun, das war sie nie. Marie war eine sehr exzentrische Person, und wenn es um ihren heiligen Job als Verlegerin ging, kannte sie kein Pardon.

„Ich komme mit“, sagte Frieda dennoch.

„Ich bin in zehn Minuten bei dir.“

Frieda legte auf und atmete tief durch. Sie war mittlerweile viel mehr in die Polizeiarbeit involviert, als sie je geplant hatte. Eigentlich war sie keine Profilerin, sie war auch keine Kriminalpsychologin. Das alles war einfach … passiert. Sie arbeitete nun an ihrem fünften Kriminalfall, und alles, ihre Aufmerksamkeit, ihr Fokus, ihre Emotionen, drehten sich fast ausschließlich darum. Das war nicht gut, denn Frieda konnte auf Dauer nicht beides machen. Sie konnte nicht die Psychologin sein, die sie sein wollte und die ihre Patienten zweifellos verdienten, wenn sie ständig mit Kriminalfällen zu tun hatte. Sie wusste, dass sie sich früher oder später entscheiden musste.

Doch zuvor musste sie etwas anderes tun. Etwas, das weitaus unangenehmer war. Sie wählte Maries Nummer.

„Du willst absagen“, sagte Marie Ludwigs anstelle einer Begrüßung.

Marie war über zehn Jahre älter als Frieda und nicht nur ihre beste Freundin, sondern auch so etwas wie ein Mutterersatz. Doch das galt nur im Privatleben. Im Berufsleben war Marie erbarmungslos.

„Es tut mir leid. Es ist etwas dazwischengekommen."

„André?"

„Was?"

„André? Ist André dazwischengekommen? Dann bist du entschuldigt."

Frieda hörte das Klicken eines Feuerzeugs und sah förmlich vor sich, wie Marie sich eine ihrer geliebten Zigaretten ansteckte.

„Ähm, nein."

„Hast du ihn immer noch *on hold*? Das ist dämlich, Frieda. Greif endlich zu."

„Ich dachte, wir trennen beruflich und privat."

„Tun wir, mein Schatz. Du rufst also beruflich an, um mir zu sagen, dass du dich heute nicht mit deiner Verlegerin treffen willst, weil …?"

Frieda wollte Marie nicht die Wahrheit sagen. Aber es war schwer, etwas vor ihr zu verheimlichen. Doch das Thema Marc war wie ein Minenfeld zwischen ihnen. Marie konnte weder Marc noch seinen Status in Friedas Leben noch die Tatsache, dass er sie beruflich ablenkte, ausstehen.

„Marc, richtig?", beantwortete Marie ihre eigene Frage.

„Es gibt einen neuen Fall."

„Schön."

„Schön?"

„Hey, wir schreiben ein Buch über deine Kriminalfälle. Der Veröffentlichungstermin ist erst nächstes Jahr, da ist noch ausreichend Zeit, einen weiteren Fall einzubauen. Ich hoffe, es ist etwas richtig Gutes. Wir wollen einen Bestseller."

„Seit wann bist du Miss Glas-halb-voll?"

„Seit ich mir einen Life Coach gönne."

„Wow."

„Solltest du auch mal versuchen."

„Ich bin Psychologin."

„Na und? Psychologen können sich nicht selbst therapieren.“

Frieda war überrascht, wie ruhig Marie blieb. Normalerweise fühlten ihre Worte sich wie Speerspitzen an.

„Das war übrigens meine *berufliche* Antwort“, sagte Marie, als hätte sie Friedas Gedanken lesen können.

„Okay.“

„Meine *private* Antwort von Freundin zu Freundin würde ziemlich anders aussehen. Die hörst du dann am Abend. Bis dann.“

Marie legte auf. Frieda zweifelte nicht daran, dass sie Marie auf ihrer Couch vorfinden würde, wann auch immer sie heute nach Hause kam. Sie beide waren quasi Nachbarinnen, außerdem hatten sie eine Art Hundepakt geschlossen. Frieda hatte sich vor vielen Jahren ihren geliebten Schäferhund Napoleon zugelegt. Marie hatte vor wenigen Jahren nachgezogen und sich ebenfalls einen Hund besorgt. Sie gingen oft gemeinsam spazieren und versorgten gegenseitig ihre Hunde, wenn die Arbeit mal dazwischenkam. Das war ziemlich hilfreich, denn bei Frieda kam im Grunde ständig etwas dazwischen.

„Super …“, murmelte sie und stand auf, um nach unten zur Straße zu gehen.

Jetzt hatte sie nicht nur ein schlechtes Gewissen gegenüber ihren Patienten, sondern auch noch gegenüber ihrem Hund. So konnte das einfach nicht weitergehen.

Frieda verließ ihr Büro, gab ihrer Assistentin Lotte den Auftrag, alle Termine zu verschieben, und ging nach draußen.

„Die Frau heißt Inge Göplitz“, erklärte Marc ihr, als sie vor einer großen Villa am nördlichen Stadtrand Videns hielten.

„Hat sie das Paket schon geöffnet?“, fragte Frieda und stieg aus.

„Nein. Ich habe sie angewiesen, es nicht weiter anzufassen.“

Als die den Weg durch den Vorgarten gingen, wurde die Eingangstür bereits geöffnet. Eine kleine, zierliche Frau um die 50 stand vor ihnen und blickte sie mit einer Mischung aus Erwartung und Angst an.

„Herr Kommissar?“, fragte sie und streckte die Hand aus.

„Kommissar Wittmann. Das ist unsere Kriminalpsychologin. Doktor Frieda Rubens."

„Danke, dass Sie sofort gekommen sind."

Sie trat zur Seite und bat die beiden herein. Dann bedeutete sie ihnen, ihr durch die großzügige Eingangshalle zu folgen. Sie gingen durch eine geöffnete Flügeltür und standen dann in einem luxuriös eingerichteten Wohnzimmer.

„Zuerst war ich gar nicht so … Ich weiß auch nicht. Ich habe mir kaum etwas dabei gedacht. Aber je länger dieses Ding hier stand, desto nervöser bin ich geworden." Inge Göplitz nickte zu dem Paket, das auf einem Beistelltisch stand. „Wir haben so etwas noch nie bekommen."

„Wir?", fragte Marc und zog sich Plastikhandschuhe über.

„Mein Mann und ich. Es ist doch eine Drohung, oder? Der sprichwörtliche Pferdekopf im Bett?"

Frieda hob die Augenbrauen und tauschte mit Marc einen kurzen Blick aus. Frieda fand, dass das ein ziemlich passender Vergleich war. Sofort begannen die Rädchen in ihrem Gehirn, sich zu drehen. Sie hatte Macht, Sadismus, Rache in ihrem Notizbuch notiert und dazu Recherchen angestellt. Der Pferdekopf im Bett war ein Warnsignal. Der Täter hatte den Daumen des ersten Opfers an dessen engsten Angehörigen geschickt. Kurz darauf war die Leiche gefunden worden.

Und jetzt standen sie hier.

Sie mussten schnell in Erfahrung bringen, ob Frau Göplitz jemanden vermisste. Doch einfach direkt nachzufragen, ohne zu wissen, was in dem Paket war, würde die Frau nur noch mehr Nerven kosten.

Aber sie wusste, was in dem Paket war. Genau in diesem Moment wurde ihr klar, dass sie es wusste.

Marc stand bereits davor. Er schoss ein paar Fotos, dann begann er, es vorsichtig zu öffnen. Frieda blieb wie angewurzelt stehen. Sie hoffte, dass sie mit ihrer Vermutung falschlag. Doch das bezweifelte sie.

Wenn es wirklich das war, was sie annahm, wenn es wirklich ein …

„Es sieht aus wie ein Zeigefinger", sagte Marc eine Sekunde später. Er drehte sich zu ihr um. „Könnte aber auch ein Ring- oder Mittelfinger sein."

Frieda schloss für einen Moment die Augen. *Zeigefinger*, dachte sie. *Genau wie erwartet.*

Inge Göplitz stieß einen erstickten Schrei aus und ließ sich auf ihr Sofa fallen. Frieda war sofort an ihrer Seite. Sie griff nach ihrer Hand und drückte sie.

„Möchten Sie ein Glas Wasser, Frau Göplitz?“

Die Frau schüttelte energisch den Kopf. Die Augen waren weit aufgerissen, der Blick auf das Paket gerichtet. „Wer *tut* so etwas?“, fragte sie entsetzt.

Marc wandte sich um und sah Frieda an. Die nickte ihm kaum merklich zu und drehte sich zu Frau Göplitz.

„Ich muss Sie etwas fragen“, sagte Frieda in sanftem Tonfall.

„Was?“

Frieda konnte förmlich sehen, wie die Panik in Frau Göplitz langsam, aber beständig hochkroch. Sie versuchte, ruhig zu sein. Sie versuchte, Würde auszustrahlen, etwas, das sie wahrscheinlich ihr ganzes Leben lang getan und perfektioniert hatte. Alles in diesem Haus schrie danach, dass sie reich und – vermutlich – in ihrem Dunstkreis mächtig war. Die feinen Holzmöbel, die wertvollen Gemälde, der schneeweiße Hausanzug, der mehr kostete, als viele Leute in einem Monat verdienten. Ja, die Frau würde versuchen, Haltung zu bewahren. Doch ihre Kraft würde bald schwinden. Frieda drückte ihre Hand und ließ sie dann los.

„Haben Sie nahe Angehörige?“, fragte Frieda, nachdem sie der Frau einen kurzen Moment Zeit gelassen hatte, sich zu sammeln.

„Ja. Mein Mann. Meine zwei Töchter. Meine Mutter und meine Schwester. Wieso?“ Die Augen der Frau begannen, wild zwischen Marc und Frieda hin und her zu blicken.

„Haben Sie Grund zur Annahme, dass jemand davon vermisst wird?“

Sofort schüttelte Inge Göplitz den Kopf. Sie verweigerte sich dieser Vorstellung. Das war eine völlig normale Reaktion.

„Denken Sie kurz nach“, sprach Frieda weiter. „Wir müssen ganz sicher sein.“

Die Hand der Frau ging nervös zu ihrer filigranen Halskette aus Gold. Sie nestelte daran herum. Sie starrte zur Wand gegenüber. „Meine Mutter ist in einem Seniorenheim. Wenn man sie dort vermissen würde, hätte ich einen Anruf erhalten. Meine Schwester hat Familie. Einen Mann, drei kleine Kinder. Ich habe vor zwei Tagen mit ihr telefoniert. Sie wird nicht vermisst, das … das würde auffallen."

„Wir rufen Sie dennoch an, okay? Nur um sicherzugehen."

Inge Göplitz nickte, stand auf und ging zu einer Kommode neben der Flügeltür. Sie griff zu ihrem Handy und wählte eine Nummer, während sie weitersprach. „Meine Töchter studieren. Die eine ist in Amerika. Die andere in Paris. Wir hören uns mehrmals die Woche. Ich … Ich muss sie anrufen."

„Tun Sie das", sagte Frieda und lächelte der Frau ermutigend zu.

Marc setzte sich neben sie.

„Was denkst du?", fragte er leise, während Inge Göplitz telefonierte.

„Amerika? Paris? Das ist kaum machbar, oder? Das erste Opfer wurde erst vor etwa 72 Stunden ermordet. Das stand im pathologischen Bericht. Das kann der Täter zeitlich doch gar nicht schaffen."

„Außer, es sind tatsächlich zwei."

Frieda nickte und dachte nach. Dann ging ihr Blick zu der Frau, die das Handy an ihr Ohr gepresst hielt, als hinge ihr Leben davon ab. Es dauerte nicht einmal zehn Minuten, dann kam sie freudestrahlend zurück.

„Ich habe sie alle erreicht. Alle drei. Meine Schwester und meine beiden Töchter. Alle sind wohlauf. Ich habe sogar im Seniorenheim meiner Mutter angerufen, nur um ganz sicher zu sein."

„Und Ihr Mann?", fragte Marc.

Frieda warf ihm einen kurzen Seitenblick zu. Ein Mann? Das war ungewöhnlich. Oder … vielleicht auch nicht. Sofort ploppten einige Informationen in ihrem Gedächtnis auf, die sie über Kannibalismusfälle gelesen hatte. Männer waren nicht selten Opfer. Im Falle des freiwilligen Kannibalismus waren sie sogar in der Überzahl.

„Mein Mann ist bei der Arbeit", gab Inge Göplitz zurück. „Da wird er nicht gerne gestört. Er ist heute bei einer Besprechung in Zürich."

Marc nickte. „Seit wann ist er in Zürich?"

„Seit gestern Abend."

Frieda dachte fieberhaft nach. Wieso hatte die Frau dann ein Paket erhalten? All ihre Angehörigen waren offenbar wohlauf. War es ein direkter Warnschuss an sie selbst? Änderte der Täter bereits zu Beginn seine Vorgehensweise? Oder variierte er?

„Haben Sie mit ihm telefoniert? Als er schon in Zürich war?"

„Ja. Ich meine … nein, telefoniert nicht. Er hat mir kurz vor Mitternacht eine SMS geschrieben. Warten Sie."

Inge Göplitz drückte auf ihr Handy, dann reichte sie es Marc. Er las die Nachricht, nickte und gab der Frau das Handy zurück. Frieda stand auf und ging langsam zu dem Paket. Sie musste den Finger sehen. Nur kurz. Sie hielt die Luft an und senkte den Blick, als sie vor dem Beistelltisch stand. Der Finger war weder besonders klein noch besonders groß. Er konnte sowohl zu einem Mann als auch zu einer Frau passen. Unmöglich für sie festzustellen. Sie mussten wohl oder übel Herberts Einschätzung abwarten.

„Was hat das alles zu bedeuten?", hörte Frieda Inge Göplitz fragen und drehte sich um.

Sie stieß die Luft aus und fühlte Übelkeit in sich aufsteigen. Eilig durchquerte sie den Raum.

„Wir sind uns nicht sicher", sagte Marc und blickte Frieda kurz an. „Noch nicht."

„Aber Sie haben eine Ahnung, oder? Ich sehe es Ihnen an. Bitte, sagen Sie es mir! Bitte!"

Marc nickte. „Das ist nicht das erste Paket, das verschickt wurde. Wir arbeiten gerade an einem solchen Fall. Wir nehmen an, es ist eine Art … Warnschuss. Oder Ankündigung."

„Ankündigung wofür?"

„Das … wissen wir nicht", log Marc.

Frieda konnte ihn gut verstehen. Es war absolut unnötig, diese Frau bereits jetzt zu verunsichern. Sie würde früher oder später ohnedies erfahren, worum es ging. Im Moment wussten sie nicht, worauf oder auf wen der Täter es abgesehen hatte, doch die Polizei würde alles Notwendige tun, um ihre Angehörigen zu schützen. Frieda kannte das

Prozedere. Marc würde in Windeseile alle Befehle erteilen – national wie international. Erst dann würde er der Frau sagen, was seine Befürchtung war. Erst, wenn jeder ihrer Angehörigen unter Personenschutz stand.

Dennoch verstand Frieda nicht, was gerade passierte. Wieso ging der Täter so vor? Wenn er sein nächstes Opfer noch gar nicht entführt hatte, machte er sich das Leben doch unnötig schwer. *Richtig* schwer. Oder war das hier ein Ablenkungsmanöver?

Ja, das war durchaus möglich.

„Marc!“, sagte Frieda und bedeutete ihm, ihr kurz in die Eingangshalle zu folgen.

„Entschuldigen Sie mich kurz“, hörte sie ihn sagen, gleich darauf stand er bei ihr.

„Was ist?“

„Das könnte ein Ablenkungsmanöver sein.“

„Ja, das dachte ich auch schon.“

„Wir müssen auf der Hut bleiben. Irgendetwas wird passieren. Irgendetwas hat er vor.“

„Denkst du dasselbe über die Finger wie ich?“

Frieda zuckte mit den Schultern. Sie hob die Hand, machte eine Faust und streckte dann nacheinander Daumen und Zeigefinger aus. „Eins. Zwei.“

Marc nickte knapp. Er hob seine Hand und zählte weiter, indem er Mittelfinger, Ringfinger und kleinen Finger nacheinander hob. „Drei, vier, fünf. Scheiße.“

„Kann man wohl sagen.“

„Okay, pass auf, wir …“

„Herr Wittmann!“, rief Inge Göplitz plötzlich und stürmte auf sie zu.

Marc fuhr herum. „Was ist passiert?“, fragte er.

„Ich kann ihn nicht erreichen.“

„Was?“

„Meinen Mann! Ich kann ihn nicht erreichen. Er ist in Meetings, aber … Er geht immer ran. Ich rufe ihn nur an, wenn es dringend ist, das war unsere Abmachung, und … Er geht immer ran. *Immer*.“

„Okay, beruhigen Sie sich.“ Marc packte die Frau sanft am Oberarm und führte sie zurück ins Wohnzimmer.

Frieda blickte den beiden nach. Von Ruhe konnte keine Rede mehr sein. Der Damm war gebrochen, die mühsam zusammengehaltene Mauer der Würde zerstört. Die Frau brach auf der Couch zusammen.

Abends saß Frieda in ihrer Praxis. Eigentlich sollte sie nach Hause fahren. Zu ihrem Hund. Zu Marie, die zweifelsohne auf sie wartete, um ihr eine Standpauke zu halten. Um ihr zu erklären, wie dämlich es war, schon wieder mit Marc zu arbeiten. Und um ihr wenig subtil Druck zu machen, das Manuskript zu ihrem nächsten Buch weiterzuschreiben.

Frieda würde sich all dem stellen – bald. Doch jetzt … jetzt hatte sie nur den Fall im Kopf. Zwei Finger, zwei Opfer. Eine ältere Frau und ein älterer Mann. Es gab noch keine Leiche von Herrn Göplitz, doch Frieda war sich sicher, dass das nur eine Frage der Zeit war. Denn sie hatten umgehend sein Handy geortet und es in einer Mülltonne mitten in Viden gefunden. Er war nie nach Zürich geflogen. Und die SMS, die seine Frau erhalten hatte, hatte wohl jemand anderer getippt. Nichts leichter als das.

Sie wussten noch nicht, wie und wann der Ehemann entführt worden war, nur, dass es zwischen fünf Uhr nachmittags, als er das Büro verlassen hatte, und sieben Uhr, als er spätestens am Flughafen hätte einchecken sollen, passiert war. Vielleicht lebte er noch, vielleicht auch nicht. In jedem Fall hatte er einen Finger weniger. Der war heute Morgen per Eilpost an seine Ehefrau geschickt worden.

„Was hat das alles zu bedeuten?“, flüsterte Frieda, drehte sich mitsamt ihrem Schreibtischsessel um und starrte auf die deckenhohe Bücherwand.

Die Pakete, die Finger, der entfernte Magen.

Der Schüler – der Meister.

Waren es zwei Täter? Oder war es nur einer?

Hatte er eine dissoziative Identitätsstörung? Oder sprach er die Wahrheit? Wenn das der Fall war, waren nicht nur die Opfer, sondern auch der Anrufer selbst in Gefahr. Der Anrufer hatte Angst gehabt.

Beim ersten Anruf hatte er deutlich hörbar Angst gehabt. Er hatte vom Bösen gesprochen, davon, es auslöschen zu müssen. Das konnte auch für Paranoia sprechen. Die konnte sowohl psychologische als auch neurologische Ursachen haben, das wusste Frieda. Sie kannte sich mit den neurologischen Ursachen zu wenig aus, das war nicht ihre Fachrichtung.

Aber es war Andrés Fachrichtung.

Frieda drehte sich wieder um und griff zum Telefon. Das Herz schlug ihr bis zum Hals. Und als sie seine Nummer wählte, wurde ihr das erste Mal seit Wochen bewusst, wie sehr ihr dieser Mann gefehlt hatte.

8. Kapitel

MARC kannte dieses Gefühl. Er kannte es nur zu gut. Es war, als stünde man am Fuße des Mount Everest. Man blickte hinauf und wusste, dass da 8.848 Meter Höhe vor einem lagen, bis man den Gipfel erreichte, einen Gipfel, den man von hier noch nicht mal sehen konnte.

So fühlte es sich an. Überfordernd. Überwältigend.

Heute Morgen war die zweite Leiche gefunden worden. Die Leiche von Arthur Göplitz. Aufgeschnitten und weggeworfen wie ein Stück Fleisch. Achtlos auf einen der vielen Feldwege, die um Viden herum lagen. Der Täter machte es sich bequem. Er verschwendete keinerlei Gedanken an den perfekten Fundort oder daran, wie seine Opfer aussehen würden, wenn man sie fand. Diese toten Körper waren keine Kunstwerke, keine Objekte der sexuellen Begierde, nichts von Wert. Er hatte, was er wollte, und wenn er mit ihnen fertig war, wurden sie entsorgt. Irgendwo, wo es dunkel war und wo die Gefahr, von irgendjemandem gesehen zu werden, gleich null war. Genauso wie die Gefahr, Spuren zu hinterlassen, gleich null war. Es war Januar. Es schneite. Es fror. Der eisige Sturm zog über die flache Landschaft und wehte alles hinweg, was ihm im Weg stand oder lag.

Der Erkennungsdienst hatte bereits nach dem Fund des ersten Opfers ernüchternd klargestellt, dass die Kriminalpolizisten sich keine allzu großen Hoffnungen machen sollten. Und nun, als Marc vor der zweiten Leiche stand, galt wohl dasselbe. Der Täter war vermutlich nicht so dämlich gewesen, sich hier eine Zigarette anzuzünden oder in den Schnee zu pinkeln, um seine DNA zu verteilen.

So, wie das hier aussah, hatte er die Leiche geradezu aus dem Auto geschmissen, war umgedreht und auf demselben Feldweg zurückgefahren, auf dem er gekommen war. Ja, sie hatten das Reifenprofil, vielleicht abgetragenen Schmutz, der zuvor an den Reifen geklebt hatte. Aber das bedeutete gar nichts. Marc war zu erfahren, um sich hier allzu große Hoffnungen zu machen. Autos konnte man ausleihen, Reifen konnte man wechseln. Dafür musste man kein Genie sein, dafür reichte der einfache Hausverstand.

Er seufzte und zwang sich, die Leiche des Mannes genauer zu betrachten. Der Anblick war schlimmer als beim ersten Opfer. Nicht wegen des grauenhaften Y-Schnitts, der den Oberkörper verunstaltete, mit diesem Anblick hatte Marc ohnedies gerechnet. Nein, es war der andere Schnitt, der bei Marc Übelkeit auslöste. Eigentlich war es weniger Übelkeit als vielmehr ein regelrechter Brechreiz. Er wandte sich eilig ab und stieß beinahe mit Doktor Meissner zusammen.

„Guten Morgen, Herr Kommissar. Oh! Ich sehe, ich brauche hier nicht zweimal nachzusehen, um zu wissen, auf welches Organ es der Täter diesmal abgesehen hat."

Marc nickte, wandte sich ab und schritt eilig davon.

Nein, dachte er. *Das muss man nicht. Ganz und gar nicht.*

Es war das Gehirn.

Und wieder sprachen alle durcheinander. Sie wussten nicht, wo sie ansetzen sollten. Aus dem ersten Mordfall hatten sie zwei Verdächtige – den Stalker und den Ehemann. Doch bei der Befragung des Ersteren durch Ralf war wenig Hilfreiches herausgekommen, zumal Kralliker ein Alibi für den Entführungs- und Mordzeitpunkt hatte.

Blieb im Wesentlichen der Ehemann des ersten Opfers. Der hatte keine Alibis. Die Laptopkamera war – natürlich – nicht eingeschaltet gewesen, allerdings hatte Herrn Rosnigs Anwalt die Ein- und Ausschaltzeiten der Alarmanlage des Hauses vorgelegt. Die sollten belegen, dass Herr Rosnig, nachdem er heimgekommen war, das Haus nicht mehr verlassen hatte, denn dafür hätte er die Alarmanlage wieder ausschalten müssen.

Für Marc reichte das allerdings nicht als Beweis dafür, dass Herr Rosnig im Haus geblieben war. Wenn man kreativ genug war, konnte man das eigene Haus stets verlassen, ohne dass irgendjemand es bemerkte. Dennoch – eine Untersuchungshaft Herrn Rosnigs konnte er mit diesem Alibi erst mal vergessen, es sei denn, er schaffte es, eine

Beziehung zwischen ihm und dem zweiten Opfer, Arthur Göplitz, herzustellen.

Zugegeben: Es gab eine Gemeinsamkeit. Göplitz war der CEO einer der größten Banken des Bundeslandes, der ViBa Landesbank. Das machte ihn zu einer einflussreichen Person. Ebenso wie die Richterin eine einflussreiche Person gewesen war. Aber damit hatte es sich auch schon. Bereits der jeweilige Bereich, in dem sie Einfluss hatten, hatte nicht viel miteinander zu tun. Es sei denn, man umriss ihn ganz grob mit dem alles und nichts sagenden Wort Politik.

„Wir müssen die Ermittlungen intensivieren", erklärte Viktor Bessling gerade. „Natürlich gibt es einen Zusammenhang. Ich sage euch, die hatten eine Affäre. Wer einmal betrügt, dem glaubt man nicht, oder?"

„Dann hätte der Ehemann aber ein anderes, ähm, Organ entfernt, meinst du nicht?", gab Ralf zurück.

„Wieso? Bei der Frau war es auch der Magen."

„Ja. Eben. Was hat das mit einer möglichen Affäre zu tun?", warf eine Kollegin ein. „Das ist ja noch nicht mal ein weibliches Organ, per se, meine ich." Ihr Blick ging zu Frieda. „Oder?"

„Nun …", begann Frieda, wurde aber von drei Polizisten unterbrochen, die gleichzeitig eine hitzige Diskussion starteten.

Marc seufzte und blickte zu Ralf. Der zuckte mit den Schultern. Sie steckten fest. Sie alle. Auch Frieda. Sie hatte keine Ahnung, wieso der Täter sich für bestimmte Organe entschied. Marc wusste, wie sehr sie das frustrierte, aber darauf konnte er keine Rücksicht nehmen.

„Ruhe!", rief er laut, und alle Kollegen verstummten augenblicklich. „Wir gehen vom Einfachsten aus. Bis wir etwas anderes haben."

„Was ist das Einfachste, Marc?", fragte Frieda. Ihr Ton klang einen Tick zu ironisch, und das ärgerte ihn.

„Der Geschmack."

Sie schüttelte sofort den Kopf.

„Du hast doch selbst keine Ahnung!", fuhr er sie an.

„Ahnung genug, um zu wissen, dass er nicht einfach durchkostet, Marc. So einfach ist das nicht."

„Gut. Arbeite du an deiner Lösung, wir arbeiten an unserer."

„Und wie sieht die Strategie aus?“, fragte Viktor.

„Zusammenhänge! Wir brauchen Zusammenhänge, Leute! Wieso die beiden? Es hat etwas mit ihren Berufen zu tun, dessen bin ich mir sicher.“

„Oder mit ihrer Vergangenheit“, warf Frieda leise, aber umso bestimmter ein.

Alle Köpfe drehten sich zu ihr.

„Nur etwas, was es zu beachten gilt …“, sagte sie und strich mit der Hand über eines ihrer Fachbücher.

„Könntest du das spezifizieren?“, fragte Marc genervt.

„Die Frau des zweiten Opfers hat da so etwas gesagt. Der Pferdekopf im Bett?“

„Wie bei ‚Der Pate‘?“, fragte Viktor.

„Ja.“

„Klingt plausibel.“

„Sehe ich auch so. Ein Warnschuss. Es ist, wie … Okay, also ich habe mir letzte Nacht diesen Film angesehen.“

„Eigenwillige Recherchetaktik“, sagte Viktor und stieß sein raues Lachen aus.

„Man nimmt alle Inspirationsquellen, die es gibt, Viktor, nicht wahr?“ Frieda funkelte ihn an.

Marc lehnte sich amüsiert zurück. Er fand es ganz angenehm, nicht immer im Mittelpunkt jeglichen Streitgesprächs stehen zu müssen.

„Und? Hatten Sie eine Inspiration?“

„Es ist so …“, begann Frieda. „Beim Paten wussten alle über ihre Rolle Bescheid, richtig? Der Pferdekopf kam nicht völlig aus heiterem Himmel. Vielleicht wussten auch unsere beiden Opfer über ihre Rollen Bescheid. Vielleicht haben sie etwas getan, das tatsächlich böse war. Nur, weil unser Täter offenbar psychisch krank ist …“

„… oder so tut, als wäre er es“, warf Ralf ein.

„Soll heißen?“, fragte Marc.

„Wenn wir schon bei Filmreferenzen sind … Kennt ihr ‚Zwielicht‘? Edward Norton, Richard Gere? Da wird eine … Wie war noch gleich das Wort, Frieda?“

„Dissoziative Identitätsstörung.“

„Genau, das. Der Täter spielt es so gut, selbst vor Gericht, dass er damit durchkommt.“

Frieda nickte langsam. „Gut möglich. Ich wollte sagen: Nur, weil der Täter psychisch krank ist oder so tut als ob, heißt das nicht, dass unsere Opfer nicht *tatsächlich* etwas Böses getan haben. Und da wir nichts Aktuelles gefunden haben und auch nichts, das sich in irgendwelchen Strafregistern befindet, stelle ich mir die Frage …“

„… wie dunkel ihre Vergangenheit ist“, schloss Marc ihren Satz ab und warf ihr einen langen Blick zu.

Sie nickte und wandte sich ab.

„Okay, Leute“, sagte Marc an alle gerichtet. „Das wird eine lange Nacht. Wir haben keine Zeit zu verlieren. Ich will Ergebnisse. Am liebsten vorgestern. Macht euch an die Arbeit. Ich bin in meinem Büro, und dort bleibe ich, bis wir eine Spur haben. Ich weiß nicht, wie es euch geht, aber ich habe keine Lust herauszufinden, welches Organ unser Täter als Nächstes für sich entdeckt.“

Allgemeines Stühlerücken begann, die Kollegen gruppierten sich, sammelten ihre Unterlagen, machten sich an die Arbeit. Marcs Blick ging zu Friedas Platz, und er stellte überrascht fest, dass sie bereits aus dem Besprechungszimmer geschlüpft war. Er lief ihr nach und holte sie auf dem Gang ein.

„Wohin willst du?“, fragte er.

Sie verlangsamte ihren Schritt nicht und blickte Marc auch nicht an. „Nach Hause.“

„Was? Nein!“

Sie beachtete ihn nicht, also passte er sich ihrem Schritttempo an und folgte ihr. „Frieda, wir brauchen dich hier. Du hast mittlerweile all deine Fachbücher ohnedies in meinem Büro, und …“

Nun blieb sie doch stehen. Marc bremste sich ebenfalls und wandte sich zu ihr.

„Ich bin nicht deine Angestellte, Marc, ich habe ein Leben. Und eine Praxis. Es ist spät am Abend, und ich fahre heim. Dorthin, wo mein Hund ist. Und mein Laptop. Auf dem ich übrigens die meisten meiner Fachbücher in PDF-Version gespeichert habe.“

„Mir ist nicht wohl dabei, dich alleine nach Hause fahren zu lassen, Frieda."

Er hörte sich diese Worte sagen, bevor er darüber nachgedacht hatte. Sie waren ihm einfach herausgerutscht. Doch sie waren ehrlich gemeint. Sie war schon einmal in Gefahr geraten. Sie hatte das ungemein ärgerliche Talent, sich immer und immer wieder in gefährliche Situationen zu begeben. Sie war der Star der irren Community Videns und weit über Viden hinaus. Und dieser Täter hielt sie für *seine* Psychologin! Marc schüttelte den Kopf, weil Frieda nicht antwortete, sondern ihn einfach nur mit diesem irritierend stechenden Blick anstarrte. „Nein", sagte er vehement.

„Marc, lass das, okay?"

„Was? Du weißt genau, wie es ist! Er hat es auf dich abgesehen!"

„Wovon sprichst du? Das ist totaler Blödsinn!"

„Ist es nicht. Er ruft dich an. Er gibt dir Rätsel auf."

Nun war Frieda diejenige, die vehement den Kopf schüttelte. „Du bist auf dem Irrweg, Marc."

„Ich will das Risiko nicht eingehen."

„Marc, noch einmal: Das geht dich nichts an! Du machst es schon wieder!"

Marc hasste diesen Blick, mit dem Frieda ihn gerade bedachte. Er hasste ihn, weil er sich durchleuchtet fühlte. Es war, als stünde er nackt vor ihr. „Was mache ich?", fragte er, obwohl er die Antwort ahnte.

„Privates mit Beruflichem vermischen. Gott, Marie hatte so was von recht!"

„Was hat Marie jetzt damit zu tun?"

„Sie war bei mir, und … Ist ja auch egal! Du tust es schon wieder. Du vermischst deine privaten Gefühle mit …"

Marc wurde ärgerlich. „Ich habe überhaupt keine privaten Gefühle! Ich habe nur keine Lust, deine halb erfrorene Leiche vom nächsten Feldweg zu kratzen!"

Friedas Mund klappte auf. Ein kurzer Funken des Triumphes flackerte in Marcs tobendem Gefühlsorkan auf, weil Frieda selten sprachlos war. Doch der Funke wurde in Sekundenschnelle von einer Welle der Wut weggespült.

Frieda trat einen Schritt zurück, ging auf Abstand. „Es ist nicht an dir, mich zu beschützen.“

„Nein, ist es nicht. Du bekommst Personenschutz.“

„Nein, danke. Ich habe jemanden, der mich beschützt. Ich habe einen Freund, Marc. André. Er macht mich glücklich.“

Mit diesen Worten drehte sie sich um und eilte nach draußen. Die Tür fiel bereits ins Schloss, als das Geräusch ihrer hochhackigen Stiefel noch im Gang nachhallte.

Marc war drauf und dran, ihr nachzusetzen und etwas wie „Was zur Hölle interessiert mich das?“ zu brüllen, riss sich aber zusammen. Stattdessen starrte er die Tür an und versuchte, seine Emotionen zu bändigen. Was hatte er eben gehört? Nein, viel eher, was hatte sie da gerade gesagt? Und warum hatte sie das gesagt?

„Typisch“, stieß er aus, machte auf dem Absatz kehrt und stapfte zurück Richtung Büro. Dort knallte er die Tür hinter sich zu und setzte sich auf den Bürostuhl.

Ja, das war es! Absolut typisch für Frieda. Sie war irrational und unbeherrscht und in beiden Punkten um keinen Deut besser als er. Dennoch tat sie so, als ob sie allen überlegen war. Insbesondere ihm. Und dann entschied sie, ihm an einem völlig unpassenden Zeitpunkt mitzuteilen, dass sie einen Freund hatte? Sie hatte sich wie ein Kleinkind benommen. Bisher hatte er nichts von einem Freund gehört oder gesehen, und jetzt nannte sie einen anderen Mann ihren Beschützer? Nur, weil ihr nicht in den Kram passte, wie Marc mit ihr umging?

„Schwachsinn“, stieß er aus.

Doch als er wahllos nach einer Akte griff, um sich irgendeinem anderen Thema als Frieda zu widmen, krampfte sein Magen sich zusammen, und seine Finger krallten sich wütend um das erstbeste Blatt Papier, das er zu fassen bekam.

9. Kapitel

FRIEDA konnte nicht schlafen. Sie lag in ihrem dunklen Schlafzimmer und starrte an die Decke. Dabei war sie sich der Anwesenheit des Körpers neben sich überdeutlich bewusst. Doch noch deutlicher hallte die Erinnerung an ihren Abgang nach Marcs Personenschutz-Ansage nach.

Ich habe einen Freund, Marc. André. Er macht mich glücklich.

Was war nur in sie gefahren? Wieso hatte sie das gesagt? Völlig zusammenhanglos, ja, fast schon trotzig. Zumindest kam es ihr im Nachhinein so vor, wenngleich sie hoffte, dass Marc davon nichts mitbekommen hatte. Und was war plötzlich passiert, als sich die Tür des Reviers hinter ihr geschlossen hatte? Sie war um die nächstbeste Ecke gebogen. Sie hatte nur weg von Marc gewollt, raus aus dieser unangenehmen Situation. Tränen hatten in ihren Augen gebrannt. Tränen der Scham, weil sie sich benommen hatte wie ein Kleinkind. Was war ihre Intention gewesen? Eine strikte Grenze zu ziehen? Nun, da wäre es noch besser gewesen, einfach gar nichts zu sagen. Und wieso hatte sie sich so mies dabei gefühlt, Marc von André zu erzählen?

Das war doch völlig irre! Sie war Psychologin, Herrgott noch mal! Wie konnte es sein, dass sie irrationalen Gefühlen zu einem Mann nachhing, der schon längst ihrer Vergangenheit angehörte?

Langsam drehte sie den Kopf zur Seite.

Das schlechte Gewissen traf sie wie ein Faustschlag. Das hätte sie nicht tun sollen. Sie hätte André nicht zu sich einladen sollen. Sie hätten nicht gemeinsam Sushi bestellen und eineinhalb Flaschen Rotwein trinken sollen. Sie hätte nicht mit ihm ins Bett gehen dürfen. Nicht heute. Nicht, solange ihr Marc im Kopf herumspukte.

Es war zu früh.

Okay, vielleicht nicht im eigentlichen Sinne, immerhin war sie eine erwachsene Frau im besten Alter, und sie und André kannten sich seit vielen Wochen. Er hatte nie Andeutungen gemacht, sie nie bedrängt, hatte immer und immer wieder aufs Neue Verständnis für sie gehabt. Für ihre verbohrte, kaputte, irrationale, völlig von ihren Emotionen getriebene Art, durchs Leben zu gehen.

Oder eher zu stolpern.

Nein, die Zeit war nicht das Problem gewesen. Viel mehr das Timing. Sie hatte ihn aus den falschen Gründen zu sich gebeten. Als sie ihn vorgestern von ihrer Praxis aus angerufen hatte, war er glücklich gewesen. Er hatte sich gefreut, und sie hatten sich zum Abendessen in einem schönen italienischen Restaurant verabredet.

Doch dann hatte sie noch einmal angerufen. Gestern Abend. Vorhin. Nach dem ganzen Drama mit Marc. Eigentlich war es ja nur ein kleines Wortgefecht gewesen, aber es hatte sich wie Drama angefühlt.

Offiziell hatte sie André wegen der Ermittlungen angerufen und weil sie seine Meinung zum Thema Paranoia hören wollte.

Aber das war nicht der eigentliche Grund. Sie hatte ihn angerufen, um sich selbst etwas zu beweisen. Und jetzt lag er da, und sie fühlte sich mies. Sie fühlte sich, als hätte sie ihn, diesen netten, verständnisvollen Mann, nur ausgenutzt. Als hätte sie ihn benutzt, um Marc endlich aus ihrem Gefühlsleben zu verbannen. Doch André war mehr als nur ein Lückenbüßer, er hatte das Potenzial, jemand zu sein, mit dem sie durchs Leben gehen konnte. Wieso also fühlte sie sich nicht besser? Wieso drehten ihre Gedanken sich immer noch um …

Sie ballte die rechte Hand zur Faust, schlug sich mit den Fingerknöcheln gegen ihre Stirn und hoffte, dass ihr das dabei half, diesen Gedankenstrudel zu vertreiben. Sie schälte sich aus ihren zerwühlten Laken, glitt aus dem Bett, griff nach ihrem Morgenmantel, zog ihn an und schlich in die Küche.

Wieso dachte sie ständig an Marc? Wieso hatte er immer noch so eine Macht über sie? Es reichte manchmal nur ein Blick, ein kleines Wort, eine minimale Provokation, und sie war … machtlos. Das war unglaublich falsch. Ungesund. Emotional instabil. Und sie wollte all das weder sein noch fühlen. Sie schüttelte den Kopf, als könne sie die Gedanken einfach aus ihrem Kopf werfen, wenn sie ihn nur kräftig genug nach links und rechts bewegte.

Sie spürte ein sanftes Zupfen an ihrem Morgenmantel und blickte nach unten. Napoleon hatte sich zu ihr gesellt und sah sie verwirrt an.

„Nein, es ist noch nicht Zeit, um spazieren zu gehen. Und Frühstück gibt es erst in zwei Stunden“, erklärte sie ihm.

Er schnaufte und ließ sich auf den Bauch fallen. Er bettete den Kopf auf seine Vorderpfote und blickte sie von unten aus großen Kulleraugen an.

„Der Blick zieht nicht bei mir“, sagte sie.

Sie griff nach einer Flasche Mineralwasser und ließ sich an der Küchentheke nach unten gleiten, bis sie ebenfalls auf dem kalten Fliesenboden zu sitzen kam. Napoleon robbte zu ihr und legte seine Schnauze auf ihren Oberschenkel. Sie kraulte sein Ohr und nahm einen Schluck aus der Flasche.

„Vielleicht war es ja doch richtig, oder?“, flüsterte sie.

Ja, vielleicht. All das war einfach eine neue Situation für sie, und das führte zu all diesen verwirrenden, unsicheren Gefühlen. Aber es war immer gut, sich weiterzuentwickeln. Sie hatte viel zu lange stillgestanden und sich an die Vergangenheit geklammert wie eine Ertrinkende an ein rettendes Floß.

Marie hatte recht gehabt. Natürlich war sie nach ihrem Telefonat hier gewesen und hatte mit ihrer Meinung zu alldem nicht hinterm Berg gehalten. Und jedes ihrer Worte hatte Sinn ergeben. Das Schlimmste war, dass sie all das schon mehrfach gehört hatte. Über die Jahre hatte Marie immer und immer wieder gesagt, dass Frieda feststeckte. Frieda hatte es nur nicht hören wollen.

Bis jetzt.

Sie wollte es endlich verstehen. Sie wollte endlich bereit sein, loszulassen. Es war an der Zeit. Sie musste endlich einen Schritt in die richtige Richtung machen. Oder mehrere. Sie musste etwas tun, das ihr dabei half, ihre Vergangenheit hinter sich zu lassen.

Dazu zählte ihr Vater. Und dazu zählte auch Marc.

Frieda richtete sich auf. Wenn es notwendig gewesen war, mit André zu schlafen, um zu diesem Punkt der emotionalen Erkenntnis zu kommen, dann war es richtig gewesen. Sie schlich zurück ins Schlafzimmer und betrachtete André einen Augenblick lang. Sie sollte sich zu ihm legen und zumindest ein bisschen schlafen. Sie musste sich erst daran gewöhnen, dass da jemand war, das war alles. Es war logisch, ganz normal und sehr nachvollziehbar, was sie fühlte.

Und doch … Sie konnte nicht. Ihre Beine gehorchten ihr nicht. Sie brachte es nicht über sich, die wenigen Schritte zu gehen, um zu ihrem Bett zu gelangen. Stattdessen drehte sie sich um, ging ins Bad, duschte sich, zog sich an und verschwand mit Napoleon an der Leine aus ihrem eigenen Haus, bevor die Sonne aufging. Sie ging eine Runde mit dem Hund spazieren, dann stieg sie ins Auto und fuhr in die Praxis.

Sie war noch vor Lotte da. Alles war dunkel. Sie seufzte erleichtert, als sie sich in ihren Schreibtischsessel fallen ließ und das erste Mal seit vielen Stunden das Gefühl hatte, zur Ruhe zu kommen.

„Geh auf deinen Platz, Napoleon“, sagte sie und zeigte zu dem großen Hundebett neben ihrem Schreibtisch. „Essen kommt gleich.“

Manchmal brachte sie ihn mit, deshalb hatte sie auch ausreichend Hundefutter und Leckerlis hier gelagert. Es tat ihr gut, ihn hierzuhaben, und Lotte freute sich, mit ihm in der Mittagspause spazieren gehen zu können. Außerdem gab es ein paar Patienten, die geradezu darauf bestanden, dass Napoleon hier war. Er beruhigte sie.

„So ist es fein“, flüsterte Frieda.

Sie lehnte sich zurück und schloss für eine Sekunde die Augen. Hier fühlte sie sich wieder wie sie selbst. Hier war sie sicher. Lotte würde erst in zwei Stunden in die Praxis kommen, und Patienten trafen ohnedies nie vor elf Uhr ein. Frieda griff zur Schreibtischlampe und dimmte das Licht. Ein kleines Zeitfenster, das nur ihr gehörte. Frieda begann, sich zu entspannen.

Dann läutete das Telefon.

Der Anrufer

„Du bist da. Gott sei Dank."

„Ja ..."

„Ich höre, dass du Angst hast. Ich höre es an deiner Stimme. Du fragst dich, woher ich weiß, dass du da bist, wo es doch so früh ist. Das verstehe ich. Ich kann dir nur so viel sagen: Du brauchst vor mir keine Angst zu haben."

„Gut."

„Aber das wusstest du bereits, oder? Du kennst uns. Uns alle. Du verstehst uns. Das kommt dir jetzt sicher komisch vor, wo ich in meinem ersten Anruf doch gesagt habe, ich sei einsam und völlig alleine auf dieser Welt. Meine Ansicht hat sich verändert. ER *hat sie verändert."*

„Der Meister?"

„Ja. Ich bin nicht alleine. Ich bin ... angekommen. Endlich habe ich das Gefühl, etwas ändern zu können. Es fühlt sich so unglaublich gut an. Dabei lerne ich doch nur. Ich beobachte. Aber ich bin nicht mehr alleine ... nicht mehr alleine ..."

„Ich kann dir ebenfalls helfen."

„Ich weiß. Deshalb habe ich dich ausgewählt. Aber ... ich kann jetzt nicht aufhören. Das verstehst du doch, oder? Es ist das erste Mal in meinem Leben, das allererste Mal. Er sagt, ich darf mit dir reden. Ich darf dir nichts von mir erzählen. Noch nicht. Auch nichts von den ... von ihnen. Aber ich darf dir von ihm erzählen. Aber du musst zuhören. Nur zuhören. Okay? Gut ...

Wir haben den Mann geholt. Ihr habt ihn ja mittlerweile gefunden, oder? Ich dachte, es wäre ein anderes Gefühl, einem Mann den Oberkörper aufzuschneiden. Es war so spannend für mich, weil ich wissen wollte, ob er länger leiden kann als die Frau. Man würde es doch annehmen, oder? Er hat den Schnitt gut überlebt. Er hat gebrüllt wie ein Schwein. Na ja, nicht wirklich, er war ja geknebelt. Aber er wollte *brüllen, das habe ich mitbekommen. Und ich dachte, was macht er jetzt? Welches Organ wird es? Aber er hat den Y-Schnitt nur gemacht, weil es sich so gehört, nicht, weil er ihn tatsächlich gebraucht hat. Aber das wisst ihr auch schon.*

Er wollte den Mann einfach aufschlitzen. Einfach aufschneiden. Ich glaube, er mag das Gefühl, wie das warme Blut über seine Hände läuft. Er trägt keine Handschuhe, weißt du? Jetzt denkst du sicher, warum er sich keine Gedanken um Fingerabdrücke oder DNA macht. Aber da unterschätzt du ihn. Da unterschätzt du ihn total. Wir putzen die Körper nachher. Das steht doch sicher in diesem Bericht von eurem Doktor? Pathologischer Bericht heißt das, genau. Wir putzen die Körper. Das ganze Blut und alles. Mit so einem ... Keine Ahnung, was das ist. Desinfektionsmittel oder so was. Es stinkt ekelerregend, echt. Man atmet es ein und denkt, es würde die Lungen verätzen, so schlimm ist das. Aber menschliche Körper stinken genauso. Ekelhaft. Daran hatte ich nie gedacht. Obwohl ich es ja kenne ... Warte ...

Er sagt, ich darf nicht über mich sprechen. Oder über diese Leute. Nur über ihn. Er ist der Meister. Wo war ich also? Ach ja, beim Y-Schnitt, der unnötig und auch wieder nicht unnötig war. Ich habe ihn nicht gefragt, ob er es wegen des Gefühls des Blutes auf seinen Händen macht, aber ich weiß, dass es so ist. Er sagt, ich muss mehr fühlen, weniger analysieren. Und wenn man so viel fühlt, dann merkt man schnell, dass man eine Verbindung hat. Seitdem weiß ich, dass ich nicht alleine auf dieser Welt bin.

Denkst du, es gibt mehr von uns?

Du darfst antworten."

„Erzähl mir von den Organen."

„Den Organen? Warte ... Er schüttelt den Kopf. Ich denke, du musst selbst drauf kommen. Aber es geht nicht um dich. Jetzt denkst du bestimmt, es geht um dich, richtig? So ist das nicht. Du bist gut. Du bist das Gute. Die sind das Böse. Wir würden nie den Guten etwas antun. Wir tun überhaupt niemandem etwas an. Aber das Leben ist so ungerecht. So verdammt ungerecht. Wir haben eine Möglichkeit gefunden, ein bisschen von dem Ungerechten, von dem Bösen,

verschwinden zu lassen. Wir sorgen dafür, dass das Gute mehr Platz bekommt. So wie du.

Du hast so viele Fragen, ich weiß. Das tut mir leid. Ich verstehe, dass das frustrierend ist. Ich kenne Frust. Ich habe ihn mein ganzes Leben lang geka... Aaaah!

...

Bist du noch da?"

„Ich bin noch da. Hat er dir wehgetan?"

„Es war meine eigene Schuld. Ich darf nicht über mich sprechen. Und nicht über diese Leute. Und auch nicht über die Organe. Aber du weißt doch schon alles, was du wissen musst. Du weißt, worum es geht, nicht wahr? Ich habe es dir schon gesagt. Schon so oft. Sag es mir. Sag mir, dass du weißt, worum es geht. Sag mir, dass du mich verstehst. Uns. Uns alle."

„Es geht darum, das Böse zu vernichten."

„Man kann das Böse nicht einfach so vernichten."

„Nein, kann man nicht."

„Man kann das Böse nur vernichten, indem man es am sichersten Ort verwahrt, den es gibt. Indem man es verspeist."

10. Kapitel

MARC raste zu Friedas Praxis. Seit er sich von Ella getrennt hatte, bewohnte er ein kleines Appartement in der Innenstadt und war weitaus schneller als früher im Revier und bei Frieda. Sie hatte ihm frühmorgens eine Nachricht geschrieben, die Marc aufgeweckt und ihm gleich darauf einen Schock verpasst hatte.

Der Täter hatte sie angerufen!

So viele Fragen quälten Marc auf dem Weg zu ihrer Praxis. Wieso war sie so früh am Morgen dort gewesen? Und, was noch viel irritierender war: Wieso hatte der Täter gewusst, dass sie so früh dort war? Frieda hatte telefoniert und versucht, parallel Nachrichten an Marc zu schreiben und gleichzeitig das Telefonat aufzunehmen. Wie gut ihr das geglückt war, würde Marc gleich herausfinden.

Er hatte gewusst, dass dieser kranke Anrufer oder Täter, oder was auch immer er war, sie beobachtete. Er hatte es *gewusst!* Aber hatte sie auf ihn gehört? Nein! Das tat sie ja aus Prinzip nie!

Sie würde Personenschutz bekommen. Und wenn er persönlich dafür sorgen musste, sie mit Handschellen an einen Bodyguard zu ketten.

Marc parkte mit quietschenden Reifen vor dem Haus, in dem Friedas Praxis war, und klingelte. Kurz darauf betrat er ihr Büro. Sie saß an ihrem Schreibtisch und sah viel zu ruhig aus.

„Was ist passiert?“, fragte er, zog einen Sessel heran und platzierte sich vor ihr.

„Kannst du den bitte nicht über den Fußboden schieben? Der war teuer.“

„Oh, entschuldige bitte! Ich dachte, wir hätten hier andere Probleme!“

„Wieso?“ Sie wirkte ehrlich erstaunt. „Er hat angerufen. Das ist gut. Ich dachte, du freust dich.“

Marc starrte sie aus zusammengekniffenen Augen an. Diese Frau machte ihn wahnsinnig. Und nicht auf die gute Weise. „Er beobachtet dich, Frieda. Wie naiv bist du, um nicht zu kapieren, dass du in Gefahr bist?“

„Ich bin nicht in Gefahr. Hör dir das an.“ Sie schob ihr Handy in die Mitte des Schreibtisches und drückte in der Aufnahme-App auf Play. Marc stellte fest, dass Frieda es geschafft hatte, fast das gesamte Telefonat aufzunehmen. Als die Aufnahme abgespielt war, drückte er erneut auf Play und hörte noch einmal genauer zu.

Dann lehnte er sich zurück und blickte Frieda an. „Und? Welche Schlüsse ziehst du daraus?“

„Zuerst einmal ziehe ich den Schluss daraus, dass ich nicht in Gefahr bin.“

„Wieso ruft er dich dann an?“

„Weil er Hilfe sucht.“

„Ich dachte, er hätte seine Hilfe schon gefunden. In dem kranken Irren, der gerne Körper aufschlitzt.“

„Offensichtlich reicht das nicht. Außerdem ruft er mit der Erlaubnis seines Meisters an.“

Marc rollte mit den Augen. „Wenn es einen gibt.“

„Er hat uns noch etwas Wichtiges wissen lassen, Marc.“

Marc lehnte sich vor und klopfte mit dem Zeigefinger auf den Schreibtisch. „Wieso erzählt er dir das alles, hm? Wieso ruft er an? Was hat er davon? Er riskiert einiges.“

„Wir können ihn nicht zurückverfolgen. Das habt ihr doch bereits versucht.“

„Dennoch. Er gibt mehr von sich preis, als er müsste, und ich verstehe nicht, warum. Geht es ihm um die Bühne?“

„Ich glaube nicht.“

„Worum dann?“

„Erlösung?“

„Fragst du mich das oder ist das deine Analyse?“ Marc lehnte sich wieder zurück und verschränkte die Arme vor der Brust.

„Er denkt, er tut etwas Gutes.“

„Gott, ich übergebe mich gleich. Du hast die Leiche nicht gesehen, Frieda. Die Leiche mit dem aufgesäbelten Schädel und dem halben Gehirn."

„Weil du mich nicht an den Tatort mitgenommen hast!"

„Aus gutem Grund. Der Anblick lässt einen nicht mehr los."

„Ich bin ein großes Mädchen, Marc. Egal, lassen wir das. Es war nur ein Eindruck. Es geht ihm nicht ums Quälen. Hast du das mit dem warmen Blut gehört?"

„Ich wiederhole: Ich übergebe mich gleich."

„Schön, hör mir dabei zu. Das Blut von Opfertieren hat sühnende und reinigende Kraft. Das steht in der Bibel. Genau genommen in der jüdischen Bibelübersetzung. Das Buch des Levitikus, Kapitel 3. Dort wird außerdem die Vorstellung beschrieben, dass Blut mit Leben oder Seele gleichgesetzt ist. Das Blut ist ein heiliges, ein unmittelbar göttliches Element."

„Unser Täter ist also Jude?"

Frieda schüttelte den Kopf und sah zunehmend frustriert aus. „Nein, Marc! Es geht um das Ritual. Das Blut, das über die Hände läuft, ist reinigend für ihn. Er treibt das Böse aus, er denkt, dass er etwas Gutes tut. Zuerst das Ausbluten, dann das Verzehren. Hast du nicht gehört, wie er immer über *diese Leute* gesprochen hat? Er nennt sie nicht Opfer. Weil er sich selbst als das Opfer sieht."

„Wie kannst du so ruhig darüber sprechen?" Marc war ein ums andere Mal erstaunt, wie abgebrüht Frieda sein konnte, wenn es um ihren Job, ihre Leidenschaft ging. Die Abgründe der menschlichen Psyche waren etwas, das sie bis ins Innerste packte, das sie faszinierte, das dafür sorgen konnte, dass sie Essen und Trinken vergaß, weil sie so sehr in ein Buch vertieft war. Er hatte das mehr als nur einmal bei ihr miterlebt.

„Auf dieselbe Weise, wie du ruhig und ungerührt in ein Paket mit einem abgeschnittenen Finger blicken kannst. Es ist mein Fachgebiet, und alles, was ich dem entgegenbringen möchte, ist meine analytische Fähigkeit."

„Okay. Er tut also etwas Gutes – in *seiner* Welt. Was noch?"

„Er hat uns etwas Wichtiges gesagt. Oder vielmehr das, was er nicht gesagt hat, ist wichtig.“

„Soll ich mir das jetzt selber zusammenreimen, oder …?“

„Nein. Die Organe. Welche er auswählt. Sie sind der Schlüssel. Er wählt die Personen bewusst aus, und er wählt die Organe, die er jeder Person zuschreibt, bewusst aus. Er hat Angst, dass wir zu viel darüber erfahren, weil er Angst hat, dass wir erfahren, worum es geht. Das von ihm definierte Böse sitzt in dem jeweiligen Organ. Oder … oder er verbindet das jeweilige Organ mit der bösen Tat, die er jedem Opfer zuschreibt. Diese Menschen haben etwas getan, Marc. Etwas, das ihn persönlich betroffen hat.“

„Eine Richterin für Familienrecht und ein Bankenchef? Ja, gut möglich. Ob das den Kreis der Verdächtigen stark einschränkt, wage ich zu bezweifeln.“

„Was ist mit dem Witwer der Richterin? Du verdächtigst ihn, oder?“

„Ja, aber wir haben keinen Zusammenhang zwischen ihm und dem Bankenchef gefunden. Noch nicht. Für eine Affäre gibt es keine Indizien, die Frau ist tot, der Mann ist tot, der verbliebene Ehemann wird uns nicht die Wahrheit sagen, unabhängig davon, ob er der Täter ist oder nicht.“

„Ihr lasst ihn beschatten?“

„Ja, natürlich. Aber er verlässt sein Haus nicht. Er schläft. Sein Arzt hat ihn ruhiggestellt. Sein Anwalt geht ein und aus und seit Neuestem auch eine Therapeutin. Trauerbewältigung.“

„Das könnte alles inszeniert sein.“

„Ja, könnte es.“

„Wenn ihr ihn beschattet und ein neuer Mord passiert, kann er es nicht gewesen sein.“

„Doch. Wenn die Version mit dem Meister und dem Schüler tatsächlich stimmt, könnte der Komplize übernommen haben.“

Frieda legte den Kopf in den Nacken und dachte nach. „Möglich. Dennoch, wir brauchen mehr. Habt ihr alle Akten der Richterin durch?“

„Ja. Aber das wird ein Ding der Unmöglichkeit, all die Leute zu befragen.“

„Das heißt, ihr fokussiert euch jetzt auf den Bankenchef und seine Geschäfte?"

„Ja. Aber da du in den Raum geworfen hast, dass es sich auch um etwas handeln könnte, das in tiefer Vergangenheit passiert ist, wird das alles dauern. Es ist zum K… zum Verzweifeln."

Marc schob die Brille zum Haaransatz und fuhr sich mit den Handflächen übers Gesicht. Er hatte die Nacht kein Auge zugetan und fühlte sich um Jahre gealtert. Er war bis weit nach Mitternacht im Revier geblieben, genauso wie alle anderen Mitglieder seines Teams. Dann war er nach Hause gefahren, um zumindest kurz zum Schlafen zu kommen, doch dann hatte ihn Friedas Nachricht erreicht.

Er schob die Brille wieder auf den Nasenrücken und dachte kurz nach. „Wir haben seinen Lebenslauf. Er hat studiert, dann als einfacher Angestellter bei der Bank angefangen. Schalter, Beratung, kleine Kreditvergaben. Er hat sich hochgearbeitet, Abteilungsleiter, Gebietsleiter, dann irgendwann CEO. Mit jedem Karriereschritt sind die Verantwortlichkeiten größer geworden. Er ist jetzt nicht mehr im Kundengeschäft, sondern lenkt die Unternehmensstrategien, ist die Verbindung zu den Regulierungsbehörden, macht das Bilanzmanagement. Es gibt hunderte Anknüpfungspunkte."

„Und einer dieser Anknüpfungspunkte führt uns zum Täter, Marc. Ein Name muss bei beiden auftauchen."

„Es wird Wochen dauern, bis wir alle Informationen durch sind."

„Dann dauert es eben Wochen."

„Schon vergessen? Mittelfinger, Ringfinger, kleiner Finger? Die fehlen noch."

„Daran können wir nichts ändern."

„Wieso hast du nicht mehr Fragen gestellt, Frieda? Er will doch offenbar mit dir sprechen. Du bist unsere einzige Verbindung."

„Er will nicht, dass ich Fragen stelle. Du hast ihn doch gehört. Nur, wenn er mir erlaubt …"

„Dann *sorge dafür*, dass er es dir öfter erlaubt! Wir brauchen mehr."

„André sagt …"

Marc riss die Augen auf. Er war kurz davor, ein „André sagt?!" auszurufen, konnte es sich aber gerade so verkneifen.

Doch Frieda hatte seine körperliche Reaktion sehr wohl bemerkt und sich umgehend unterbrochen. Sie räusperte sich und blickte zur Seite.

„Was sagt André?“, fragte Marc betont ruhig.

„Nun, er ist Neurologe. Ich war nicht sicher, ob wir es mit Paranoia zu tun haben. Es ist schwer einzuschätzen, was genau es ist, was den Täter antreibt. Paranoia kann auch neurologische Ursachen haben, und ich habe André nach seiner Meinung gefragt. Wir haben darüber gesprochen, er meinte, ich sollte tatsächlich lieber zuhören. Solange wir nicht wissen, womit wir es zu tun haben, müssen wir zuhören. Wir können nicht riskieren, dass er nicht mehr anruft.“

„Aha.“

„Deshalb …“

„Ja, schon kapiert.“ Marc stand auf. Aus Gründen, über die er lieber nicht genauer nachdachte, fühlte er sich, als hätte ihm jemand einen Fausthieb in den Magen versetzt. „Ermittlungsbesprechung um sechs.“

Dann drehte er sich um und verschwand, bevor er sich noch dämlicher fühlte.

11. Kapitel

„SOLLEN wir dem Witwer den Daumen jetzt wieder zurückschicken oder nicht?“, fragte Viktor Bessling gerade, als Frieda das Besprechungszimmer betrat.

Ein paar Kollegen nickten ihr zur Begrüßung zu, Marc bedachte sie mit einem genervten Blick. Frieda ignorierte ihn. Sie wusste, dass sie fünfzehn Minuten zu spät dran war, aber das konnte sie nun auch nicht mehr ändern.

Sie setzte sich neben Ralf und fragte: „Was habe ich verpasst?“

„Nicht viel. Wir haben immer noch keinen Zusammenhang finden können.“ Ralf nickte zu den beiden großen Stapeln Papier, die in der Mitte des Besprechungstisches lagen. „Aktenlisten, Kundenlisten, Kreditvergaben – wir gehen alles durch.“

„Keine Gemeinsamkeiten?“, fragte Frieda leise, während die Kollegen um sie herum weiterdiskutierten, wie man den Witwer von Hilke Rosnig knacken könnte.

„Im Gegenteil: zu viele Gemeinsamkeiten.“

Frieda blickte Ralf fragend an. Der deutete auf die Akten und sprach weiter: „Halb Viden ist bei Göplitz’ Bank Kunde. Richterin Rosnig hingegen hat einige Jahre lang fast ausschließlich Verlassenschaftsverfahren gemacht. Manche einfacher, manche schwieriger. Es sind jedenfalls viele Akten, und mittlerweile haben wir sage und schreibe 34 Familiennamen gefunden, die sowohl in den Akten des Bankiers als auch in den Akten der Richterin auftauchen. Und wir sind noch nicht mal mit allen durch.“

„Na ja, aber das ist doch ein Anfang, oder? Einer der Namen muss passen.“

„Schon, aber was denkst du, wie lange es dauert, alle zu befragen?“

Frieda sah Ralf seine Anspannung an und konnte durchaus nachvollziehen, was er dachte.

Kurz darauf sprach er es aus: „Es ist wohl oder übel so, wie Viktor vorhin gesagt hat: Wir müssen auf das nächste Opfer warten."

Frieda nickte und blickte zu Marc. Der notierte gerade etwas auf einem Notizblock und sah ebenso angespannt aus wie Ralf und alle übrigen Kollegen. Sie konnte sich ausmalen, wie frustrierend die Sache für ihn war. Warten, bis der Täter eine nächste Aktion startete? Das war keine sehr zufriedenstellende Ermittlungsstrategie.

Frieda stand auf und griff nach einem der beiden Stapel. Sie zog ihn zu sich und begann, wahllos Blätter hervorzuziehen und die Namen darauf zu lesen. Tatsächlich betraf ein Großteil gerade der jüngeren Akten Verlassenschaftsverfahren. Die älteren Akten variierten, da fanden sich auch einige Scheidungs- und Sorgerechtsfälle. Frieda betrachtete den einschüchternd hohen Stapel Papier und hatte einen Einfall.

„Es müsste sich doch um einen schwierigen Fall handeln, oder?", fragte sie laut.

Die Kollegen unterbrachen ihre Gespräche, alle wandten sich ihr zu.

„Was meinst du?", fragte Marc.

„Wir gehen davon aus, dass die Richterin in einer Sache entschieden hat, die sehr einschneidend für den Täter war. Was kann das also sein? Bei all den Verlassenschaftsverfahren kommt natürlich sofort das Thema Geld in den Sinn. Erbschaften, die als unfair betrachtet werden, Grundstücke, die jemand anderem zugesprochen wurden, so etwas in der Art. Erbschaftsstreitigkeiten gehören zu den emotional schwierigsten Gerichtsverfahren, sie bringen oft das Grässlichste im Menschen zum Vorschein."

„Stimmt", bestätigte Ralf.

„Je komplizierter das Verfahren, desto dicker die Akte."

Dieser Gedanke erschien ihr immer schlüssiger, je länger sie darüber nachdachte. Er war banal und einleuchtend. Sie nickte und blickte zu Marc. „Jemand muss Akteneinsicht nehmen. Physische Akteneinsicht, weil da auf den ersten Blick ersichtlich ist, welche Akten dicker sind und welche nicht. Das mag allzu einfach klingen, aber …"

Marc nickte und vervollständigte ihren Satz: „… aber es ist ein Anfang."

„Und dasselbe gilt für Sorgerechts- und Scheidungsfälle. Ich will nichts ausschließen, das betone ich. Aber wir benötigen einen Anfang. Wir haben also diese Namen, die bei beiden auftauchen. Sehen wir uns die Akten dazu an. Nicht über die elektronische Akteneinsicht, sondern über die physische vor Gericht. Ihr nehmt euch die dicksten Akten zuerst vor.“ Sie blickte sich um und zuckte mit den Schultern. „Es ist besser als gar nichts“, fügte sie zögerlich hinzu.

„Es ist ein guter Ansatz“, sagte Marc. „Viktor, fahr mit Ralf zum Gericht.“

Die beiden standen auf und gingen.

Marc blickte wieder zu Frieda. „Es muss so sein, oder? Dass es etwas aus dem Berufsleben der Opfer ist, das den Täter zu diesen Taten bringt?“

Frieda hielt seinem Blick stand. Was sollte sie darauf antworten? Es gab kein „Muss“ in ihrer Wissenschaft. Alles war möglich. Die menschliche Psyche war ein schier unüberblickbares Phänomen, ein kleines Universum für sich. Aber einen anderen Ansatz konnten die Ermittler im Moment nicht verfolgen, und irgendetwas mussten sie tun. Vielleicht hatten sie Glück.

„Vielleicht …“, murmelte Marc, als hätte er ihre Gedanken gelesen. Er griff zu dem zweiten Stapel, jenem, der die Kundendaten des Bankiers enthielt. „Hier wissen wir kaum, wo wir ansetzen sollen. Die Richterin ist für diese Ermittlungsstrategie die einzig sinnvolle Spur. Und wenn es etwas anderes ist, helfen nur die Befragungen.“

„Was habt ihr über den Bankier herausfinden können?“, fragte Frieda.

„Nichts, was uns helfen würde. Keine Leichen im Keller. Bisher jedenfalls nicht.“

„Ein Bankier ohne Leichen im Keller?“, fragte ein Kollege und schnaubte.

„Kommt mir auch komisch vor“, bestätigte Marc. „Wir sind dabei, seine Kollegen und Angestellten zu befragen. Geheime Geschäfte, Intrigen, potenziell kriminelles Verhalten … Bisher gibt es nichts.“

„Und Studienkollegen?“, fragte Frieda.

Marc trommelte mit den Fingern auf die Tischplatte und starrte auf den Papierstapel. „Wir sind dran. Es ist so verdammt lange her, das macht das Ganze schwierig."

„Also heißt es … warten?", fragte Frieda und blickte in bange Gesichter.

Marc nickte knapp. „Das heißt es wohl."

12. Kapitel

„MIESE Dreckschweine!“, stieß Marc wütend aus und knallte die Zeitung auf den Schreibtisch.

Zur gleichen Zeit steckte Ralf den Kopf zur Bürotür rein. „Guten Morgen. Schon gesehen?“ Er hielt eine Zeitung in der Hand.

„Und ob!“

Ralf betrat das Büro und setzte sich Marc gegenüber. „Du siehst aus, als hättest du seit Wochen nicht geschlafen.“

„So fühle ich mich auch.“

„Ist alles okay? Wie läuft es mit Ella? Ist die Trennung immer noch … Wie war das Wort noch gleich, das du benutzt hast? Freundschaftlich?“

Marc nickte. „Wir arbeiten dran.“

„Bist du sicher, dass …“

Marc hob die Hand. „Bitte! Sag es nicht!“

„Ich meine nur … Eine Ehe ist hart. Ihr seid doch noch gar nicht so lange verheiratet. Muss denn gleich eine Scheidung her? Vielleicht braucht ihr einfach …“

„Ralf!“, fuhr Marc ihn an und zuckte sofort zusammen. „Sorry. Hör zu …“, fuhr er sanfter fort. „Ich weiß, du meinst es gut. Aber wir sind uns einig, Ella und ich. Es ist alles okay.“

„Ich mache mir Sorgen um dich, das ist alles.“

„Ich weiß. Danke. Aber das musst du nicht. Reden wir über den Fall.“

Ralf warf seine Zeitung zu der, die bereits auf Marcs Schreibtisch lag. „Der Fall hat es also endlich in die Schlagzeilen geschafft.“

„War bloß eine Frage der Zeit.“ Marc griff zur Zeitung und strich sie glatt. „Neue Mordserie erschüttert Viden“, las er und schüttelte den Kopf. „Das hat uns gerade noch gefehlt.“

„Hast du den Artikel gelesen?“

„Nein. Ich möchte meinen Blutdruck gerne in einem normalen Wertebereich belassen."

Ralf grinste. „Kann ich verstehen, dennoch solltest du eines wissen."

Marc sah Ralf wachsam an. Was auch immer er gleich hören sollte, es würde ihm nicht gefallen. „Und das wäre?"

„Sie haben die Pakete thematisiert."

Marc rollte mit den Augen. „Auch das noch! Großartig! Weißt du, was jetzt passieren wird?"

Ralf nickte. „Die eine Hälfte der Stadtbewohner wird jedes Mal kurz vor einem hysterischen Kollaps stehen, wenn der Postmann zweimal klingelt …"

„… und die andere Hälfte wird lustig rote Pakete in die Welt schicken", vervollständigte Marc den Satz. „Großartig. Einfach großartig."

„Paulsen wird ein Servicetelefon einrichten müssen. Sonst bekommst du alle hysterischen Anrufe ab."

Marc schüttelte den Kopf und starrte fassungslos auf die Zeitung. „Es stimmt, was man über die Medien sagt."

„Was?"

„Sie sind das Geschwür unserer Gesellschaft."

Ralf lachte laut auf. „Sagt man das, ja? Oder sagst *du* das?"

Marc grinste. „Hab' ich letztens gelesen. Ein Graffiti auf einem Brückenpfeiler."

„Gib's zu: Der Sprayer warst du selbst, oder?"

Marc lachte. „Nein, so viel künstlerisches Talent habe ich nicht, um als Graffitikünstler durchstarten zu können." Dann wurde er wieder ernst. „Was habt ihr bei der physischen Einsicht der Akten herausgefunden, du und Viktor?"

„Allem voran, dass in den Katakomben der Gerichte dieser Stadt Milliarden von Daten in Papierform lagern, die darauf warten, elektronisch verarbeitet zu werden. Außerdem, dass Friedas Einfall gut war. Es gab tatsächlich einige Akten der Richterin, die sehr viel dicker waren als die übrigen. Wir haben die Namen notiert und uns gleich darauf den elektronischen Akt dazu angesehen. Spannende Sache. Es gibt fünf Verfahren, die kompliziert waren und zum Teil durch mehrere Instanzen gingen und deren Parteien auch im Kundenverzeichnis des Bankiers auftauchen.“ Ralf zog sein Handy hervor, blickte auf das Display und las vor: „Drei Verlassenschaftsverfahren der Familien Piersheim, von Laren und Waldtorf. Und zwei Scheidungsverfahren, die richtig schmutzig wurden. Die Parteien sind Meyerling und Fuchser. Viktor ist gleich heute Morgen los, um die Befragungen zu starten. Aber …“ Ralf unterbrach sich und warf Marc einen zweifelnden Blick zu.

„Aber du denkst, wir schränken hier vorschnell ein?“

Ralf steckte das Handy weg. „Es ist plausibel, so vorzugehen. Und wir schränken die Ermittlungen auch nicht ein, sondern priorisieren die möglichen Verbindungen. Aber ich habe Sorge, dass wir uns auf einen Ermittlungsweg versteifen, während es dem Täter vielleicht um etwas völlig anderes geht. Wir haben uns so sehr auf die berufliche Komponente der Opfer fokussiert …“

„Weil sie logisch ist“, warf Marc ein.

„Schon. Aber Frieda hat davor gewarnt. Es könnten auch völlig andere Dinge dahinterstecken.“

Marc nickte langsam. Sein Blick ging wieder zur Zeitung. „Denkst du, er hat das geplant?“

„Wer hat was geplant?“

„Der Täter? Dass die Presse die Sache mit den roten Paketen aufschnappt und …“

Ralf zuckte mit den Schultern und sah ebenfalls auf die Zeitung. „… Angst und Panik verbreitet, meinst du?“

Marc nickte. „Die Polizei wird abgelenkt ...“

„Unnötige Anzeigen werden provoziert …“

Marc legte den Kopf in den Nacken. „Wenn er es geplant hat, ist er ziemlich schlau.“

„Wir sollten Frieda fragen, was sie davon hält.“

„Ja, mach das.“

Ralf räusperte sich, und Marc blickte ihn wieder an. „Alles okay mit euch?“, fragte Ralf.

„Fängst du jetzt wieder an?“

„Ich meine nur … Mir kam die Stimmung zwischen euch etwas frostig vor."

„Die Stimmung war, wie sie immer war. Professionell."

Ralf hob die Augenbrauen, sagte jedoch nichts.

„Wir sind Kollegen. Sie hat einen neuen Freund, soweit ich weiß." Marc griff zur Zeitung und hielt sie sich halb vors Gesicht. Er wusste selbst nicht, warum er das gerade erzählt hatte. Im Grunde wohl nur deshalb, um Ralf zu versichern, dass er sich keine weiteren Gedanken um dieses Thema machen musste. Ralf war sein bester Freund, doch Marc wusste, dass er auch Frieda mittlerweile ins Herz geschlossen hatte. Er wog die Worte ab, die er gerade zum ersten Mal laut ausgesprochen hatte, probierte sie, versuchte zu ergründen, wie sie sich anfühlten.

„Oh, das wusste ich gar nicht. Gut für sie", sagte Ralf mit wenig Überzeugung in der Stimme.

„Ja, ist es." Marc ließ die Zeitung wieder sinken. „Wirklich. Ich freue mich to…"

Der Rest des Wortes wurde von einem gellenden Schrei verschluckt. Marc und Ralf sprangen gleichzeitig auf und hechteten zu Marcs Bürotür. Neben Marcs wurden auch zahlreiche andere Bürotüren zur selben Zeit aufgerissen. Verwirrte Blicke gingen durch den langen Gang, einige Polizisten liefen bereits Richtung Eingangsbereich des Revieres.

„Was war das?", fragte Marc einen Kollegen.

„Keine Ahnung, es kam von vorn."

„Hilfe!", hörte Marc eine Frauenstimme rufen. „Bitte, kann mir jemand helfen. Oh Gott, bitte, bitte!"

„Ich kümmere mich darum", sagte Marc und lief schnell weiter.

Als er um die Ecke bog und am Ende des langen Ganges Richtung Eingangsbereich blicken konnte, sah er von Weitem ein junges Mädchen, das offenbar zusammengebrochen war. Zwei Kollegen in Uniform knieten neben ihr, ein dritter hielt ein Handy an sein Ohr. Marc lief auf das Mädchen zu, während Ralf hinter ihm zu dem Polizisten mit dem Handy ging.

„Was ist passiert?“, fragte Marc und zuckte zusammen, als einer der Uniformierten sich aufrichtete und er zu sehen bekam, was das am Boden kauernde Mädchen in seinen Armen hielt.

Es war ein rotes Paket.

Marc nickte dem Kollegen zu, bedeutete dem anderen, dass er sich ebenfalls entfernen konnte, und ging langsam in die Knie.

„Hey“, sagte er ruhig. „Ich bin Marc. Kannst du mir sagen, wie du heißt?“

Das Mädchen zitterte und schluchzte. Seine zarten Finger krallten sich in das rote Paket. Das Mädchen richtete sich etwas auf und hob den Kopf. Jetzt erkannte Marc, dass es ungefähr 15 oder 16 Jahre alt sein musste. Er lächelte und streckte die Hand aus.

„Kannst du mir das Paket geben?“, fragte er in sanftem Ton.

Sie schüttelte den Kopf und schluchzte heftig weiter. „Das bedeutet, dass sie tot ist. Sie ist tot, oder? Oh Gott!“

„Wer? Wer ist tot?“ Langsam griff Marc nach dem Paket und zog es dem Mädchen sanft, aber bestimmt aus den Händen. Sie ließ es ohne großen Widerstand zu.

Jemand brachte ein Glas Wasser, doch sie ignorierte es. Sie vergrub das Gesicht in ihren Händen und begann, vor und zurück zu wippen. Ralf übernahm das Paket und brachte es fort, während Marc sich nach jemandem umsah, der besser in der Lage war, mit hysterischen Frauen umzugehen. Doch um ihn herum sah er noch mehr Ratlosigkeit, als er selbst verspürte. Er seufzte leise, setzte sich neben das Mädchen und legte vorsichtig den Arm um sie. Sofort legte sie den Kopf an seine Schulter und krallte eine Hand in seine Jacke.

Er murmelte beruhigende Worte, drückte sie an sich und wartete. Er wusste nicht, ob das, was er tat, irgendeine Hilfe war, doch etwas anderes konnte er nicht tun. Zuerst musste das Mädchen sich beruhigen, erst dann war es möglich, sie zu befragen.

Er blickte zur Seite und bat einen Kollegen im Flüsterton, Frieda anzurufen. Dann sah er zum Kopf des Mädchens hinab, der immer noch von regelmäßigen Schluchzern erzitterte.

„Es wird alles gut“, murmelte er monoton vor sich hin. Dann fiel sein Blick auf Ralf, der gerade zurück in den Eingangsbereich kam.

Ein knappes Nicken genügte, um Marc wissen zu lassen, dass das Paket kein Fake war. Ralf hob seine Hand und deutete auf seinen Mittelfinger.

Kein Fake, dachte Marc erschöpft. Das Paket war echt. Das Warten hatte soeben ein Ende genommen.

13. Kapitel

FRIEDAS Herz klopfte ihr bis zum Hals. Sie wusste, dass das Paket, das am Vormittag abgeschickt worden war, einen potenziellen Durchbruch in den Ermittlungen bedeuten konnte. Wenn sie wussten, wer das dritte Opfer war, konnten sie die Verbindungen vielleicht noch besser einschränken. Doch gleichzeitig bedeutete es, dass der Täter zu schnell und die Ermittlungen zu langsam waren.

Frieda atmete tief durch, dann öffnete sie die Tür zum Besprechungsraum. Marc, Ralf und Viktor standen um das rote Paket herum, außerdem war ein Fotograf vom Erkennungsdienst da. Ein Schluchzen ließ sie zusammenzucken und den Kopf nach links wenden. In der Ecke des Raums saß ein Mädchen, das mit verquollenen Augen auf das Paket starrte. Neben ihr hockte ein Sanitäter.

„Frieda, komm", sagte Marc, bevor sie eine Frage stellen konnte.

Sie ging zu dem Paket und warf einen kurzen Blick hinein. „Mittelfinger?", fragte sie leise und warf einen Seitenblick zu dem schluchzenden Mädchen.

„Das wird uns Doktor Meissner noch bestätigen. Aber ja, es ist anzunehmen, nachdem der erste Finger ein Daumen und der zweite ein Zeigefinger war." Marc tippte, während er die Worte sprach, mit dem Finger der einen auf Daumen und Zeigefinger der anderen Hand.

„Sind wir sicher, dass es nur ein Abzählen ist?", fragte Ralf und streckte die fünf Finger seiner rechten Hand in die Höhe.

„Sicher ist gar nichts", gab Frieda zurück. „Aber noch habe ich keinen anderen Anhaltspunkt. Auch keine andere Idee." Frieda nickte in Richtung des Mädchens und blickte Marc fragend an.

„Sie hat das Paket erhalten. Oder gefunden", erklärte er leise. „Sie ist noch immer nicht vernehmungsbereit."

„Es geht schon", hörte Frieda das Mädchen mit erstickter Stimme sagen, bevor sie etwas erwidern konnte.

Alle blickten zu ihr. Der Sanitäter warf ihnen einen warnenden Blick zu, drückte dem Mädchen eine Flasche Wasser in die Hand und reichte ihm den Arm, um es zum Tisch zu führen. Sie ließ sich auf den erstbesten Stuhl fallen, ohne das Paket aus den Augen zu lassen.

„Sie ist tot, oder?“, fragte sie.

„Wer?“, fragte Marc.

Das Mädchen starrte wie gebannt auf das rote Paket „Meine Mutter.“

Marc und Ralf wechselten einen kurzen Blick. „Erzähl uns, wie und wann du das Paket erhalten hast“, forderte Marc sie sanft auf.

Das Mädchen atmete tief durch. Frieda blickte erneut auf das Paket. An der Seite las sie die Anschrift. Das Paket war an Familie Binder adressiert.

„Ich … ich war nur kurz in der Schule. Mir war so schlecht, also bin ich nach Hause. Das Paket stand … Es stand vor der Haustüre. Und sie war nicht da. Mama. Sie war nicht da. Sie hätte da sein sollen.“ Wieder brach das Mädchen in heftiges Schluchzen aus.

„Alles wird gut“, sagte Marc und warf Frieda einen hilfesuchenden Blick zu.

„Wir haben bereits Kollegen zu dir nach Hause geschickt“, sagte nun Ralf. „Die prüfen, ob es einen Einbruch gab oder ein Zeichen einer Entführung. Solange wir nichts wissen …“

„Ich habe die Zeitung gelesen!“, rief das Mädchen aus. „Heute, in der Bahn! Da ist ein Finger drin, oder?“ Mit zitternder Hand deutete sie auf das Paket. Dann sank sie zusammen und begann wieder zu weinen.

Frieda schüttelte den Kopf und bedeutete dem Sanitäter, sich um das Mädchen zu kümmern. Sie nickte Richtung Tür und ging mit den drei Ermittlern hinaus auf den Gang. Der Fotograf des Erkennungsdienstes folgte ihnen und verabschiedete sich. Demnächst würden Kollegen kommen, um das Paket in die Gerichtsmedizin und anschließend in die Verwahrung zu bringen.

„Wie heißt sie?“, fragte Frieda.

„Marleen. Marleen Binder“, antwortete Marc. „Sie ist 16. Ihre Mutter sitzt im Vorstand dreier Banken.“ Er warf Frieda einen bedeutsamen Blick zu.

Sie nickte. „Wir müssen sie jetzt mal in Ruhe lassen. Sie hat uns alles gesagt, was sie weiß, oder? Sie hat das Paket gefunden und gleich hergebracht.“

Die Ermittler nickten.

„Es hat keinen Sinn, beruhigend auf sie einzureden. Sie weiß genau, was das Paket zu bedeuten hat. Wir alle wissen es. Und wenn sie sagt, ihre Mutter war nicht zu Hause …“

Marcs Handy klingelte. Er ging ran, stellte sich etwas abseits und kam nach wenigen Minuten wieder zurück. „Es gab Einbruchspuren an der Hintertür des Hauses. Die Handtasche der Mutter ist noch im Haus, darin haben die Kollegen ihr Handy und ihre Brieftasche gefunden. Sieht ganz danach aus, dass sie entführt wurde.“

Frieda starrte ihn betroffen an. „Es geht so schnell“, sagte sie leise.

Die drei Ermittler nickten.

„Er hat es eilig. Wieso?“ Sie betrachtete die drei, doch niemand hatte eine Antwort für sie. Sie dachte nach und sprach dann weiter: „Er weiß, dass wir ihm auf die Spur kommen werden. Es gibt eine Verbindung zwischen den Opfern, und er weiß, dass wir sie früher oder später finden. Deshalb die Eile.“

Marc nickte. „Wir beginnen gleich damit, das Leben der Mutter zu durchleuchten. Sie heißt Viola Binder. Noch eine Bänkerin.“

„Eine Richterin, zwei Bänker“, sagte Ralf und blickte in die Runde. „Sie saß auch im Vorstand der ViBa Landesbank, in der Arthur Göplitz CEO war.“

Die Tür zum Besprechungszimmer wurde aufgemacht, und der Sanitäter trat zu ihnen. „Ich nehme das Mädchen mit. Sie ist völlig aufgelöst und muss sich ausruhen. Sie …“ Er unterbrach sich, sein Blick ging zu Frieda. „Sie hat niemanden mehr.“

„Was heißt das?“, fragte Frieda entsetzt nach.

„Als Sie das Besprechungszimmer verlassen haben, sprudelte alles aus ihr heraus. Ihr Vater ist vor drei Jahren gestorben. Herzinfarkt. Sie hat keine Geschwister. Sie hat irgendetwas von einer Tante an der Ostsee gesprochen und ständig wiederholt, dass sie jetzt völlig allein ist. Sie befindet sich in einem Schockzustand und ist kurz davor, zu hyperventilieren.“

„Mein Gott“, flüsterte Ralf und schüttelte betroffen den Kopf.

„In Ordnung“, sagte Marc. „Bringen Sie sie ins Allgemeine Krankenhaus?“

Der Sanitäter nickte. Kurz darauf kamen zwei weitere Sanitäter mit einer Trage den Gang entlang. Marleen Binder wurde auf die Trage gelegt und nach draußen gebracht.

„Armes Mädchen“, sagte Ralf und blicke ihr nach.

Frieda brachte kein Wort über die Lippen. Zu gut konnte sie nachempfinden, wie es war, so jung die Mutter zu verlieren. Sie wollte diesen Gedanken beiseiteschieben, wollte sich selbst versichern, dass Marleens Mutter noch gar nicht tot war. Vielleicht lebte sie noch. Vielleicht würden sie diesmal schneller als der Täter sein. Irgendeine Verbindung gab es, und sie mussten sie endlich finden.

Fast schon apathisch folgte Frieda Marc, Ralf und Viktor ins Besprechungszimmer. Die drei unterhielten sich über die nächsten Schritte, doch Frieda hörte kaum zu. Das Blut rauschte ihr in den Ohren, und sie war kaum in der Lage, einen klaren Gedanken zu fassen. Marleen hatte niemanden mehr. Wenn ihre Mutter das nächste Opfer des Täters war, dann war sie allein. Frieda hatte zumindest einen Vater gehabt, wenn auch keinen, der besonders liebevoll oder nahbar gewesen war. Doch zumindest war sie nicht völlig allein gewesen.

Frieda starrte auf das Paket in der Mitte des Tisches. Sie suchte fieberhaft nach einem Einfall, irgendeinem Einfall. Sie hatte das Gefühl, in einer Sackgasse zu stehen. Alles, was sie zu diesem Fall beizutragen gehabt hatte, hatte sie bereits von sich gegeben. In Wahrheit konnte sie überhaupt nichts mehr tun.

„… und Frieda bekommt Personenschutz.“

Die Worte drangen von fern zu ihr, und Frieda riss den Kopf hoch. „Wie bitte?“

„Du bekommst Personenschutz“, wiederholte Marc. „Keine Widerrede.“

Frieda verdrehte die Augen, hatte aber keine Lust auf Diskussionen. Marc würde tun, was er für richtig hielt. Er hatte sie bereits einmal in einem Verhörzimmer eingesperrt, weil sie nicht gespurt hatte, und Frieda traute ihm durchaus zu, diese Aktion zu wiederholen. „Schön“, sagte sie knapp. „Aber das sind vergeudete Ressourcen. Ich bin nicht in Gefahr.“

Marc machte eine wegwerfende Bewegung und wandte sich dann Ralf zu. „Zu unseren bisherigen Akten- und Kundenlisten der Richterin und des Bänkers kommen jetzt noch weitere Kundenlisten hinzu. Sie war Vorstand in drei Banken. Das wird das Ganze nicht einfacher machen.“

„Nein, wird es nicht.“

Frieda setzte sich und griff zu einem Ordner, der neben Marc lag. Er enthielt alle bisher gesammelten Fakten zu den beiden Opfern. Sie öffnete den Ordner und betrachtete den tabellarischen Überblick, der neben Alter, Wohnort und beruflichem Werdegang auch die wesentlichen Punkte der pathologischen Berichte enthielt. Sie legte beide Ausdrucke nebeneinander und verglich sie miteinander. Sie blickte zu den Geburtsdaten.

„Wie alt ist Viola Binder, wissen wir das schon?“, fragte sie.

Die Ermittler unterbrachen ihr Gespräch. Ralf nahm sein Handy an sich und sagte dann: „Ja, die Kollegen vor Ort haben die Fotos schon eingespielt. Laut Personalausweis in der Geldbörse wurde sie 1967 geboren.“

„Alle sind über 50“, stellte Frieda fest.

„Ja, und weiter?“, fragte Marc.

„Nichts weiter. Es ist nur eine … Gemeinsamkeit.“

„Na ja, aber sie sind doch recht weit auseinander. Die Richterin ist über 60, Arthur Göplitz war … wie alt genau?“, fragte Ralf.

„52“, antwortete Frieda mit Blick auf den Ausdruck. „Und Hilke Rosnig ist 63 gewesen.“

„Was soll uns das sagen?“, fragte Marc.

Frieda blickte auf. „Ich weiß es nicht. Es ist nur auffallend, nicht? Keine jungen Frauen, die sonst so oft Opfer von Serientätern werden. Sie sind alle schon älter, und es könnte sein, dass das, was sie getan haben, bereits lange zurückliegt.“

„So lange, dass es vor ihrer beruflichen Laufbahn begonnen hat?“, fragte Viktor.

„Ich weiß es nicht.“

„Aber dann sind wir wieder beim auslösenden Ereignis“, stellte Ralf fest.

Frieda nickte. Richtig. Das war genau der Knackpunkt. Irgendetwas hatte diese Mordserie ausgelöst, hatte das Bedürfnis des Täters, das Böse zu vernichten, so groß werden lassen, dass er es nicht mehr hatte unterdrücken können.

Nur was?

14. Kapitel

WÄHREND sein Team die Befragung von so vielen Personen durchführte, dass man beinahe den Überblick verlor, saß Marc in seinem Büro und starrte auf den Computerbildschirm.

Sie hatten bisher alle möglichen Querverbindungen in den elektronischen Akten der ersten beiden Opfer gesucht. Nun gab er den Namen des – vermeintlich – dritten Opfers ein und starrte auf die bisher in das elektronische Aktensystem eingetragenen Informationen. Arthur Göplitz war CEO in jener Bank gewesen, in der Viola Binder im Vorstand saß. Und Hilke Rosnig, das erste Opfer, war bei eben dieser Bank Kundin gewesen. Weitere Verbindungen hatten sie bisher nicht gefunden, also sammelte sich alles bei besagter Bank. Durch das Verschwinden von Viola Binder war ein weiterer Puzzlestein gefunden worden, der in ein und dieselbe Richtung deutete.

Marc dachte kurz nach, dann stand er auf, schnappte sich seine Lederjacke und ging nach draußen zu seinem Wagen. Er fuhr zu Hilke Rosnigs Witwer.

Nachdem er geklingelt hatte, stellte er erleichtert fest, dass diesmal kein Anwalt die Tür öffnete, sondern Herr Rosnig selbst.

„Kommen Sie herein“, sagte der und schlurfte ins Wohnzimmer.

Marc folgte ihm. Er setzte sich dem Mann gegenüber und betrachtete ihn. Er war innerhalb einer Woche um Jahre gealtert. Wenn er wirklich etwas mit den Todesfällen zu tun haben sollte, war er ein verdammt guter Schauspieler.

„Was wollen Sie?“, fragte der Mann.

„Ihre Frau und Sie sind Kunden bei der ViBa Landesbank.“

„Ja.“

„Sie haben sicher gelesen, dass es ein zweites Opfer gab?“

„Jeder hat davon gelesen. Arthur Göplitz.“

Marc nickte. „Er war CEO der ViBa Landesbank.“

„Ja, ich weiß."

„Kannten Sie ihn?"

„Nicht persönlich."

„Ihre Frau? Kannte sie ihn persönlich?"

„Nicht dass ich wüsste."

Marc betrachtete Herrn Rosnig eingehend. „Wir haben Grund zur Annahme, dass es ein drittes Opfer geben wird."

„Hat wieder jemand ein rotes Paket erhalten, ja?" Der Blick des Witwers ging unstet durch den Raum. Er sprach so monoton, als ginge ihn all das gar nichts an, und Marc nahm an, dass er mit einer gehörigen Portion Beruhigungsmitteln vollgepumpt war.

„Richtig. Das Paket ging an Familie Binder. Viola Binder wurde entführt. Ihre Tochter, Marleen Binder, hat das Paket erhalten."

„Aha."

„Kennen Sie die beiden?"

„Nein."

„Denken Sie bitte in Ruhe nach. Es muss eine Verbindung zwischen den Morden geben. Der Täter geht nicht wahllos vor."

Langsam drehte Herr Rosnig seinen Kopf zu Marc, sein Blick wurde schärfer, und das erste Mal, seit er hier war, hatte Marc das Gefühl, dass er seine volle Aufmerksamkeit genoss. „Wie war der Name?"

„Viola Binder."

Herr Rosnig nickte langsam. Er schien angestrengt nachzudenken, und Marc wollte ihn nicht unterbrechen. Herr Rosnig kratzte sich am Kopf. „Sind Sie die Aktenliste meiner Frau durchgegangen?"

„Ja. Dort finden wir keine Verbindung."

„Der Name … Er kommt mir bekannt vor. Ist sie auch Juristin?"

„Nein. Sie sitzt im Vorstand dreier Banken, unter anderem der ViBa Landesbank."

Langsam nickte der Witwer. Er zog seine Augenbrauen zusammen und starrte einen Moment lang auf den Boden. Dann hob er ruckartig den Kopf und blickte an die Decke. „Wir haben das Dach ausbauen lassen."

Marc hob ebenfalls den Kopf und schaute irritiert nach oben. Dann sah er wieder Herrn Rosnig an. „Und … haben Sie dafür einen Kredit erhalten?“

Herr Rosnig schüttelte den Kopf und sah Marc direkt in die Augen. „Nein. Aber eine Bewilligung.“

„Ich verstehe nicht …“

Herr Rosnig stand auf, verließ das Wohnzimmer und kam wenige Minuten später mit einer Ledermappe in den Händen zurück. Er legte sie auf den Couchtisch, setzte sich und begann, darin zu blättern. Marc hatte keine Ahnung, worauf der Mann hinauswollte und wartete gebannt.

„Hier!“, rief er mit einer für seinen sonstigen Allgemeinzustand auffällig euphorischen Stimme aus. Er reichte Marc ein Blatt Papier.

„Baugenehmigung“, las Marc vor und blickte den Witwer über den Rand des Blattes hinweg an. „Was soll ich damit?“

„Lesen Sie! Ganz unten. Neben dem Behördenstempel.“

Marcs Blick ging nach unten. „Bewilligt – Viola Binder!“ Marc starrte auf den Namen und versuchte, sich aus alldem einen Reim zu machen. Er sah Herrn Rosnig an.

Der nickte und deutete auf die Genehmigung. „Wusste ich doch, dass ich den Namen kenne. Frau Binder war nicht immer nur in den Banken.“ Er machte eine Kunstpause. „Sie war vor vielen Jahren auch mal im Stadtrat Viden.“

Marcs Kopf schwirrte, als er nach Hause fuhr. Mittlerweile hatten sie so viele Anknüpfungspunkte, dass er gar nicht wusste, wo er beginnen sollte. Bisher hatten die Befragungen der „fünf dicken Akten“, wie die priorisierten Fälle der Richterin in den Ermittlungen genannt wurden, nichts gebracht. Dass die Namen sowohl in der Aktenliste der Richterin als auch in der Kundenliste des Bankiers vorkamen, schien bisher reiner Zufall zu sein. Und jetzt hatten sie ein potenzielles Opfer, das sich als ehemalige Stadträtin herausstellte.

„Noch mehr Einfluss und Macht“, flüsterte Marc. Er hatte seine Kollegen im Revier sofort beauftragt, nachzuprüfen, wann Viola Binder Stadträtin gewesen war. Die Antwort hatte er schnell erhalten:

1998 bis 2003. Das war lange her. Verflucht lange. Aber es war zumindest eine Zeitspanne, mit der er arbeiten konnte.

Noch ein weiterer Anknüpfungspunkt …

Das war gut. Sie kreisten den Täter langsam, aber sicher ein. Frieda hatte recht mit dem, was sie gesagt hatte. Der Täter ging so eilig vor, weil er wusste, dass sie früher oder später die Verbindung und damit ihn finden würden. Sie folgten den Brotkrumen in den düsteren Wald und mussten hoffen, dass sie schneller eine Antwort fanden als der Täter seine Opfer.

Marc fuhr die Hauptstraße entlang, bog ab und parkte den Wagen vor seinem neuen Wohnsitz. Er war bereits vor längerer Zeit aus dem gemeinsamen Haus ausgezogen und hatte eine kleine Wohnung angemietet, die nah genug bei seiner Familie und dem Revier war. Er hatte sich überraschend schnell an die neue Wohnsituation gewöhnt und die Stille genossen, das Alleinsein und die Tatsache, dass da niemand war, der etwas von ihm wollte, wenn er nach Hause kam.

Und er schämte sich dafür, dass er sich alleine wohler fühlte als im warmen Nest einer Familie. Er war kaputt. Vielleicht würde sich daran nie etwas ändern.

Er seufzte, öffnete die Haustür und steuerte direkt die Postkästen an. Er schloss sein Fach auf und zog neben Reklame und ein paar Broschüren einen Brief heraus, der handschriftlich adressiert war. Er drehte ihn um und prüfte den Absender.

Justizanstalt Viden stand da.

Marc starrte auf die Buchstaben und spürte, wie sein Herz zu rasen begann. Der Brief konnte nur von einem einzigen Menschen stammen. Das hatte er bereits gewusst, als er seinen eigenen Namen als Adressat auf der Vorderseite gelesen hatte. Er kannte die Handschrift seines Vaters. Sie war krakelig und sah immer so aus, als hätte sein Vater die Worte in massiver Eile geschrieben. Marc blieb wie angewurzelt stehen. Er stand einfach nur da, starrte auf den Brief und hatte das Gefühl, von einer höheren Macht verschlungen zu werden.

Wieso schrieb sein Vater ihm einen Brief? Was, zur Hölle, wollte er?

„Verzeihung“, murmelte jemand, und Marc sprang erschrocken zur Seite. Ein anderer Hausbewohner, einer seiner neuen Nachbarn, wollte ebenfalls seine Post holen. Marc steckte den Brief in die Jackentasche und eilte die Treppen nach oben zu seiner Wohnung. In dem kleinen Vorzimmer legte er die restliche Post auf ein Abstelltischchen. Dann ging er ins Wohnzimmer, ließ sich auf das Sofa fallen und zuckte zusammen, als er das Knistern des Briefs in seiner Jackentasche hörte. Mit zitternden Fingern zog er ihn heraus.

Er wollte ihn nicht lesen.

Aber er konnte ihn ebenso wenig wegschmeißen.

Er steckte fest. Schon wieder. Er steckte beruflich fest, er steckte privat fest, sein ganzes Leben fühlte sich an wie zäher Beton, durch den er sich durchkämpfen musste. Er wusste nicht, was er tun sollte. Und wie immer, wenn er nicht wusste, was er tun sollte, griff er wie automatisch zu seinem Handy und wählte die einzige Nummer, die ihm für solche Fälle einfiel.

„Frieda?“, sagte er, als sie nach dreimal Klingeln abnahm.

„Habt ihr die Leiche gefunden?“, fragte sie.

„Was? Nein. Nein. Ich … Hast du kurz Zeit?“

„Bedingt. Was ist los?“

Marc atmete hörbar aus. Vielleicht war es ein Fehler gewesen, sie anzurufen. Aber es gab niemand anderen, mit dem er über dieses Thema sprechen konnte. Nun, vielleicht Ralf. Er vertraute Ralf, keine Frage. Ja, er würde Ralf sein verdammtes Leben anvertrauen. Und Ralf war zweifelsohne ein guter Zuhörer und ein einfühlsamer Mensch, aber … Nein, es gab schlichtweg niemanden, der ihn so verstand wie sie, ohne, dass er zu viel sagen, zu viel erklären musste. Im Kommunizieren war er ohnedies noch nie besonders gut gewesen, und es half, einen Gesprächspartner zu haben, der das Wenige, das Marc aussprach, verstehen und einordnen konnte.

„Marc?“, fragte Frieda.

„Mein Vater hat mir einen Brief geschrieben“, prasselte es aus ihm heraus.

„Okay …?“

„Ich … ich habe ihn gerade in der Post gefunden.“

„Dann lies ihn."

„Ich … ich bin nicht sicher, ob ich das will."

„Na ja, diese Entscheidung kann dir niemand abnehmen, Marc."

Marc schloss für einen Moment die Augen und atmete tief ein. Dann sprach er weiter: „Was denkst du?"

„Du willst wissen, was ich denke?" Die Art, wie Frieda diese Rückfrage stellte, ließ Marc aufhorchen. Da war ein Unterton, der kalt und abweisend wirkte.

„Ja", sagte er.

„Wieso?"

Marc verdrehte die Augen. „Mach es mir nicht so schwer, okay? Du weißt genau, warum ich gerade dich anrufe."

„Nein, weiß ich nicht, um ehrlich zu sein." Sie machte eine kurze Pause, und Marc hörte ihren Atem. Dann sprach sie mit sanfter, aber dennoch distanzierter Stimme weiter: „Hör zu, wir müssen aufhören, so zu tun, als könnten wir Freunde sein. Ich weiß, dass das hart ist. Es ist auch für mich hart. Aber wir müssen uns beide endlich weiterentwickeln. Du hast einen so großartigen Schritt gemacht, du hast dich deinem Vater gestellt. Das erste Mal nach Jahrzehnten. Du hast aufgehört, zu verdrängen, du hast dich weiterentwickelt." Wieder machte sie eine kurze Pause. „Und ich auch."

Ach ja, dachte Marc. Der *Freund*. „Das eine hat mit dem anderen nichts zu tun", sagte Marc halbherzig.

„Doch, hat es sehr wohl. Du musst jemand anderen finden, dem du dich öffnen kannst. Ich weiß, dass das schwer für dich ist, aber … so geht es nicht mehr. Vor und zurück, vor und zurück. Ich kann das nicht, Marc. Tut mir leid."

„Es gibt überhaupt kein Vor und …"

„Und was war das dann im Krankenhaus?", unterbrach Frieda ihn unwirsch.

„Ich … Nichts."

„Aha. Nichts. Alles klar."

„Frieda …"

„Du machst das immer wieder!" Nun war sie hörbar wütend.

„Ich mache überhaupt nichts!"

„Doch! Immer wieder. Zuckerbrot und Peitsche funktioniert bei mir nicht, Marc, und es ist auch unfair mir gegenüber. Versteckte Küsse, halbherzige Liebeserklärungen, Anrufe mitten in der Nacht …“

„Es ist nicht mitten in der N…“

„Ich meine nicht jetzt!“, fuhr sie ihn an. „Lass die Vergangenheit hinter dir, und mach endlich weiter!“

„Das sagt genau die Richtige!“, entfuhr es Marc. Niemand konnte ihn mit so wenigen Worten so sehr auf die Palme bringen wie Frieda. Auch er war jetzt sauer. Er hatte doch nur eine einfache Frage gestellt! Woher kamen all diese Vorwürfe!?

„Ich stelle mich meiner Vergangenheit!“

„Ach ja? Warst du deinen Vater in den letzten Jahren mal besuchen?“

Stille.

„Wasser predigen und Wein trinken …“, fuhr Marc fort. „Das kannst du richtig gut.“

„Werd erwachsen, Marc!“

„Ebenfalls!“

Er legte auf und starrte wütend auf sein Handy. Das Telefonat war nicht nur nicht hilfreich gewesen, es hatte ihn auch noch zusätzlich aufgewühlt.

„Vielen Dank auch“, flüsterte er und ließ sich nach hinten fallen. Wieso war Frieda so ausgerastet? Sie hatten doch eine gute Basis gefunden, oder etwa nicht?

Nun, wenn er darüber nachdachte, hatte er sich das vielleicht auch einfach eingeredet. Oder … hatte es einfach angenommen. Er war viel zu sehr mit sich und seiner Familie beschäftigt gewesen, um sich darüber Gedanken zu machen, was Frieda wohl dachte oder fühlte. Wenn er ehrlich zu sich selbst war, konnte er sie sogar ein bisschen verstehen. Diese verdammten Worte, die er im Krankenhaus zu ihr gesagt hatte, hatten das Wenige, das sie mühsam errichtet hatten, wieder zerstört. Jetzt waren sie im Niemandsland. Sie waren keine Freunde, sie waren Expartner. Expartner, die gezwungen waren, miteinander zu arbeiten.

„Dann eben nicht!“, stieß Marc wütend aus und griff zu dem Brief seines Vaters.

Gerade, als er ihn wegwerfen wollte, klingelte es an der Tür. Er blickte auf die Uhr. „Oh. Mist!“

Heute hatte er Sophie. Ella und er hatten vereinbart, dass sie ihre Tochter um sechs Uhr vorbeibringen würde. Marc strich sich sein Hemd glatt und eilte zur Tür.

„Hey, mein Engel“, sagte er, als seine kleine Tochter vor Freude aufschrie, als sie ihn sah. Er schloss sie kräftig in die Arme, hob sie hoch und fühlte, wie üblich, einen Stich im Herzen, weil sie so schnell groß wurde. War sie schon wieder gewachsen? Er drückte sie an sich, roch an ihrem blonden Haar und strich über ihren Rücken.

„Wenn du so weiterwächst, bist du bald größer als Mama“, sagte Marc und stellte Sophie wieder ab.

Die legte den Kopf in den Nacken und blickte zuerst ihn, dann Ella verdutzt an. „Gar nicht“, sagte sie.

„Ich denke, mit dreieinhalb müssen wir uns da noch keine Sorgen machen“, sagte Ella lächelnd.

„Wenn du in dein Zimmer läufst, könnte es sein, dass da ein kleines …“, setzte Marc an und wurde von einem erneuten freudigen Aufschrei seiner kleinen Tochter unterbrochen.

„Jaaaaa!“, rief sie und lief schon los.

„… Geschenk auf dich wartet“, schloss er seinen Satz ab und blickte ihr lächelnd hinterher.

„Wie geht es dir?“, fragte Ella.

„Gut. Und dir?“

„Alles bestens. Hast du dich hier gut eingelebt?“ Sie sah über seine Schulter.

„Ja. Wie läuft es zu Hause?“

„Alles gut. Es ist ungewohnt, alleine zu schlafen.“ Ella lächelte zögerlich.

Sie blickten sich an und Marc nickte. „Ja. Für mich auch.“

„Wir kriegen das gut hin, oder?“, fragte sie.

„Ich denke, ja.“

Ella wandte sich zum Gehen. „Ich hole sie morgen früh ab. Gib ihr einen Kuss von mir, ja? Ich habe das Gefühl, sie kommt so schnell nicht wieder zurück aus dem Kinderzimmer mit dem ominösen Geschenk."

Marc lächelte schief. „Ich gebe ihr einen Kuss. Hör mal, das musst du nicht. Sie morgen abholen, meine ich. Ich kann sie in den Kindergarten bringen."

„Nein, ist schon in Ordnung. Ich fahre sowieso vorbei."

„Okay, gut."

Ella hob die Hand zum Gruß, blieb aber kurz stehen. „Ist wirklich alles okay? Du siehst etwas durch den Wind aus."

„Der neue Fall …"

„Ja, ich habe davon gelesen. Beunruhigend. Ich traue mich gar nicht mehr, zur Post zu gehen."

„Ich lasse unser Haus bewachen", sagte Marc wie automatisch.

Ella lachte kurz auf, und Marc blickte sie irritiert an. „Was ist?"

Sie schüttelte den Kopf. „Nichts. Es ist nur … Du sagst das, als ob das so normal wäre."

„Für mich ist es das. Ich bin nicht mehr vor Ort, und … ich kann sonst nicht ruhig schlafen. Es ist zu viel … Du weißt schon."

„Zu viel passiert." Ella nickte. „Ja. Danke, Marc. Danke, dass du weiter auf uns aufpasst."

„Das ist mein Job, oder?" Er lächelte schief.

Ella erwiderte das Lächeln. „Also dann …"

„Ella?"

„Ja?"

„Darf ich dich etwas fragen?"

„Ja, natürlich."

Marc blickte sie einen Moment lang an. Sie hatten als Ehepaar nicht funktioniert, aber das änderte nichts daran, dass Ella eine wundervolle, sensible, einfühlsame Frau war. Und ihm gingen diese Worte nicht mehr aus dem Kopf, also … „Hattest du das Gefühl, dass ich mich dir gegenüber ausreichend … nun … geöffnet habe?"

Ellas Augenbrauen schossen in die Höhe. Sie blickte ihn einen Moment lang verdutzt an, fing sich aber sofort wieder. „Ähm …"

„Du musst nichts darauf antworten“, beeilte sich Marc, zu sagen. „Es ist etwas, worüber ich mir Gedanken mache. Du weißt schon … Versuch der Weiterentwicklung und so.“

Ella nickte, zögerte kurz und sagte dann: „Nein.“

„Nein?“

„Nein, du hast dich mir gegenüber nicht geöffnet. Du warst der starke Mann, der Fels in der Brandung, und ich habe mich an dich angelehnt. Es war angenehm. Aber natürlich hat es nicht funktioniert.“

„Ich hätte mich mehr bemühen können.“

„Wir hätten uns beide mehr bemühen können.“ Sie blickte ihn nachdenklich an. „Woher kommt das, Marc?“

Er winkte ab.

Doch sie verstand trotzdem. „Frieda?“

Marc schüttelte den Kopf, doch Ella kaufte ihm das nicht ab, das konnte er deutlich sehen. Sie seufzte. „Ihr zwei solltet das alles wirklich mal auf die Reihe kriegen, Marc. Aber mal ehrlich: Dafür bin ich nun *wirklich* nicht die richtige Ansprechpartnerin. Bis morgen.“

Ella verschwand. Marc starrte ihr nach und fühlte sich mies. Er schloss die Tür hinter sich und ging zu dem einzigen Lichtblick, den es in seinem Leben gab: zu Sophie.

15. Kapitel

FRIEDA wollte nicht mehr über Marc nachdenken. Ein Teil von ihr hatte ein schlechtes Gewissen, weil sie ihn am Abend zuvor so schroff abgewiesen hatte. Doch diesen Teil musste sie endlich von sich schieben. Wenn sie weiterkommen wollte, musste sie ihre Vergangenheit hinter sich lassen.

Sie blickte auf und sah, dass André sie beobachtete. Sie saßen an ihrem Esstisch. Er hatte ihr Frühstück gemacht, hatte Kaffee gekocht und zwei Teller mit Avocados, Spiegeleiern und Toast vorbereitet. Er war ein wunderbarer Mann, und Frieda wusste, dass sie sich glücklich schätzen konnte, ihn in ihrem Leben zu haben. Sie griff über den Tisch und drückte seine Hand.

„Wenn du über Dinge nachdenkst, hat man immer das Gefühl, du entfernst dich aus dieser Welt und trittst in eine andere ein“, sagte André.

Frieda lächelte entschuldigend. „Das tut mir leid. Ich bin abgelenkt.“

„Der Fall?“

Sie nickte. „Auch.“

André nahm einen Schluck von seinem Kaffee und neigte den Kopf zur Seite. „Möchtest du darüber sprechen?“

Alles in Frieda schrie: „Nein!“. Doch dann dachte sie an die Vorwürfe, die sie Marc bei ihrem Telefonat gemacht hatte. War sie wirklich besser als er? Hatte *sie* sich je irgendjemandem gegenüber geöffnet? Jemand anderem gegenüber als Marc? Frieda griff nach ihrer Kaffeetasse, umfasste sie mit beiden Händen und hielt sich wie an einem Rettungsanker fest. Sie atmete tief ein.

„Ich tue mich schwer damit, mich zu öffnen“, sagte sie langsam.

„Ist mir schon aufgefallen. Du kannst dir Zeit lassen, ich werde dich nicht bedrängen. Wir haben ein Alter erreicht, wo wir alle mit ziemlich viel Ballast herumlaufen.“

Das brachte Frieda zum Lächeln. „*Du* hast Ballast?“

André grinste. „Meine Ex sagt ja.“

Frieda zuckte mit den Schultern. „Mir ist noch nichts davon aufgefallen.“

„Umso besser.“

„Ich versuche, mehr über mich zu sprechen. Ich denke, das wäre … gut, oder?“

„Ich will alles über dich wissen. Also aus meiner Sicht: Ja.“

Frieda nickte. „Der Fall macht mir Kopfzerbrechen, ja. Wir kommen nicht weiter. Die Polizei hat nichts. Keine Spuren, keine DNA.“ Frieda pausierte und dachte an die pathologischen Berichte. Herbert hatte gesagt, dass die Morde Präzisionsarbeit wären. Nicht die Art und Weise, wie der Täter die Y-Schnitte durchgeführt oder die Organe entnommen hatte. Nein, das war Amateurarbeit und ließ den Schluss zu, dass der Täter kein Arzt war. Doch der Rest … ja, das war Präzisionsarbeit. Keine Spuren, keine Zeugen, einfach nichts. Es war frustrierend.

Sie sah André an und stellte fest, dass er sie nach wie vor aufmerksam betrachtete. „Und … es ist auch … es ist die Zusammenarbeit mit … mit Marc.“ Sie brachte die Worte nur schwer über die Lippen und starrte dabei die ganze Zeit in ihre Kaffeetasse. Als André nicht sofort reagierte, hob sie kurz den Kopf und sah ihn an.

André nickte. „Ich verstehe.“

Hatte sie da gerade ein kurzes Aufflackern in seinen Augen gesehen?

„Ja?“, fragte sie zögerlich nach.

„Natürlich. Ich könnte nicht mit meiner Ex arbeiten.“

„Und das … das stört dich nicht?“

„Was?“

„Dass ich mit Marc zusammenarbeite?“

„Nein. Wir sind doch keine Teenager mehr, Frieda.“

Frieda versuchte zu ergründen, ob André diese Worte tatsächlich ernst meinte. Sie hatte Schwierigkeiten, ihn zu durchschauen. Es war so viel einfacher mit Marc gewesen, weil sie ihn in- und auswendig kannte. Ihn hatte sie immer durchschauen können, konnte es bis zum heutigen Tag.

Frieda schob die Gedanken beiseite und entschied sich, Andrés offenherziges Lächeln zu erwidern. Sie stellte ihre Kaffeetasse ab. André war so viel reifer als sie selbst, strahlte so viel Ruhe und Würde aus. Wenn er sagte, dass die Situation für ihn kein Problem war, dann war das wohl auch so. Wie hatte sie je daran zweifeln können, dass es richtig war, ihn in ihr Leben zu lassen? Sie dachte kurz nach und entschied sich, gleich alle üblen Themen anzusprechen. „Da ist noch etwas."

„Was?"

„Mein Vater. Wir haben kein gutes Verhältnis. Er ist krank, und ich sollte ihn besuchen, aber …" Sie brach ab. Sie hasste sich für ihre Schwäche. Sie war Psychologin! Sie sollte voll und ganz in der Lage sein, sich solchen Situationen zu stellen. Es war beschämend, ja, das war es. Sie schüttelte den Kopf und presste die Lippen aufeinander.

„Es ist okay, dass es dir schwerfällt", sagte André.

„Schon, aber …" Sie wusste nicht, wie sie diesen Satz beenden sollte, und brach ab.

„Ich weiß, das ist wahrscheinlich ein dummer Rat, und man würde mich dafür mit Fackeln und Mistgabeln von der psychologischen Fakultät der Universität jagen, aber … Betrachte es wie ein Pflaster."

Frieda zog die Augenbrauen zusammen. „Wie ein Pflaster?"

„Ja. Es war gut, als es da war, es hat die Wunde davor bewahrt, sich zu entzünden. Aber irgendwann ist der Zeitpunkt da, wo man es mit einem harten, unnachgiebigen Ruck von der Haut ziehen muss. Und der Zeitpunkt ist da, Frieda. Du verzeihst es dir nie, wenn er stirbt, ohne dass du mit ihm gesprochen hast."

Frieda nickte. „Du hast recht." Sie stand auf, ging um den Tisch herum und küsste André. „Danke."

„Keine Ursache. Und jetzt iss dein Frühstück."

Das Gespräch mit André hatte tatsächlich geholfen. Als Frieda später in ihrer Praxis saß, hatte sie die Entscheidung bereits getroffen. Sie würde zuerst ihren Onkel Johannes anrufen, den Bruder ihres Vaters.

Mit ihm hatte sie immer ein gutes Verhältnis gehabt. Sie wusste, dass ihr Onkel mindestens einmal die Woche bei ihrem Vater war, und würde mit ihm einen Termin vereinbaren.

Frieda blickte in ihren Kalender. Der nächste Patiententermin war in einer halben Stunde. Eigentlich hatte sie erst am Abend anrufen sollen, aber …

„Warum warten?“, fragte sie.

Entschlossen griff sie zum Hörer und wählte die Telefonnummer ihres Onkels.

„Frieda!“, meldete der sich nach ein paarmal Klingeln. „Ist alles in Ordnung?“

„Ja. Hallo, Onkel Johannes. Wie geht es dir?“

„Gut, danke. Ich kann nicht klagen.“

„Und im Kloster? Ist alles … ruhig?“

Onkel Johannes war Prior im Benediktinerkloster. Vor einigen Jahren hatten Marc und Frieda einen grausamen Mord im Kloster klären müssen. Seitdem hatten Frieda und ihr Onkel wieder regelmäßigen Kontakt.

„Alles ruhig, keine mysteriösen Todesfälle zu beklagen“, gab ihr Onkel lachend zurück.

„Gut. Hör zu, ich …“

„Ja?“

„Ich wollte dich fragen, ob ich das nächste Mal mitkommen kann, wenn du meinen Vater besuchst.“ Frieda schloss die Augen und lehnte sich zurück. Diese Worte über die Lippen zu bekommen, hatte sie einiges an Überwindung gekostet.

„Oh! Da freue ich mich aber sehr, Frieda. Ja, natürlich. Nächste Woche? Dienstagnachmittag?“

„Ja. Okay.“ Frieda schluckte schwer. „Wie … wie …“ Sie brachte es nicht über sich, die Frage fertigzustellen.

„Es geht ihm den Umständen entsprechend“, antwortete ihr Onkel. „Aber es ist gut, wenn du ihn bald besuchen kommst.“

„Wird seine Frau da sein?“

Friedas Vater hatte bald nach dem Selbstmord ihrer Mutter wieder geheiratet, und Frieda hatte ein derart mieses Verhältnis zu ihrer

Stiefmutter, dass sie es noch nicht einmal über sich brachte, ihren Namen auszusprechen.

„Iris ist oft auf Kur. Sie sagt, sie hält es nicht aus, ihn so zu sehen. Ich denke nicht, dass du ihr begegnen wirst."

„Okay. Gut. Dann bis nächste Woche."

„Bis dann, Frieda."

Sie legte auf und brauchte einige Minuten, um sich zu beruhigen. Sie hatte die Entscheidung getroffen. Nicht nur das, sie hatte auch den ersten Schritt gesetzt. Das war gut. Das war sogar sehr gut. Sie wollte gerade zum Hörer greifen, um Lotte zu bitten, den Besuch bei ihrem Vater in den Kalender einzutragen, als das Telefon klingelte.

Frieda blickte aufs Display und sah das Wort „unbekannt". Ihr Herz klopfte bis zum Hals. Sie wusste genau, was das zu bedeuten hatte. Eilig griff sie zu ihrem Handy, drückte auf die Aufnahmetaste und legte es neben das Telefon. Dann hob sie den Hörer ab.

Der Anrufer

„ICH weiß, ich rufe außerplanmäßig an, aber ich musste mit dir reden! Ich rede, okay? Ich brauchte kurz ... Ich brauche jemanden, der zuhört.

Ich bin so aufgeregt! Ich habe einen Schnitt gemacht! Ich! Ich habe die Hände in die Handschuhe gesteckt, das Skalpell aus seiner Hand genommen und es durch ihr Fleisch gleiten lassen. Und jetzt, jetzt endlich weiß ich, wie es sich anfühlt!

Das Blut!

Es stimmt, was er gesagt hat. Es hat eine reinigende Wirkung. Es ist, als würde das Böse aus ihr heraussprudeln, über meine Hand gleiten und auf den Boden tropfen, wo es sich in nichts auflöst. Na ja, Teile davon. Das Blut alleine reicht nicht. Sonst würden wir sie einfach ausbluten lassen. Wie Tiere. Manche Religionen machen das, richtig? Schächten heißt das. Schweine, die ausbluten. Ha! Was für ein passender Vergleich.

Aber wir haben es hier nicht mit Tieren zu tun. Obwohl ... Ich weiß, dass alle denken, wir seien Monster. Das sind wir nicht. Wir sind die Guten. Sie sind die Bösen.

Endlich weiß ich ... Ich weiß, dass ich kein Opfer mehr sein muss. Dank ihm weiß ich es!

Bist du noch da?“

„Ja. Darf ich eine Frage stellen?“

„Ähm ... Ich weiß nicht. Welche?“

„Ist sie tot? Viola?“

„Viola? Ist das der Name? Du musst verstehen, dass das unwichtig ist. Das Böse verdient keinen Namen. Wir hatten Blickkontakt, sie und ich. Während ich das Skalpell angesetzt habe, habe ich ihr in die Augen gesehen. Der Meister hat meine Hand geführt, und ich konnte es sehen. Die Erkenntnis. Die Schmerzen. Nicht, dass es darum ginge. Das tut es nicht. Na ja, vielleicht ein bisschen. Schmerz gehört zum

Buße-Tun dazu, oder? Aber auch darum geht es nicht. Es könnte mir nicht egaler sein, ob diese widerwärtigen Kreaturen Reue fühlen oder Buße tun, es ist mir egal, ob sie an den Himmel oder die Hölle glauben. Wen interessiert das schon? Das Hier und Jetzt zählt. Und im Hier und Jetzt fühle ich mich so stark wie nie zuvor. Den Anrufer, der dich das erste Mal kontaktiert hat, gibt es nicht mehr. Das wollte ich dir sagen. Ich bin geheilt.“

„Du bist nicht geheilt.“

„Widersprich mir nicht! Doch, das bin ich. Der Meister sagt, ich brauche dich nicht mehr. Er hat mir noch einmal diesen einen Anruf erlaubt. Er schätzt dich auch sehr, weißt du? So wie ich. Aber der Weg, den wir gewählt haben, ist besser. Wenn ich nur gewusst hätte, dass ich einfach nur meine Fantasien in die Realität überführen muss, ich hätte es viel früher getan. Der Meister sagt, ich habe alles nur unterdrückt, und es hat mich von innen aufgefressen. Bist du seiner Meinung?“

„Ja. Aber der Weg, den du einschlägst, ist der falsche. Ich kann dir helfen.“

„Ich brauche keine Hilfe mehr. Ich bin auf dem besten Weg. Wir müssen nur noch die letzten Vertreter holen und das Böse herausschneiden. Hast du schon einmal rohes Fleisch gegessen?“

„Nein.“

„Es ist köstlich. Leb wohl, Frieda.“

16. Kapitel

Marc hatte unruhig geschlafen. Das lag zum einen daran, dass ihn der Paketmörder-Fall beschäftigte, wie die Presse ihn seit Neuestem nannte. Zum anderen hatte Sophie beschlossen, bei Papa im Bett zu schlafen, und Marc hatte es nicht übers Herz gebracht, sie zurück in ihr Bett zu schicken. Ella würde nicht glücklich sein, denn sie hielt es für wichtig, dem Kind von Anfang an „Grenzen zu setzen“ – was auch immer das heißen mochte. Für Marc hatte es nichts mit Grenzensetzen zu tun, einem Kind Liebe, Geborgenheit und Fürsorge entgegenzubringen, und wenn das Kind mitten in der Nacht danach verlangte, dann war es eben so.

Marc hätte viel darum gegeben, auch nur eines dieser drei Dinge in der Kindheit erhalten zu haben. Während er Sophies Sachen packte und ins Vorzimmer brachte, fiel sein Blick direkt auf den Brief seines Vaters, und sein Magen krampfte sich zusammen. Er hätte ihn einfach wegwerfen sollen. Nun lag er da, mitten in seiner neuen Wohnung, und verhöhnte ihn.

„Kommst du mit in den Kindergarten, Papa?“, fragte Sophie und griff freudestrahlend nach einem Frühstückskeks, den Marc ihr reichte.

„Nein, Mama bringt dich.“

„Holst du mich ab?“

„Ich hol dich nächstes Mal ab, okay? Ich muss viel arbeiten.“

Sophie nickte, als wüsste sie, was das bedeutete, und widmete sich dann glücklich ihrem Keks.

Pünktlich auf die Minute klingelte es, und Marc öffnete Ella die Tür.

„Guten Morgen“, sagte Ella. „Hat alles geklappt?“

„Alles war super.“

„Ich durfte bei Papa schlafen!“, rief Sophie aus dem Wohnzimmer, woraufhin Ella ihn mit einem vorwurfsvollen Blick bedachte.

„Petze“, murmelte Marc und lächelte Ella entschuldigend an. „Sie ist fertig, sie isst nur noch ihren Frühstückskeks.“

„Schon gut. Marc, ich wollte mich entschuldigen.“

Marcs Augenbrauen schossen nach oben. „Wofür?“

Ella griff nach seinem Handgelenk und zog ihn etwas aus der Wohnung. Sie sprach leise weiter. „Für gestern. Ich hätte nicht so reagieren dürfen. Wir sind getrennt, und ich will, dass du glücklich bist.“

„Ähm … danke. Aber du musst dich wirklich nicht entschuldigen.“

„Nun, wenn wir wollen, dass das hier funktioniert, muss ich mich mit Frieda arrangieren. Also versuche ich, die Vergangenheit hinter mir zu lassen.“

Marc starrte Ella aus weit aufgerissenen Augen an. „Wovon sprichst du bitte?“

„Von dir und Frieda.“

„Es gibt kein … Wir sind nicht … Was?!“

Ella bedachte ihn mit einem Blick, als sei er schwer von Begriff. „Na ja, es geht mich ja auch nichts an.“

„Okay, Moment mal. Du denkst doch nicht, dass ich etwas mit einer neuen Frau beginne, während wir noch verheiratet sind? Ella!“

Ellas Blick verwandelte sich. Sie verschränkte die Arme vor der Brust und stierte Marc ungerührt an. „Erstens sind wir getrennt. Ich treffe mich auch mit jemandem. Also ist das okay. Zweitens haben wir schon immer eine Ehe zu dritt geführt, und das weißt du ganz genau. Also tu bitte nicht so, als wäre es völlig aus der Luft gegriffen, anzunehmen, dass …“

Marc hob die Hand, und Ella unterbrach sich. „Da ist nichts zwischen uns. Unabhängig davon, wie du dazu stehst.“

Ella spitzte die Lippen. Dann schüttelte sie den Kopf und löste ihre starre Körperhaltung. Sie seufzte demonstrativ, doch bevor Marc sie fragen konnte, was sie gerade dachte, kam Sophie auf sie beide zugestürmt.

„Mamaaaaa!“

„Hallo, Engelchen. Bereit für den Kindergarten?“, sagte Ella und schloss Sophie in ihre Arme.

„Ja! Darf ich noch einen Keks haben?"

„Nein. Einer reicht. Sag Tschüss zu Papa."

„Tschüss, Papa."

Marc ging in die Knie, drückte seine Tochter an sich und küsste sie auf die Stirn. „Viel Spaß, Süße."

Sophie stürmte bereits die Treppe nach unten. Ella ging ihr nach, blieb dann aber kurz stehen und drehte sich um. „Hör zu, es geht mich vielleicht nichts an, aber ich will wirklich, dass du irgendwann dein Glück findest, Marc. Also nimm es mir nicht übel, wenn ich dir diese Frage stelle."

„Welche Frage?"

„Warum, zum Teufel, stehst du dir ständig selbst im Weg? Du hast einen Menschen gefunden, der dich so nehmen kann, wie du bist. Der dich schon immer so genommen und so geliebt hat, wie du bist. Und glaube mir, es ist nach wie vor schwierig für mich, das auszusprechen. Aber meine Therapeutin sagt, es ist gesund, mich der Realität zu stellen. Also frage ich dich: Worauf wartest du?"

Noch einmal schüttelte Ella den Kopf. Dann wandte sie sich ab und ging.

Marcs Magen verwandelte sich in einen Eisklumpen. Er ging in seine Wohnung, schloss die Tür hinter sich und ging mit wild pochendem Herzen ins Wohnzimmer. In seinem Kopf schwirrte es, und er hatte keine Ahnung, was in Ella gefahren war, dass sie plötzlich zu Friedas Cheerleader avanciert war.

„Frauen …", murmelte er und griff energisch zum Brief seines Vaters. „Na dann los."

Wenn Ella sich der Realität stellen konnte, dann konnte er das wohl auch. Ohne weiter zu überlegen, öffnete er den Brief und überflog die wenigen Zeilen.

„Mein Sohn,

ich weiß, dass du nichts von mir hören, sehen oder gar lesen möchtest. Dennoch muss ich diese Zeilen schreiben. Ich möchte mich bedanken. Danke, dass du bei meiner Verhandlung ausgesagt hast. Mir ist klar, dass du mir nicht glaubst, wenn ich schreibe, dass das

Gefängnis mich verändert hat. Doch so ist es. Ich bereue. Das ändert die Vergangenheit nicht, das weiß ich. Deshalb ist alles, was ich tun kann, dir im Hier und Jetzt zu sagen, dass ich verstanden habe, warum du bei Gericht so ausgesagt hast. Du wirst meine Vergebung nicht benötigen, und dennoch ist es mir wichtig, dir das zu sagen. Du hattest gute Gründe, und ich verstehe, warum du dich gegen meine Freilassung ausgesprochen hast. Solltest du je wieder einen Gedanken daran verschwenden – lass es. Ich bin es nicht wert. Nur so viel sei gesagt: Es würde mich freuen, dich noch einmal zu sehen. Wenn du es über dich bringen kannst, besuche mich. Bitte.

Dein Vater."

Er las den Brief zweimal. Dann knüllte er ihn zusammen, ging in die Küche, warf ihn in das Waschbecken, holte ein Feuerzeug aus der Lade und verbrannte ihn.

Als Marc wenig später im Revier eintraf, stieß er beinahe mit Frieda zusammen, die aus seinem Büro kam.

„Ich habe dich gesucht", sagte sie.

„Du hast mich gefunden."

„Er hat heute angerufen."

„Er?" Marc ging in sein Büro, und Frieda folgte ihm.

„Der Täter", sagte sie ungeduldig. Sie zog ihr Handy aus der Handtasche, legte es auf seinen Schreibtisch und drückte auf Play.

Marc hörte sich die Aufnahme an. Als sie fertig abgespielt war, blickte er Frieda an. „Das ist nicht gut, oder?"

„Nein."

„Er wird nicht mehr anrufen."

„Nicht, wenn nicht etwas Unvorhergesehenes passiert."

„Scheiße."

Frieda nickte. „Was tun wir jetzt?"

Marc lehnte sich zurück und blickte zur Decke. „Ich muss nachdenken. Wieso hat er jetzt angerufen? Sonst hat er doch immer gewartet, bis wir die Leiche gefunden haben."

„Das hat er wohl nicht mehr nötig."

„Scheiße“, wiederholte Marc.

Er war noch nie so ratlos gewesen. Sie hatten nichts, absolut nichts. Die Befragungen liefen eine nach der anderen ins Leere. Alle möglichen Zusammenhänge entpuppten sich als Sackgasse. Der Täter war wie ein Geist, der zuschnappte, wann es ihm beliebte, keine Spuren hinterließ, und dann, wenn er mit seinem Werk fertig war, tote Körper rund um die Stadt verstreute. Es war zum Wahnsinnigwerden.

„Wir werden die Leiche bald finden“, sagte Frieda und setzte sich Marc gegenüber. „Sie … sie ist tot. Viola. Es ist bereits passiert. Du hast gehört, was er am Telefon gesagt hat.“

Marc nickte langsam. „Eine Richterin, ein Bankier, eine Stadträtin.“

Frieda hob fragend die Augenbraue.

„Viola Binder war von 1998 bis 2003 Stadträtin. Der Witwer der Richterin, Herr Rosnig, hat mir davon erzählt, bevor wir selbst bei unserer Recherche darauf gestoßen sind.“

„Du denkst, es hat was mit dieser Position zu tun? Nicht mit ihrer Position als Bänkerin?“, fragte Frieda.

„Sag du es mir.“

Frieda nickte. „Gut möglich. Habt ihr schon geprüft, was alles in ihren Aufgabenbereich gefallen ist?“

„Hauptsächlich Baubewilligungen.“

Frieda lehnte sich zurück und stieß Luft aus. „Tja.“

„Tja – was?“

„Das hilft uns nicht viel weiter, oder?“

„Wir prüfen gerade alle Aufzeichnungen zu ihrer Tätigkeit. Aber in fünf Jahren kam viel zusammen.“

„Aber es muss doch Familiennamen geben, die sowohl bei der Richterin als auch bei der Bank als auch in den Aufzeichnungen des Stadtrates vorkommen, oder?“

„Das hoffen wir. Das Problem ist, dass die Parteien der Bewilligungsverfahren oft auch Unternehmen waren. Wir müssen recherchieren, wer hinter den Unternehmen steht, wer betroffen sein könnte. Es ist ein Fass ohne Boden. Und die fünf dicken Akten waren auch Sackgassen. Insgesamt kamen Familiennamen 55-mal bei den Akten der Richterin und im Kundenverzeichnis der Bank vor. 55

Familien, die wir überprüfen und befragen müssen. Wir arbeiten bereits rund um die Uhr, aber es ist ein immenser Ressourcenaufwand."

Marc schob sich die Brille an den Haaransatz und fuhr sich mit den Händen übers Gesicht. „Und währenddessen mordet unser Täter fröhlich weiter."

„Wir werden einen Zusammenhang finden, Marc. Da bin ich mir sicher."

„Bist du das, ja?"

Die beiden sahen sich einen langen Moment an. Dann klopfte es an der Tür. Ralf steckte den Kopf herein und nickte den beiden zu. „Neuigkeiten, werte Kollegen. Wir haben einen Leichenfund."

17. Kapitel

FRIEDA saß noch in Marcs Wagen, als dieser bereits Richtung Fundort gegangen war. Sie hatte einen Anruf vorgetäuscht, benötigte in Wahrheit aber einen kurzen Moment für sich, um sich mental auf das, was sie gleich sehen würde, vorbereiten zu können.

Viola Binder.

Mutter. Witwe.

Das machte Marleen Binder nun zu einer Vollwaise. Frieda hatte das Gefühl, dass ihr Herz sich schmerzhaft zusammenzog. Es war nicht fair, so ins Erwachsenenleben starten zu müssen.

„Nicht fair", flüsterte Frieda, klappte die Sonnenblende nach unten und betrachtete sich in dem kleinen Spiegel. Sie wischte sich eine verirrte Träne aus dem Augenwinkel, tupfte etwas verschmierte Wimperntusche weg und sog tief Luft ein. „Reiß dich zusammen."

Sie klappte die Sonnenblende wieder hoch, stieg aus, schloss den Wagen ab und ging auf die Polizisten zu, die am Rande des abgesperrten Bereichs standen. Man reichte ihr einen Schutzanzug, den sie überstreifte, dann trat sie unter dem Absperrband hindurch und steuerte auf den Fundort zu.

Die Leiche von Viola Binder war am Rande eines Waldgebietes im Westen Videns in der Nähe ihres Wohnhauses gefunden worden. Die Straße, an der alle Wagen parkten, war ein paar Gehminuten entfernt und wurde durch eine weitläufige Wiese, durchquert von einem schmalen Gehweg, vom Wald abgetrennt. Hier gab es keine Straßenlampen, und die nächstgelegenen Häuser wurden von hohen Bäumen verdeckt.

Keine Zeugen, ging es Frieda durch den Kopf.

Schon wieder.

Sie steuerte auf Marc zu und fixierte seinen Rücken. Sie blieb direkt hinter ihm stehen, atmete ein paar Mal tief durch und trat dann einen

Schritt zur Seite. Obwohl sie gewusst hatte, was sie sehen würde, traf sie der Anblick von Violas Leiche wie ein Fausthieb. Sie sog scharf Luft ein, und Marc stellte sich sofort vor sie.

„Du musst dir das nicht ansehen."

„Doch. Ich muss mir selber ein Bild machen. Ich muss endlich verstehen, was in ihm vorgeht. Oder … in ihnen."

Marc nickte knapp und trat zur Seite.

Viola lag genauso da wie die anderen beiden Leichen. Wie ein weggeworfenes Stück Fleisch. Würdelos. Ihre Augen starrten leer in den Himmel, ihr pausbäckiges Gesicht wurde von kurzen, schwarzen Locken umrahmt, die mit einigen grauen Strähnen durchzogen waren. Sie war nackt und lag auf dem Rücken, die Beine waren angewinkelt und zur Seite geneigt. Sie war eine rundliche, kleine Frau mit freundlichem Gesicht gewesen, und Frieda stellte sich vor, dass sie wohl eine gute Mutter gewesen war.

„Der Kopf ist intakt", sagte Marc neben ihr.

„Herbert wird uns sagen, welches Organ fehlt."

„Ja, das wird er", sagte Herbert Meissner direkt hinter ihnen.

Frieda wandte sich zu ihm um, und er begrüßte sie mit einem Kuss auf die Wange. Frieda und Marc traten ein paar Schritte zur Seite und warteten, bis Herbert mit seiner ersten Begutachtung fertig war. Dann kam er zu ihnen.

„Die Leber", sagte er knapp.

Frieda und Marc tauschten einen Blick aus. „Die Richterin und der Magen", fasste Frieda zusammen. „Der Bankier und das Gehirn. Die Stadträtin und die Leber."

„Ich verstehe den Magen nicht. Die anderen beiden Organe kann ich mir zusammenreimen", erklärte Marc.

„Und was denkst du?"

„Das Gehirn, das Zentrum der Logik und Analytik, das Organ, mit dem Entscheidungen getroffen werden. Es muss etwas damit zu tun haben."

„Und die Leber?", fragte Frieda, obwohl sie wusste, dass Marc dasselbe dachte wie sie.

„Alkohol", sagten sie beide gleichzeitig.

„Tja, wenn ich die Leber hätte, könnte ich euch beiden schnell sagen, ob die Dame eine alkoholträchtige Vergangenheit hatte.“

„Und ohne Leber?“, fragte Marc.

„Ohne Leber müssen Sie bis zur Obduktion warten, Herr Kommissar. Typische Anzeichen für Alkoholmissbrauch sind Entzündungen an der Bauspeicheldrüse und an den Nieren. Außerdem führt Alkoholismus auch zu Herzverfettung. Ach, und zu Krampfadern in der Speiseröhre. Ich lasse euch alles nach der Obduktion wissen.“

Frieda blickte Marc an. „Wir könnten ... die Tochter fragen.“

Marc nickte, doch sie sah ihm an, dass ihm der Gedanke, die Tochter zu befragen, nicht zusagte.

Herbert verabschiedete sich, und Frieda schlang fröstelnd die Arme um ihren Oberkörper. „Was jetzt?“, fragte sie Marc.

„Violas Schwester ist in Viden, um sich um alles zu kümmern. Ich werde sie befragen. Vielleicht kann sie uns weiterhelfen.“

Frieda war nach dem Leichenfund in die Praxis gefahren und hatte versucht, sich mit Arbeit abzulenken. Das hatte nicht besonders gut funktioniert, also packte sie am frühen Abend ihre Sachen und fuhr wieder nach Hause. Als sie bei ihrem Haus am Stadtrand ankam, sah sie Andrés Auto und lächelte. Er stieg zur selben Zeit aus wie sie, in seinen Händen hatte er zwei Einkaufstüten.

„Ich dachte, ich überrasche dich“, sagte er lächelnd.

Sie ging auf ihn zu und küsste ihn. „Wartest du schon lange? Du hättest anrufen können, dann hätte ich ...“

„Dann wäre es keine Überraschung, oder?“, unterbrach er sie grinsend.

Sie schloss ihre Haustür auf und bat André herein. Er ging direkt in die Küche.

„Was verschafft mir die Ehre?“, fragte Frieda, öffnete ihren Kühlschrank und holte eine Flasche Weißwein heraus.

„Ich wollte dir etwas Gutes tun. Nach dem Gespräch hatte ich das Gefühl, du könntest etwas Ablenkung brauchen. Isst du italienisch?“

Frieda nickte und strahlte André an. Der nahm ihr die Flasche Wein aus der Hand, öffnete sie, goss zwei Gläser ein und drückte ihr eines davon in die Hand. „Setz dich hin, lies ein Buch, ich rufe dich, wenn das Essen fertig ist. Oder … wenn ich etwas nicht finde.“ Er blickte sich in Friedas kleiner Küche um. Dann zog er ein paar Laden und anschließend den Kühlschrank auf. „Du kochst nicht wirklich viel, oder?“

„Ich koche überhaupt nie.“

„Ah.“ André zwinkerte ihr zu. „Gut, dass du mich gefunden hast.“

„Du hast eher mich gefunden, wenn ich mich recht erinnere.“

„Richtig. Eine Frau wie du ist auch schwer zu übersehen. Und jetzt setz dich und kuschle mit Napoleon. Der sieht so aus, als hätte er dich vermisst.“

Frieda wandte sich um und sah Napoleon schräg hinter sich im Vorraum sitzen. Er starrte mit kugelrunden Augen in ihre Richtung, fixierte aber, wie sie sehr schnell erkannte, nicht sie, sondern die Einkaufstüten, die André mitgebracht hatte. „Vermisst hat er mich vielleicht“, sagte sie und nickte in Richtung der Tüten. „Aber das hier ist es, was seine Aufmerksamkeit auf sich zieht.“

„Ich bin sicher, vom Entrecote bleibt ein Stückchen für den Imperator übrig.“

Frieda lachte auf und bedeutete Napoleon, mit ihr ins Wohnzimmer zu kommen. „Hörst du das, Napoleon? Du bist ein Imperator.“

Napoleon gab ein zustimmendes Bellen von sich und machte es sich dann zu Friedas Füßen bequem.

„Daran könnten wir uns gewöhnen, nicht wahr, mein Großer?“, sagte Frieda leise und kraulte ihren Hund hinterm Ohr.

Sie nahm einen Schluck Wein und wollte gerade die Füße hochlegen, als es an der Tür klingelte. Napoleon sprang auf und lief in den Vorraum, Frieda folgte ihm. Sie war es nicht gewohnt, Überraschungsbesuche zu erhalten, also konnte das nur bedeuten, dass dieser Besuch hier mit dem Fall zu tun hatte.

Wenn das Marc ist, bringe ich ihn um, dachte sie grimmig, stapfte zur Tür und riss sie auf.

Es war weder Marc noch sonst jemand aus dem Team, sondern ein Paketbote. Eine Sekunde lang war Frieda erleichtert. Dann ging ihr Blick nach unten und fiel auf das Paket in seinen Händen.

Es war rot.

„Tut mir leid, Frau Doktor Rubens“, sagte der Bote und drückte ihr mit einem entschuldigenden Lächeln das Paket in die Hand. „Wir haben Anweisung, die Pakete zuzustellen. Es gingen zu viele falsche Meldungen bei der Polizei ein, und wir können nicht alle roten Pakete einfach einbehalten.“

Frieda nickte. Sie stand wie gelähmt im Türrahmen und starrte auf das Paket. Die Medien machten ein Riesentheater rund um den Paketmörder, und jeder in Viden wusste um die Bedeutung der roten Pakete. Viele davon hatten sich mittlerweile als perverse Scherze entpuppt. Das würde auch in diesem Fall gelten. Ja, so musste es sein. Frieda war bekannt und in einigen Kreisen durchaus umstritten. Es war nur eine Frage der Zeit gewesen, bis jemand sich diesen geschmacklosen Scherz bei ihr erlauben würde.

Frieda atmete tief ein und starrte auf ihren eigenen Namen, der unter dem Wort „Empfänger“ in schwarzer Farbe auf dem Paket notiert war.

„Wer war das?“, rief André aus der Küche.

„Paketbote“, gab Frieda zurück.

Sie stellte das Paket auf die kleine Kommode neben der Eingangstür. Sie überlegte, ob sie gleich die Polizei anrufen sollte, entschied sich dann aber dagegen. Außerdem musste sie die Polizei gar nicht anrufen, vor ihrem Haus war Marcs Personenschutz postiert. Frieda blickte über die Schulter aus dem Fenster und vergewisserte sich, dass der Zivilwagen noch dort stand, wo er zuvor gestanden hatte.

Ja.

Also schön. Sie entschied sich, das Paket zu öffnen. Wenn es nur ein Scherz war, würde sie die Ermittler ganz ohne Grund in Alarmbereitschaft versetzen. Sie öffnete eine Lade und zog einen Brieföffner hervor. Ihr Blick fiel auf die Vorderseite des Pakets. Sie erstarrte. In schwarzer Schrift stand dort eine kurze Nachricht.

„Mit herzlichen Grüßen von Ihrem Parade-Ermittler.“

Frieda riss entsetzt die Augen auf. Ihr Magen krampfte sich zusammen, und ihre Hände begannen so heftig zu zittern, dass sie Mühe hatte, den Brieföffner zu halten.

„Nein", stieß sie tonlos aus. Und dann, immer lauter werdend: „Nein, nein, nein!"

„Was ist passiert?", hörte sie André irgendwo hinter sich fragen, doch seine Anwesenheit drang nur noch halb zu ihr durch.

Sie stieß den Brieföffner kräftig in das Klebeband am Rand des Paketdeckels, schnitt es auf und ließ den Brieföffner fallen. Ihre Finger krallten sich in den Deckel und zogen ihn auseinander.

„Nein!", schrie sie.

Sie machte einen Satz zurück und stieß mit André zusammen. Der packte sie am Oberarm, doch sie riss sich los. Erneut beugte sie sich über das Paket und starrte hinein. Darin lag ein Finger.

Und ein Foto von Marc.

„Nein, nein, nein! Oh Gott, bitte!", rief sie und eilte in blinder Panik ins Wohnzimmer.

„Frieda!", hörte sie André rufen, doch sie ignorierte ihn.

„Wo ist mein verdammtes Handy?!", schrie sie und drehte sich hektisch im Kreis.

„Es ist …", begann André, der ihr zögerlich gefolgt war. Sie schob ihn wild zur Seite, und er unterbrach sich.

Frieda rannte zum Kleiderständer im Vorzimmer und zerrte ihre Tasche vom Haken. Der Kleiderständer flog krachend um. Ihre Hände zitterten noch stärker, und sie hatte Mühe, den Reißverschluss zu öffnen.

„Lass mich dir helfen", hörte sie André sagen. Er klang nun nicht mehr ganz so ruhig, sondern eher flehend.

Heftig schüttelte sie den Kopf, ging in die Knie und schaffte es endlich, die Tasche zu öffnen. Sie zog ihr Handy heraus und wählte Marcs Nummer.

„Geh ran", presste sie hervor. „Geh ran, Marc. Geh ran!" Doch auch nach mehrmaligem Klingeln hob er nicht ab. Sie legte auf und wählte Ralfs Nummer. Auch der ging nicht ran. „Ist das euer verfluchter Ernst?!", schrie sie ihr Handy an.

„Frieda, vielleicht solltest du …“, startete André einen neuen Versuch und streckte zaghaft den Arm nach ihr aus.

Frieda sprang auf, hieb seinen Arm von sich und stürmte nach draußen.

„Frieda, reiß dich verflucht noch mal zusammen!“, hörte sie André rufen. Nein, er klang ganz und gar nicht mehr ruhig. Er klang sauer und völlig überfordert.

Doch das interessierte sie nicht. Nichts an der Tatsache, dass André gerade hier war, interessierte sie. Er konnte ihr nicht helfen. Er hatte nicht die Macht, ihr zu helfen. Er kannte sie zu wenig, er wusste nicht, was sie brauchte, niemand hatte das je gewusst, außer …

Sie schluchzte auf, lief zu ihrem Auto, setzte sich hinters Lenkrad, startete den Motor und brauste los, ohne sich auch nur einmal umzudrehen. Nur am Rande bekam sie mit, dass der Personenschützer sofort den Motor gestartet hatte und ihr gefolgt war. Nur, dass ihr das in dieser Situation rein gar nichts brachte. Sie musste wissen, dass es Marc gut ging. Sie musste das jetzt sofort wissen!

Sie wählte Marcs Nummer erneut. „Geh ran, bitte. Kann bitte *irgendjemand* an das verfluchte *Handy* gehen?!“

Sie brauste über die Brücke Richtung Innenstadt. Ihr Kopf hämmerte, ihr Herz schlug ihr bis zur Brust, und sie nahm alles um sich herum wie in Trance wahr. Die anderen Verkehrsteilnehmer, die Autos, die Spaziergänger, die Ampeln, das Hupen – nichts davon interessierte sie, nichts davon war wichtig.

„Das darf nicht passieren. Das darf einfach nicht passieren“, sprach sie wie manisch vor sich hin, während sie ein ums andere Mal rote Ampeln ignorierte.

Nach einer gefühlten Ewigkeit kam sie bei Marcs neuem Appartement an. Sie sprintete die Treppen hinauf, ohne recht zu wissen, wieso sie hier war. Er hatte Marc. Der Täter hatte Marc! Was sollte sie hier? Wieso war sie nicht einfach ins Revier gefahren? Aber sie musste sich vergewissern. Sie musste wissen, ob er hier war. Sie musste …

Frieda blieb atemlos vor seiner Wohnungstür stehen. Sie starrte auf die Türklingel, als hätte sie ein solches Wunder der Technik noch nie zuvor gesehen. Dann hob sie langsam den Arm und drückte darauf. Einmal. Zweimal. Dreimal. Sie wusste nicht, warum, das war völlig irrational.

Alles an ihrem Leben schien plötzlich irrational zu sein.

Sie musste Ralf erreichen. Oder Paulsen. Oder diesen Viktor, der ihr zu Beginn so unsympathisch gewesen war, der ihr aber jetzt wie ein potenzieller Retter in der Not erschien. Sie musste …

Die Tür wurde aufgemacht.

Marc stand vor ihr.

„Marc!“, rief sie.

Sie hatte das Gefühl, dass ihr Magen sich jeden Moment umdrehen würde, und ihre Beine drohten unter ihr wegzusacken.

„Frieda, was ist …“

Frieda packte sein linkes Handgelenk, starrte auf seine unversehrte Hand und ließ sie fallen. Dann packte sie sein rechtes Handgelenk. Auch hier waren alle Finger vollzählig.

„Du bist nicht verletzt“, murmelte sie mehr zu sich als zu ihm. Sie hörte, dass ihre Stimme zitterte. Sie war kurz davor, durchzudrehen.

„Ich … nein, ich bin nicht … Was ist los, Frieda?“

Sie hatte die Finger noch immer fest um sein Handgelenk gekrallt und starrte auf seine Handfläche, als wäre sie ein edler Diamant. „Du bist hier. Du bist unverletzt.“

Marc löste sich sanft, aber bestimmt aus ihrem schraubstockartigen Griff, fasste ihren Oberarm und zog sie in die Wohnung.

Seine Finger gruben sich in ihre Haut und duldeten keine Widerrede. Marc selbst duldete keine Widerrede. Er wurde mit Hysterie und Panik und Wahnsinn konfrontiert, mit all den bösen Dingen, die Frieda zu verfolgen schienen, seit sie das Licht der Welt erblickt hatte, und er reagierte genau richtig.

Wie ein Fels in der Brandung.

„Frieda …“, sagte er leise, während seine Finger sich immer noch fest um ihren Oberarm schlossen und ihr genau den Halt gaben, den sie in dieser Situation brauchte.

Sie atmete tief ein, legte die Handflächen auf seine Brust, fühlte sein Herz schlagen. Dann blickte sie nach oben. Sie hob die Arme und schlang sie um seinen Hals. Sie drückte ihn so fest an sich, dass er kurz stolperte. „Marc …“, flüsterte sie erleichtert. Mit geschlossenen Augen drückte sie ihn an sich, sog seinen Geruch ein, spürte, wie sein Herz gegen ihre Brust schlug. Ihre Panik ebbte ab.

Dann öffnete sie die Augen, wollte etwas sagen und erstarrte. Eilig löste sie sich von ihm. Sie waren nicht allein. In Marcs Wohnzimmer saßen Ralf, Viktor und zwei Kollegen vom Erkennungsdienst und starrten sie so verdutzt an, als wäre sie spontan in Flammen aufgegangen. Eilig trat sie einen Schritt zurück.

„Was ist hier los?“, fragte sie und strich sich in einer fahrigen Bewegung ein paar Haarsträhnen hinters Ohr.

„Mir wurde ein rotes Paket geschickt“, erklärte Marc und führte Frieda ins Wohnzimmer, indem er erneut ihren Oberarm packte.

Er gab ihr Halt, ohne, dass sie darum bat.

Wie immer.

„Mir auch“, sagte sie benommen und ließ sich von Marc auf einen Stuhl drücken.

„Du siehst blass aus“, sagte Ralf, sprang auf und holte ein Glas Wasser aus der Küche, das er Frieda in die Hand drückte.

Sie nahm einen Schluck, atmete ein paar Mal tief ein und vermied es, irgendjemandem in die Augen zu blicken. Ihre Wangen glühten, und sie wollte sich lieber nicht vorstellen, welchen Anblick sie vor wenigen Sekunden geboten haben musste.

Marc hockte sich neben sie und legte seine Hand auf die ihre.

Noch mehr Halt. Noch mehr Selbstverständlichkeit.

„Erzähl uns, was passiert ist“, forderte Marc sie auf.

Sie stellte das Glas ab und widerstand dem Impuls, mit ihrer nun freien Hand nach Marcs Fingern zu greifen, um sich noch mehr an ihm festhalten zu können. „Gerade war ein Bote bei mir“, begann sie zu erzählen. „Er hat mir ein rotes Paket in die Hand gedrückt. Ich dachte, es sei nur einer dieser perversen Scherze, also habe ich es aufgemacht. Es war ein Finger drin. Und ein Foto von … Marc.“ Frieda warf ihm einen kurzen Seitenblick zu und griff eilig zu ihrem Wasserglas, um einen weiteren Schluck zu trinken.

„Ich habe auch ein Paket erhalten. Auch mit einem Finger und einem Foto von Sophie."

„Oh Gott!", stieß Frieda aus und starrte ihn aus angsterfüllten Augen an.

Marc hob beschwichtigend die Hände. Seine Hand löste sich von ihrer und sofort fühlte Frieda sich ein Stück weit verlorener. „Es ist alles okay. Ella und Sophie haben auch Personenschutz. Und dieses Vorgehen passt auch nicht zu unserem Täter. Es sind Fotos drin und ominöse Nachrichten auf der Seite geschrieben. Es handelt sich um einen Nachahmungstäter. Die Kollegen sind schon dran."

„Aber warum … warum *wir*?", fragte Frieda.

Marc warf ihr einen wissenden Blick zu. „Mir würden da schon ein paar Gründe einfallen", erklärte er.

„Welche?"

„Allen voran kennt man uns als Ermittlerteam, jeder weiß, dass wir an dem Fall arbeiten. Die Presse hat die Story mit den roten Paketen ausgeschlachtet bis dort hinaus und auch schon ihre eigenen Interpretationen angestellt."

Frieda schüttelte heftig den Kopf. Sie versuchte, sich aus all dem einen Reim zu machen, doch das wollte ihr einfach nicht gelingen. „Und was jetzt?"

Marc richtete sich auf. „Wir beruhigen uns. *Du* beruhigst dich. Wir kümmern uns darum. Wo ist das Paket, das dir geschickt wurde?"

„Zu Hause."

Marc nickte. „Wir holen es, und der Erkennungsdienst wird es überprüfen."

„Marc, da sind … da sind Finger drin. *Echte* Finger. Wer kommt denn, bitte schön, einfach so an echte …" Sie konnte das Wort nicht noch einmal aussprechen und verstummte.

„Kriminelle Organisationen, Abschaum … Mir würden da schon ein paar Kandidaten einfallen."

Frieda wollte fragen, wen genau Marc im Sinn hatte, doch als sie in die Runde blickte, entschied sie, lieber den Mund zu halten. Alle starrten sie nach wie vor an. Sie fing Ralfs Blick auf. Der betrachtete sie mit einer Mischung aus Mitgefühl und Sorge. Sie sprang auf. „Gut, ähm … dann gehe ich wohl wieder. Entschuldigt die Störung.“

Mit dem Rest an Würde, der ihr noch blieb, eilte sie aus Marcs Wohnung und fuhr, diesmal in angemessener Geschwindigkeit, zurück zu ihrem Haus. Der Gedanke, dass dort ein abgeschnittener Finger auf sie wartete, verursachte ihr Übelkeit. Dann fiel ihr ein, dass dort noch etwas, nein, jemand auf sie wartete.

André!

Er hatte ihren emotionalen Ausbruch live, aus der ersten Reihe sozusagen, beobachten können. Gott, was musste er jetzt von ihr denken? Er musste sie für komplett irre halten, für verrückt, für impulsiv und kopflos. Was, wenn er all das falsch verstand?

Gab es da überhaupt etwas falsch zu verstehen?

Sie schüttelte den Kopf und verdrängte diesen Gedanken. Das alles hatte doch nichts zu bedeuten, sie hatte einfach Angst um Marc gehabt. Das war völlig normal. *Professionelle* Angst, keine wie auch immer geartete andere Angst. André würde das verstehen, oder?

„Ja, ja, Frieda … rede es dir schön ein“, murmelte sie und bog in ihre Gasse ein.

Sie fuhr bei ihrem Haus vor und starrte auf den Platz, an dem Andrés Wagen zuvor geparkt hatte.

Er war leer.

18. Kapitel

DIE Erinnerungen an die Erlebnisse des gestrigen Abends klebten an Marc wie zäher Kaugummi. Der Anblick des roten Pakets und Sophies Foto darin hatten ihm einen Moment lang den Atem geraubt. Der Schock war kurz, dafür aber tief und nachhaltig gewesen. Sein Gehirn hatte ihn sehr schnell daran erinnert, dass der Finger unmöglich von seiner kleinen Tochter stammen konnte. Marc vertraute auf den Personenschutz, und die Möglichkeit von Nachahmungstätern war ihm sofort in den Sinn gekommen.

Dennoch, er hatte das Gefühl, seit gestern um Jahre gealtert zu sein. Mal wieder.

Er atmete tief ein, versuchte, seinen Herzschlag zu beruhigen und sich auf seine Arbeit zu konzentrieren. Doktor Meissner hatte den pathologischen Bericht von Viola Binder geschickt. Tatsächlich zeigten ihre Organe Spuren von Alkoholmissbrauch. Zudem hatte er gestern Violas Schwester befragt, und die hatte bestätigt, dass es früher entsprechende Probleme gegeben hatte. Ironischerweise hatte gerade der Tod von Violas Mann sie dazu gebracht, die Reißleine zu ziehen. Seitdem war sie komplett abstinent gewesen.

Das war also ein weiterer Anhaltspunkt. Violas Mann war vor drei Jahren gestorben. Wenn die Wahl der Organe tatsächlich aus den Gründen, die Frieda vermutete, so geschah, dann hieße das, dass der Täter sich auf ein Ereignis bezog, das vor diesen drei Jahren passiert war. Laut Violas Schwester waren jene Jahre, in denen der Alkoholkonsum besonders schlimm war, die gewesen, in denen sie im Stadtrat gesessen hatte.

„1998 bis 2003“, murmelte Marc und öffnete die Aktenliste der Richterin, nur, um sie kurz darauf wieder zu schließen. Es war falsch, sich auf diese Zeitspanne zu versteifen. Wer sagte denn, dass es sich um ein und dasselbe Ereignis handelte, auf das der Täter sich bezog? Vielleicht hatten die drei Opfer drei verschiedene Dinge getan, die nur gemeinsam hatten, dass sie sich allesamt auf den Täter bezogen? Alles war möglich. Zu viel war möglich. Marc seufzte und starrte unschlüssig auf seinen Bildschirm.

Da klopfte es an der Tür, und kurz darauf kam Frieda herein.

„Hi“, sagte sie, ging zielstrebig auf Marcs Schreibtisch zu und setzte sich ihm gegenüber.

„Hi“, gab er zurück.

„Können wir meinen Auftritt von gestern Abend ignorieren?“, fragte Frieda wie beiläufig, während sie Marc nahezu hypnotisch anstarrte.

„Öhm … okay.“

„Gut. Ich war nämlich die ganze Nacht wach. Ich habe mir die Aufnahmen der Telefonate immer und immer wieder angehört. Und ich habe mir intuitiv Wörter notiert, die mir … ich weiß nicht … bedeutsam erschienen sind.“

„Okay. Zeig her.“

Frieda verzog ihre Lippen zu einem schiefen Lächeln. „Wie? Keine schnippischen Kommentare zu meiner intuitiven Arbeit?“

„Ich kenne dich viel zu lange und zu gut, um deine Intuition ins Lächerliche zu ziehen. Die ist so ausgeprägt, dass du im Mittelalter dafür auf dem Scheiterhaufen gelandet wärst.“

Frieda lachte schnaubend und legte eines ihrer vielen bunten Notizbücher auf seinen Schreibtisch. „Okay. Sieh dir das mal an.“

Marc zog das Notizbuch zu sich und betrachtete die aufgeschlagene Seite. Sie enthielt eine handschriftlich angefertigte Tabelle. In der ersten Spalte standen untereinander die Anrufe des Täters aufgelistet. Daneben, in der zweiten Spalte, jene Wörter, die Frieda offensichtlich besonders aufgefallen waren. In einer dritten Spalte fanden sich Stichworte zu Friedas Rückschlüssen.

1. *Telefonat/einsam; zusehen/Einsamkeit – Rache*
2. *Telefonat/Böses radikal auslöschen; Meister/Führung*
3. *Telefonat/nicht mehr allein; ungerecht/Ungerechtigkeit*
4. *Telefonat/ausbluten wie Tiere; Kreaturen/Heilung*

Marc blickte auf und sah Frieda fragend an.

„Das ist nur die Zusammenfassung meiner Rückschlüsse“, sagte sie, streckte den Arm aus und schlug eine Seite um.

Auf dem Blatt, das Marc nun sah, standen zahllose Worte kreuz und quer notiert, unstrukturiert und chaotisch. So, in etwa, hatte Marc sich immer Friedas Denkprozesse vorgestellt, würde man sie grafisch darstellen wollen. Er musste lächeln und blätterte wieder zurück zur Tabelle.

„Okay. Also, was sagt uns das? Rache – Führung – Ungerechtigkeit – Heilung.“

Frieda nickte. „Ihm ist also etwas widerfahren, wofür er jetzt Rache übt. Rache am Bösen. Er konnte es nicht alleine oder hat auf … Ich weiß auch nicht. Vielleicht auf einen Input gewartet? Oder tatsächlich auf jemanden, der ihn führt? Der Knackpunkt ist die Ungerechtigkeit. Das ist der Kern des Bösen. Alles dreht sich um das Gefühl, allein gewesen zu sein. Diese Einsamkeit wurde erst weniger, als er jemanden gefunden hatte, der ihm ähnlich war. Jemanden, der das Gleiche empfindet oder erfahren hat wie er.“

„Also sind es zwei Täter, da bist du dir sicher?“

Frieda schüttelte den Kopf. „Nein. Er kann diesen jemand auch einfach erschaffen haben. Die Sache ist: Was ist passiert? Welche Ungerechtigkeit ist dem Täter widerfahren, die diese drei Menschen zu verantworten hatten?“

„Na ja, so weit waren wir schon. Und noch hat uns das nirgendwohin geführt.“

„Noch“, sagte Frieda. „Gib mir die Listen.“

„Die Listen?“

„Ja. Die Aktenliste, die Kundenliste und die Verfahrensliste der Stadträtin. Ich will sie selber durchsehen.“

„Das sind hunderte Einträge. Zusammengezählt wohl sogar tausende.“

„Ich will sie trotzdem selber durchsehen.“

„Mit welchem Ziel?“

Frieda lächelte, griff nach ihrem Notizbuch, schlug es zu und klopfte mit den Fingern darauf. „Mit dem Ziel, meine Intuition anspringen zu lassen.“

19. Kapitel

FRIEDA erhob sich und war im Begriff, sich von Marc verabschieden, als seine Bürotür aufging. Ralf und Viktor standen im Türrahmen.

„Wir haben gerade Information über ein rotes Paket erhalten.“

Frieda blickte zu Marc, der noch wenig beeindruckt schien. „Ein echtes oder ein Scherzpaket?“

„Das wissen wir nicht, weil der eigentliche Empfänger nicht zu Hause war und die Nachbarin das Paket angenommen hat. Sie hat es nicht geöffnet, ist aber völlig aufgelöst und hat irgendwas von ‚War ja klar, dass die beiden was damit zu tun haben‘ gestammelt. Offenbar sind ihre Nachbarn sehr … auffällig“, erklärte Ralf.

„Auffällig sind viele Menschen.“

„Sie meinte, die beiden hätten oft und heftig gestritten, und es würde sie nicht wundern, wenn einer von ihnen völlig ausgerastet wäre.“

Marc seufzte. „Also schön. Sehen wir uns die Sache an. Kommst du mit?“ Er blickte Frieda fragend an.

„Ja.“

Sie fuhren nach Hollingen, einen ruhigen Nachbarort Videns, zur angegebenen Adresse, und wurden von einer kleinen, rundlichen Frau um die 60 begrüßt. Sie deutete auf das rote Paket, das auf einem Beistelltisch neben der Haustür stand.

„Ich mach das Ding nicht auf. Ganz sicher nicht. Igitt.“

„Das ist eine weise Entscheidung“, sagte Marc.

Die Frau blickte zu Frieda. „Ich hab’ alle Ihre Bücher gelesen.“

„Das freut mich, Frau …?“

„Pirschgerber.“

Frieda nickte ihr freundlich zu und beobachtete dann aus sicherer Entfernung, wie Marc mit behandschuhten Händen das Paket öffnete. Sie war angespannt. Irgendwie hatte sie im Gefühl, dass das hier keines der Scherzpakete war. Sie blickte über die Schulter und sah durch das Fenster aufs Nachbarhaus, jenes Haus, in dem der eigentliche Adressat lebte. Es hatte etwas Düsteres an sich.

„Gut, dass Sie darauf beharrt haben, dass wir kommen“, hörte sie Marc sagen und wandte sich wieder um.

Marc blickte zuerst Frau Pirschgerber, dann Frieda an und nickte.

„Ringfinger?“, fragte Ralf.

„Ja.“

Sofort drehte Ralf sich um und ging zum Nachbarhaus. Viktor folgte ihm. Marc wandte sich an Frau Pirschgerber. „Ihr Nachbar ist also …“ Er blickte auf das Paket. „Da steht kein Name drauf, nur die Adresse.“ Er warf Frieda einen fragenden Blick zu, die zuckte mit den Schultern. Das war tatsächlich ungewöhnlich. Die bisherigen Pakete waren immer an eine konkrete Person adressiert gewesen, an die nächsten Angehörigen der Opfer.

„Eigentlich ist Fräulein Steffi meine Nachbarin“, erklärte Frau Pirschgerber. Steffi Mayer. Ihr Freund heißt Nikolas Haushofer. Freund oder Lebensgefährte oder was auch immer.“

Ralf kam zurück. „Niemand zu Hause“, berichtete er. „Ich habe bereits einen Durchsuchungsbefehl beantragt.“

Marc nickte und wandte sich an die Nachbarin. „Sie sagen, die beiden hätten eine turbulente Beziehung?“

„Aber ja.“ Die Frau verzog missbilligend die Lippen und schüttelte den Kopf. „Unmöglich. Dass Frauen sich so etwas antun. Dauernd gibt es Streit. Der Nikolas ist nicht nur einmal ein- und wieder ausgezogen.“

„Was wissen Sie über die beiden?“

„Nichts. Steffi kam irgendwann vor einigen Jahren hier an, hat das Haus nebenan gemietet, und das war’s. Sie ist sonst unauffällig. Nett, aber unauffällig. Außer, wenn sie mit diesem Nikolas auf einem Haufen ist. Furchtbar, die beiden zusammen.“

„Häusliche Gewalt?“, fragte Marc.

Die Frau zuckte mit den Schultern. „Möglich. Die Polizei war ein paar Mal hier.“

„Wann haben Sie die beiden zum letzten Mal gesehen?“

„Sie hab' ich gestern gesehen. Ihn … keine Ahnung. Ist eine Weile her. Die haben gestritten, und er ist davongebraust. Hat fast einen Unfall vorn an der Ecke gebaut, so schnell ist er gefahren. Hab' ich aus dem Fenster beobachtet. Können Sie am Verkehrsschild sehen. Das ist schief."

Frieda ging zögerlich zum Paket und spähte kurz hinein. Sie versuchte, zu ergründen, ob der Finger einer weiblichen oder einer männlichen Hand gehörte. Sie konnten nicht automatisch davon ausgehen, dass Steffi Mayer das Opfer war. Immerhin war das zweite Opfer auch ein Mann gewesen.

Der Finger war zart und lang. Für Frieda sah er eher weiblich aus, aber das musste nichts bedeuten. Wieder blickte sie aus dem Fenster zum Nachbarhaus. Es machte einen verfallenen, irgendwie windschiefen Eindruck.

„Wem gehört das Haus?", fragte sie an niemand Bestimmten gewandt.

„Der Frau Hannelore. Die ist fast 90 und lebt in einem Seniorenheim. Hannelore Aigler heißt sie. Ich besuche sie einmal im Monat."

Frieda nickte und starrte weiter aus dem Fenster. Hinter dem Haus war ein kleiner Garten, dort nahm sie eine Bewegung wahr.

„Was ist das?", fragte sie und deutete aus dem Fenster.

Marc sah ebenfalls hin.

„Ach, die hat sich Tiere gehalten", sagte Frau Pirschgerber.

Marc drehte sich zur Nachbarin um. „Tiere?"

Die Frau nickte. „Hühner, Hasen, Ratten", zählte sie auf. „Können Sie sich das vorstellen? Ratten! Bäh!"

Frieda trat an das Fenster und blickte Richtung Hintergarten. Er wirkte ebenso verwahrlost wie das Haus selbst. Marc trat neben sie.

„Was denkst du?", fragte er leise.

Sie starrte auf zwei kleine, flatternde Schatten hinter dem Maschendrahtzaun. „Ich denke … Tiere."

20. Kapitel

WÄHREND Frieda mit den von ihr verlangten Akten- und Kundenlisten nach Hause gefahren war, hatten Marc und seine Kollegen auf den Durchsuchungsbefehl gewartet. Dieser war in einem Eilverfahren bewilligt worden, sodass sie schnell das Haus von Steffi Mayer und Nikolas Haushofer hatten betreten können. Während Marc mit Mitarbeitern des Erkennungsdienstes das Haus auf den Kopf stellte, um etwaige Spuren zu finden, waren Ralf und Viktor zur Eigentümerin, der alten Frau Aigler, gefahren.

Das Haus machte innen einen ebenso verwahrlosten Eindruck wie außen. Die Möbel waren schmuddelig, der Boden staubig, die Vorhänge zerschlissen. Es schrie geradezu nach Drogenhöhle, doch bisher hatten sie keine Spuren für Drogenmissbrauch gefunden. Marc stieg die Treppe hoch, während die Kollegen des Erkennungsdienstes Vorzimmer, Wohnzimmer und Küche im Erdgeschoss untersuchten.

Oben befanden sich Schlafzimmer, Badezimmer und Toilette. Es roch muffig, und die meisten Vorhänge waren zugezogen. Marc suchte zuerst in den Badezimmerschränken nach Spuren von Drogen, fand aber auch hier nichts. Dann steuerte er das Schlafzimmer an. Das Bett war nicht gemacht, eine Schranktür stand offen. Ob dieses Zimmer nach übereiltem Aufbruch aussah oder einfach nur ebenso unordentlich war wie der Rest des Hauses, konnte Marc auf den ersten Blick nicht sagen.

„Dokumente“, murmelte er und blickte sich um.

Er ging zu den beiden Kommoden und fand darin eine Geldbörse, die einen Personalausweis von Steffi Mayer enthielt. Er packte sie in eine Plastiktüte und wandte sich zum Kleiderschrank. Dort fand er ein paar Schubladen, die er aufzog, um zu prüfen, ob weitere Dokumente zu finden waren. Tatsächlich entdeckte er neben dem Mietvertrag für das Haus auch einen Arbeitsvertrag und einen Reisepass. Er nahm alles an sich und verließ das Zimmer. Unten im Haus legte er den

Reisepass auf eine Kommode und betrachtete ihn eingehend. Dann holte er die Geldbörse hervor und zog den Personalausweis heraus. Er legte beides nebeneinander und winkte einen Kollegen vom Erkennungsdienst herbei.

„Hast du kurz Zeit, Tom?“, fragte er.

„Ja. Was gefunden?“

„Dokumente und Ausweise. Sieh dir das mal an.“

Sein Kollege Tom beugte sich über die Ausweise, nahm sie in die Hand, besah sie mit prüfendem Blick und legte sie dann wieder zurück. „Die sind gefälscht“, bestätigte er, was Marc sich bereits gedacht hatte.

„Sie sind gut gemacht“, erklärte Marc.

„Ja, sind sie. Gefälscht sind sie trotzdem. Das ist schlecht.“

Marc nickte. Wer auch immer die Frau war, die hier lebte oder gelebt hatte – ihr Name war nicht Steffi Mayer. Das bedeutete, dass ihnen dieser Name nicht dabei half, Zusammenhänge in den Akten- und Kundenlisten herzustellen.

„Hast du auch Dokumente von ihrem Partner gefunden?“, fragte Tom.

Marc schüttelte den Kopf. Das war noch schlechter. Was, wenn auch Nikolas seinen Namen bloß erfunden hatte?

„Habt ihr Drogenspuren gefunden?“, fragte Marc.

„Nein.“

„Wittmann? Komm mal“, rief ein anderer Kollege.

Marc blickte Richtung Küche. „Was gibt es?“ Er ging mit Tom gemeinsam durch den offenen Durchgang zu der altmodischen Küche.

„Sieh dir das an.“

Marc stellte sich neben den Kollegen und hob die Augenbrauen, als er sah, was dieser gefunden hatte. Es war ein großes, scharfes Küchenmesser. Und es klebte Blut daran.

Marc war sofort ins Revier gefahren und hatte dort Ralf und Viktor angetroffen. Sie hatten die Befragung der alten Vermieterin abgeschlossen und nichts Hilfreiches herausgefunden. Gerade überlegten sie, wie die nächsten Schritte aussehen könnten, als eine Kollegin in Marcs Büro trat.

„Wir haben ihn“, sagte sie.

„Wir haben wen?“, fragten Marc und Ralf gleichzeitig.

„Einen Nikolas Haushofer. Hauptgemeldet in Hochheimkirchen gut zwei Stunden von hier entfernt, aber laut Arbeitsamt seit einigen Monaten vermittelt an ein Hotel in Viden. Als Abwäscher.“

„Welches Hotel?“

„Das Hotel Park Inn im Westbezirk.“

Marc und Ralf wechselten einen Blick und liefen sofort los. Sie setzten sich in Marcs Dienstwagen und fuhren mit Blaulicht die Hauptstraße Richtung Westenbezirk entlang. Zwanzig Minuten später fuhren sie mit quietschenden Reifen beim Hotel vor und liefen in die Lobby.

Marc präsentierte dem nächstbesten Hotelangestellten seinen Ausweis. „Wo ist die Küche?“

Der verdutzte Mann hob den Arm und deutete mit ausgestrecktem Daumen hinter seine Schulter. Marc und Ralf liefen durch die Lobby Richtung Bar und fanden dort ein Schild, das zum Restaurant wies. Sie folgten dem Weg, betraten das Restaurant und sahen am anderen Ende des großen Saals eine Schwingtür. Sie gingen hindurch, standen nun in der Küche und sahen sich um. Hier herrschte reger Betrieb, und es dauerte ein paar Augenblicke, bis sie von einigen der Köche wahrgenommen wurden.

„Was wollen Sie hier drin?“, fragte ein groß gewachsener, korpulenter Koch, der gerade in einem Topf rührte.

Marc zückte seinen Ausweis. „Wir suchen Nikolas Haushofer.“

Die Augenbrauen des Kochs schossen in die Höhe. „Nik!“, brüllte er, ohne die beiden Ermittler aus den Augen zu lassen.

„Was?“, brüllte jemand aus einem Nebenraum zurück und kam kurz darauf in die Großküche geschlurft.

Marc betrachtete den jungen Mann. Er war groß und schlaksig, seine Haut blass, sein dunkelbraunes Haar struppig. Er trug eine schmutzige Schürze und starrte den Koch feindselig an.

„Da sind zwei Bullen. Haste was ausgefressen?“

„Nicht dass ich wüsste.“

„Zehn Minuten Pause“, sagte der Koch mit Blick zu Marc und Ralf.

„Ich denke, Herr Haushofer wird sich heute freinehmen müssen“, gab Ralf mit ruhiger Stimme zurück. „Und auch die nächsten Tage. Herr Haushofer, ist ihr aktueller Wohnsitz in der Fellnerstraße 23 in Hollingen?“

„Äh – ja.“

„Ihre Lebensgefährtin heißt Steffi Mayer?“

„Ja. Wieso? Ist was mit ihr?“

Marc trat hervor. „Herr Haushofer, Sie sind vorläufig festgenommen und kommen bis zur endgültigen Entscheidung eines Haftrichters mit uns. Es besteht begründeter Verdacht auf Entführung und Mord. Bitte treten Sie vor.“

Nikolas Haushofer klappte der Mund auf. Zwischenzeitlich war es gespenstig ruhig in der Großküche geworden, alle Köche und Aushilfen starrten auf die spektakuläre Szene. Marc spannte seine Muskeln an, bereit, jederzeit loszusprinten, falls Nikolas den überaus dämlichen Entschluss fassen sollte, fliehen zu wollen. Doch der junge Mann tat nichts dergleichen. Er stand da, starrte vor sich hin, als überlegte er, ob er gerade träumte oder ob das alles wirklich passierte, und ging dann zögerlich auf Marc zu.

„Ich verstehe nicht …“, gab er heiser von sich.

Marc drehte ihn um, um ihm die Handschellen hinter dem Rücken anzulegen, während Ralf ihn abtastete. Dann klärte Marc den Mann über seine Rechte auf und führte ihn nach draußen zu seinem Wagen.

Den ganzen Weg zum Revier sprach Nikolas kein Wort. Er stellte keine Fragen, er jammerte nicht, er heulte nicht. Marc warf regelmäßig einen Blick in den Rückspiegel und stellte ein ums andere Mal fest, dass Nikolas zwar nervös, aber dennoch gefasst wirkte.

Am Revier angekommen, brachten sie den Mann in einen Verhörraum. Marc stellte ein Glas Wasser vor ihn, setzte sich ihm gegenüber und betrachtete ihn eingehend. Dann lehnte er sich zurück und begann mit seiner Befragung. „So, Herr Haushofer, dann erzählen Sie mal. Wo ist Steffi Mayer?“

21. Kapitel

FRIEDA hatte die Ermittlungsakten mitgenommen und so viele Namen und Daten gelesen, dass sie kaum noch einen Buchstaben vom anderen unterscheiden konnte. Sie lehnte sich zurück, gähnte und griff nach einem Kugelschreiber, den sie sich geistesabwesend zwischen die Lippen steckte. Es gab Namen und Unternehmen, die in den Akten- und Kundenlisten aller drei bisherigen Opfer vorkamen. Diese Namen waren markiert, die Ergebnisse der jeweiligen Befragungen beigelegt worden. Sie hatten bisher nichts Hilfreiches enthalten, aber im Grunde wunderte Frieda das auch nicht. Sie wussten ja noch nicht mal, worum es überhaupt ging. Wie sollten die Ermittler eine zielführende Befragung abhalten, wenn sie nicht ahnten, wonach sie suchen sollten? Die einzigen Fakten, die sie bisher kannten, waren Alibis und gemeinsame Kontakte, und beides hatte ausschließlich in Sackgassen geführt.

„Wir brauchen mehr“, murmelte Frieda und beugte sich wieder über die Listen.

Da klingelte ihr Telefon. Sie ging ran. „Marc, was gibt es?“

„Wir haben Nikolas Haushofer festgenommen.“

„Wow, das ging schnell.“

„Es war nicht schwer. Er hat sich nicht versteckt.“

„Und seine Freundin?“

„Keine Spur.“ Er machte eine kurze Pause. „Der Ringfinger im roten Paket ist jedenfalls von einer Frau.“

Frieda atmete tief ein. „Okay, gut. Ist Haushofer kooperativ?“

„Ja, schon. Aber im Moment kommen wir nicht weiter, zumal er für die fraglichen Entführungs- und Mordzeitpunkte Alibis vorweisen kann.“

„Wie gut sind die Alibis?“

„Na ja, er ist Abwäscher in einem Großhotel. Er war immer bei der Arbeit. Wir müssen die Alibis verifizieren. Aber … wenn es wirklich zwei Täter geben sollte …“

„Ich verstehe“, sagte Frieda.

„Hast du Zeit, ihn zu befragen? Vielleicht erkennst du ja seine Stimme wieder.“

„Ja. Ich komme.“

Frieda packte ihre Sachen und fuhr zum Revier. Marc begrüßte sie und führte sie zum Verhörzimmer. Auf dem Weg dorthin klärte er sie über die bisherige Sachlage auf.

„Und was hat er dazu ausgesagt?“, fragte sie Marc.

Der schüttelte den Kopf. „Ich will, dass du ihn unvoreingenommen befragen kannst. Wir reden später.“

Frieda nickte, sammelte sich einen Moment und betrat dann das Verhörzimmer.

Sie wusste nicht, was sie erwartet hatte. Jemanden, der böse aussah? Der schuldig aussah, wütend, verzweifelt? Nikolas Haushofer strahlte nichts von alldem aus. Er sah aus wie der nette Junge von nebenan. Ein bisschen unordentlich vielleicht, aber keinesfalls bedrohlich.

„Wer sind Sie?“, fragte er.

„Frieda“, antwortete sie und setzte sich ihm gegenüber.

„Sie sehen nicht aus wie eine Polizistin.“

„Bin ich auch nicht.“

„Sind Sie meine Anwältin?“

Sie schüttelte den Kopf. „Ich bin Psychologin.“

Erkenntnis blitzte in seinen Augen auf. „Ach ja. Ich habe von Ihnen gelesen. Ist mir eine Ehre“, sagte er ohne jegliche Begeisterung in seiner Stimme.

Frieda deutete ein Lächeln an. Sie betrachtete den Mann eingehend, versuchte, seine Stimme einzuordnen. Kam sie ihr bekannt vor? Sie konnte es nicht sagen. Nikolas hatte eine Allerweltsstimme, genauso, wie der Anrufer eine ganz normale Stimme gehabt hatte. Nicht auffällig hoch, nicht auffällig tief. Kein deutlich herauszuhörender Akzent. Nichts, woran sie augenblicklich hätte festmachen können, ob es sich um dieselbe Person handelte.

„Haben wir schon einmal miteinander telefoniert?“, fragte sie geradeheraus. Sie hatte sich für die Konfrontationstaktik entschieden.

Nikolas hob die Augenbrauen. „Nicht dass ich wüsste.“

„Sie haben nicht in den letzten Wochen mehrmals bei mir angerufen und mit mir über Ihre Mordfantasien gesprochen?“ Frieda beobachtete jede seiner Regungen, während sie diese Worte aussprach. Alles, was sie erkannte, war Überraschung, gefolgt von Fassungslosigkeit.

„Meine … was? Nein!“

„Denken Sie in Ruhe nach.“

„Ich brauche nicht darüber nachzudenken! Ich habe keine Mordfantasien! Ich habe niemanden ermordet! Das habe ich dem krassen Typen von vorhin auch schon gesagt.“ Nikolas machte eine vage Geste Richtung Tür und lehnte sich dann sichtlich erschöpft zurück.

„Nikolas, Sie werden verstehen, dass diese Aussage uns noch nicht wirklich weiterhilft. Die meisten Täter sind nicht gerade ehrlich, was ihre Vergehen angeht.“

„Ich habe keine Vergehen begangen.“

„Noch nie?“

„Nein!“ Er begann, an seiner Unterlippe zu kauen. Sein Blick ging unstet durch den Raum. „Okay, gut. Gras geraucht. Na und? Machen alle. Ich bin nie verurteilt worden. Noch nicht mal angeklagt oder so was. Fragen Sie Ihren Kollegen. Ich bin sicher, der hat meinen Strafregisterauszug schon auswendig gelernt. Wobei es da eh nichts zu lernen gibt. Weil er nämlich leer ist.“ Er verschränkte die Arme vor der Brust und stierte Frieda an.

„Gut zu wissen. Erzählen Sie mir von Steffi.“

„Die hat mich schon vor Wochen rausgeschmissen.“

„Wie lange waren Sie und Steffi Mayer ein Paar?“

„Vier Jahre oder so was. Immer mal wieder. Es ist ein bisschen schwierig mit ihr.“

„Warum?“

„Weil sie ein komplizierter Mensch ist.“

„Inwiefern?“

Nikolas seufzte und verdrehte die Augen. „Sie stellen vielleicht Fragen."

„Das ist mein Job. Sie wissen doch, was Ihnen angelastet wird, oder?"

„Dass ich der Paketmörder bin. Das ist doch lächerlich!"

„An Ihre Adresse wurde ein rotes Paket geschickt. Darin befand sich ein weiblicher Ringfinger. In Ihrer Küche wurde ein Messer gefunden. Darauf befand sich Blut. Das Blut des Fingers und das Blut auf dem Messer stimmen überein. Auf dem Messer sind Ihre Fingerabdrücke."

Nikolas warf die Arme in die Luft, dann fuhr er sich energisch durch sein Strubbelhaar. „Das alles hat mir der Typ schon gesagt. Das Paket wurde nicht an *meine* Adresse geschickt! Das ist Steffis Adresse! Ich wohne dort nicht mehr."

„Ihre Sachen sind dort."

„Ja, weil ich …" Er brach ab und senkte den Blick.

„Ja …?"

„Sie hatte immer mal wieder solche Anfälle, okay? Ist ausgerastet, wir haben gestritten, sie hat mich rausgeworfen und dann wieder zurückgeholt. Ich habe keinen Sinn darin gesehen, meine Sachen zu packen."

„Wo haben Sie zwischenzeitlich gewohnt?"

„Im Mitarbeiterhaus des Hotels, in dem ich beschäftigt bin. Das geht vorübergehend zu moderaten Konditionen." Er atmete tief ein. Plötzlich war zumindest ein Anflug von Sorge in seinem Gesicht zu sehen. „Glauben Sie wirklich, er hat sie?"

„Der Meister?", tastete Frieda sich heran.

Nikolas hob ruckartig den Kopf. „Hä?"

„Nichts. Nun, wir haben Steffis Arbeitsvertrag gefunden. Sie war in einer Hühnerfabrik beschäftigt, richtig?" *Tiere*, dachte Frieda. *Schon wieder.*

„Ja."

„Sie war heute nicht bei der Arbeit, das haben die Ermittler bereits überprüft. Sie ist verschwunden. Sie haben ein rotes Paket bekommen. Zählen Sie die Fakten zusammen."

Nikolas schüttelte den Kopf. „Ich *glaube* das alles einfach nicht!“, stieß er verzweifelt aus.

„Erzählen Sie mir von ihr“, sagte Frieda mit ruhiger Stimme.

„Da gibt es nichts … Ich meine, was soll ich erzählen? Sie ist toll. Sehr hübsch. Sie ist mir gleich aufgefallen, als sie damals das Café betrat, und ich habe sie angesprochen, und wir haben uns super verstanden. Es war nicht Liebe auf den ersten Blick oder so was, aber … Ich meine, wir waren schon … glücklich.“

„Was ist mit den Streits? Mit der Polizei? Gab es häusliche Gewalt?“

Nikolas stieß ein bitteres Lachen aus, das Frieda zusammenzucken ließ. „Ja“, sagte er. „Aber nicht in die Richtung, die Sie jetzt meinen.“

„Was heißt das?“

„Sie war die, die ausgerastet ist. Sie war die, die zugeschlagen hat. Ich habe mich nur gewehrt. Ich habe sie nie angezeigt oder so, ich habe auch nie die Polizei gerufen. Das waren Nachbarn. Ich … Ich wusste ja, dass sie Probleme hat. Ich wollte ihr helfen. Ich dachte, wenn ich ihr nur Zeit gebe …“

„Was für Probleme?“

„Sie wissen schon … psychische. Ist doch Ihr Fachgebiet, oder?“

„Ja. Wie würden Sie Steffis Probleme beschreiben?“

„Sie lachen mich doch nur aus …“

„Ich lache Sie nicht aus.“

Nikolas holte Luft und begann, mit den Fingern auf die Tischplatte zu trommeln. „Ich habe mal recherchiert. Ich wollte sie besser verstehen. Stimmungsschwankungen, unkontrollierbare Gefühlsausbrüche, depressive Phasen. Ich denke, es war wohl so etwas wie eine … eine Borderline-Störung. So heißt das doch, oder?“

Frieda nickte. „BPS“, sagte Frieda wie automatisch. „Borderline-Persönlichkeitsstörung. Betroffene Menschen sind instabil und überempfindlich bei zwischenmenschlichen Beziehungen“, begann sie aufzuzählen. „Sie sind impulsiv, haben extreme Stimmungsschwankungen, können nicht alleine sein, erzeugen Krisen.“

Nikolas nickte. „Kommt hin.“ Er machte eine kurze Pause. „Sie hat öfters gedroht, sich die Pulsadern aufzuschneiden, wenn ich sie verlassen sollte.“

Frieda nickte. „Ja, das passt ebenfalls ins Bild. Hat sie je Hilfe bekommen?“

Nikolas schüttelte den Kopf. „Nicht, seit ich sie kenne. Sie hat … Wie soll ich sagen? Sie hat das Problem nicht erkannt. Sie hat das für normal gehalten.“

Frieda wurde hellhörig. Das war interessant. „Was wissen Sie über ihre Vergangenheit?“

Nikolas zuckte mit den Schultern. „War wohl nicht berauschend. Sie hat nicht gern darüber gesprochen.“

„Was hat sie denn erzählt?“

„Nicht viel. Und das, was sie erzählt hat, war das, was man erwarten würde. Brutaler Vater, irre Mutter. Scheidungskind. Die Mutter hat die Familie früh verlassen, ist einfach abgehauen. Hat es wohl nicht ausgehalten auf dem Hof. War wohl nicht besonders super.“

„Gibt es Geschwister?“

„Sie hat mal einen Bruder erwähnt, der früh gestorben ist und damit alles kaputt gemacht hat.“

Frieda nickte und hörte schweigend zu.

„Sie hat ziemlich ambivalent von ihrem Vater gesprochen. Mal so, mal so, verstehen Sie? Als ob sie ihn doch irgendwie geliebt hätte, gleichzeitig aber gehasst.“

Frieda nickte erneut. Das war nicht unüblich bei Kindern, die unter häuslicher Gewalt aufgewachsen waren.

„Ich weiß nicht, ob ich vielleicht etwas interpretiere, was so nicht war, aber …“

Frieda betrachtete Nikolas eingehend. „Erzählen Sie einfach.“

„Vor zwei Jahren ist wohl irgendetwas passiert. Etwas hat sie aus der Bahn geworfen, und es hatte mit der Familie zu tun. Ich dachte … ich dachte, vielleicht ist er gestorben. Der Vater. Vielleicht auch die Mutter, keine Ahnung, ob die je wieder Kontakt hatten. Sie hat nie mit ihrer Vergangenheit abgeschlossen, und da wurde ihr wohl klar, dass sie das auch nie können würde.“

Frieda dachte nach. Das, was Nikolas erzählte, klang plausibel. Er klang vor allem authentisch. Wenn er log, dann log er sehr, sehr gut.

„Wir müssen das nachprüfen“, sagte sie und blickte Nikolas eindringlich an.

„Kann nicht so schwer sein für die Bullen, oder?“

„Ist es doch. Außer, Sie verraten uns, wie Steffis wahrer Name ist. Mit Steffi Mayer kommen wir nicht weiter.“

Frieda sah, wie Nikolas’ Brustkorb sich hob und senkte. Er schüttelte den Kopf und wirkte von Minute zu Minute verzweifelter. „Der Bulle hat gesagt, ihre Dokumente sind gefälscht. Aber, ich meine … das heißt doch nichts, oder?“

„Was meinen Sie?“

„Das heißt doch nicht, dass ihr Name nicht stimmt! Das … das muss nicht heißen, dass sie mich die ganze Zeit lang angelogen hat! Sie heißt Steffi. Steffi! Das ist ihr Name! Vielleicht … Ich weiß nicht, warum sie einen gefälschten Pass hat. Vielleicht hat sie am Geburtsdatum gemogelt oder so was. Frauen tun so was doch, oder?“ Er warf Frieda einen Blick voller Verzweiflung zu. „Ihr tut so was doch manchmal, richtig?“, fügte er leise hinzu.

Frieda betrachtete ihn nachdenklich. „Ja. Manchmal.“ Dann stand sie auf und ging nach draußen.

Marc passte sie ab. „Und?“

Sie schüttelte den Kopf. „Ich weiß es nicht, Marc. Ich weiß es einfach nicht. Ich habe nicht den Eindruck, dass er lügt.“

„Hatte ich auch nicht. Er könnte aber auch ein verdammt guter Lügner sein.“

„Ja, könnte er. Habt ihr Spuren auf dem Paket gefunden? Fingerabdrücke?“

„Nein. Und auch keine Übereinstimmung des Fingerabdrucks vom abgeschnittenen Ringfinger mit der Datenbank.“

„Mist.“

„Das kannst du laut sagen. Wir wissen also nicht, wer Steffi Mayer ist, solange ihre Leiche nicht auftaucht.“

„Vielleicht lebt sie ja“, gab Frieda zu bedenken.

„Ja. Noch.“

Frieda starrte an die Wand vor sich und dachte fieberhaft nach. „Marc?“, fragte sie dann.

„Ja?“

„Waren noch andere Fingerabdrücke auf dem Messer?“

„Nur die von Nikolas. Und von Steffi. Oder wie auch immer ihr wahrer Name ist.“

Frieda packte Marc am Unterarm und sah ihn unruhig an. „Was, wenn sie es selber war?“

„Hm?“

„Was, wenn sie sich selber den Finger abgeschnitten hat?“

22. Kapitel

WÄHREND Frieda die Akten aus dem Auto holte, die sie mit nach Hause genommen hatte, dachte Marc über die von ihr aufgeworfene These nach. Sie durften nichts ausschließen. Steffi war verschwunden, ihr On-off-Freund war vorläufig festgenommen, und nach wie vor stand die Möglichkeit im Raum, dass es sich tatsächlich um zwei Täter handelte. Marc konnte noch nicht alle Puzzlestücke geordnet zusammensetzen, aber er hatte das Gefühl, dass sich langsam etwas bewegte.

Dieses Gefühl wurde verstärkt, als Frieda mit einem stolzen Lächeln im Gesicht in sein Büro kam, vollbepackt mit dicken Aktenordnern.

„Ist dir noch etwas eingefallen?“, fragte Marc.

„Besser.“

Sie legte die Akten auf einen Stuhl, griff in ihre Handtasche und zog ihr Notizbuch heraus. Dann nahm sie einen dünnen Ordner vom Stuhl, klappte ihn auf und legte ihn zusammen mit dem Notizbuch auf den Schreibtisch. Er enthielt die Gesprächsprotokolle ihrer Telefonate mit dem Täter.

„Hier“, sagte sie, während sie das Notizbuch öffnete. Sie tippte auf die von ihr angefertigte Tabelle.

4. Telefonat/ausbluten wie Tiere; Kreaturen/Heilung

Marc nickte. „Ich erinnere mich. Und weiter?“

„Lies, was er genau gesagt hat“, sagte Frieda und blätterte im aufgeschlagenen Ordner zum entsprechenden Protokoll. Frieda hatte die Stelle gelb markiert.

Marc las laut vor: „Das Blut alleine reicht nicht. Sonst würden wir sie einfach ausbluten lassen. Wie Tiere. Manche Religionen machen das, richtig? Schächten heißt das. Schweine, die ausbluten. Ha! Was für ein passender Vergleich. Aber wir haben es hier nicht mit Tieren zu tun." Er blickte fragend auf. „Okay. Was sagt mir das?"

Friedas Augen funkelten. „Ich hatte da so ein Gefühl. Und dann, im Gespräch mit Nikolas, ist es mir wie Schuppen von den Augen gefallen. Da, lies das." Sie blätterte zum Protokoll des dritten Telefonats. Auch hier hatte sie eine Zeile gelb markiert.

„Er hat den Schnitt gut überlebt", las Marc vor. „Er hat gebrüllt wie ein Schwein."

Er blickte Frieda an. Die nickte begeistert. Marc verstand nur Bahnhof, und das konnte Frieda ihm offensichtlich ansehen, denn sie machte eine ungeduldige Geste mit der Hand, eilte zu dem Stuhl mit den Akten und zog einen dicken Ordner hervor. Die ganze Zeit über sprach sie weiter. „Nikolas sprach über Steffi. Dass sie mal etwas von einem verstorbenen Bruder erwähnt hatte und von einem Hof. Und ich hatte immer diese Assoziation mit Tieren. Ich konnte sie nur nicht festmachen. Und dann waren da die Tiere im Hintergarten des Hauses und Steffi, die in einer Hühnerfabrik arbeitet, und …" Sie kam um den Tisch herum, knallte den Ordner vor Marc und blätterte direkt an eine Stelle, die mit einem pinken Post-it markiert war. „Hier!"

Marc begann zu lesen, und mit jedem Wort, das er aufnahm, hoben sich seine Augenbrauen mehr. Er lehnte sich zurück und starrte vor sich hin. „Eine Schweinefarm", flüsterte er.

„Ja! Das zweite Opfer, Arthur Göplitz, war der Bankberater des Besitzers der Schweinefarm und hat in den Jahren 1993 und 1997 zwei Kredite gewährt. Die Familie, der die Farm gehört hat, heißt Roederer. Das Familienoberhaupt ist Franz Roederer. Da, schau in den Ordner mit der Aktenliste von der Richterin." Frieda legte besagten Ordner auf den Tisch und blätterte zum entsprechenden Eintrag. „Sieh dir das an! Im Jahr 1995 gab es einen Sorgerechtsfall. Familie Roederer. Vater Franz, Kinder Hendrik und Stefanie."

Marc starrte auf die Einträge. Seine Haut begann zu prickeln. „Das ist es", sagte er leise und strich nahezu andächtig über die Liste. „Wieso ist uns das bisher nicht aufgefallen?"

„Weil wir zu wenig Informationen hatten, um uns auf genau diesen Namen zu fokussieren. Es war ja nichts Besonderes. Einer von vielen

Namen, die in beiden Akten- und Kundenlisten vorkamen. Aber Nikolas hat uns alle notwendigen Informationen gegeben. Er hat von einem Hof gesprochen, auf dem Steffi aufgewachsen ist. Davon, dass die Mutter die Familie verlassen hat. Davon, dass der Vater gewalttätig war."

Marc nickte eifrig und blätterte weiter. Sie hatten bereits Befragungen angestellt, waren aber nicht weit gekommen. Er ging die entsprechenden Notizen durch. „Wir haben versucht, zu dieser Familie zu ermitteln, doch es gab niemanden, den wir aufspüren konnten. Franz Roederer ist vor zwei Jahren gestorben, seine Exfrau lebt in Berlin, der letzte Wohnort beider Kinder war im Ausland." Er hob den Kopf und blickte Frieda an. „Wir konnten sie gar nicht finden, weil …"

„… Steffi ihren Namen geändert und sich falsche Dokumente besorgt hat, als sie zurück nach Deutschland kam", vervollständigte Frieda seinen Satz. „Es passt alles", sagte sie.

„Ja."

„Und wenn der Bruder früh gestorben ist, wie Nikolas erzählt hat, und das vielleicht im Ausland, habt ihr ihn ja gar nicht finden können. Und Nikolas hat davon gesprochen, dass vor zwei Jahren irgendetwas mit Steffi passiert ist. Hier steht, der Vater ist vor zwei Jahren gestorben. Vielleicht hat das etwas in ihr ausgelöst."

Marc nickte, wandte sich zu seinem Computer und gab den Namen Franz Roederer in verschiedene Systeme ein. „Franz Roederer, geboren 1957, gestorben 2020. Verheiratet 1977, geschieden 1995. Zwei Anzeigen wegen häuslicher Gewalt, beide zurückgezogen. Drei Anzeigen wegen Trunkenheit am Steuer." Marc blickte auf. „Alkohol."

Frieda nickte. Sie griff nach dem letzten Ordner, jenem, der die Verfahren des dritten Opfers, Viola Binder, enthielt. Schnell fanden sie ein Bewilligungsverfahren, bei dem es um den Ausbau der Schweinefarm gegangen war.

„Drei Opfer, die für Entscheidungen verantwortlich waren, die das Leben von Steffi direkt betroffen haben", sagte Frieda. „Es passt alles, außer …"

Marc warf ihr einen fragenden Blick zu. „Außer?“

Frieda zuckte mit den Schultern. „Nun, sie ist eine Frau.“

„Und?“

„Es ist untypisch, das ist alles. Ich würde es sogar als unwahrscheinlich bezeichnen, wenn nicht alle Indizien so gut zu ihr passen würden.“

„Sie kann keine Mörderin sein, weil sie eine Frau ist?“

„Ich sagte, es ist unwahrscheinlich. Oder, eigentlich sagt das die Forschung.“

„Seit wann stört es dich, dass etwas unwahrscheinlich ist?“

Frieda grinste.

Marc deutete auf die Akten. „Es passt alles. Die Richterin hat das Sorgerecht dem gewalttätigen Vater zugesprochen. Der Bankier hat den Kredit gewährt, die Stadträtin den Ausbau bewilligt. Aber …“ Marc dachte kurz nach, dann stand er auf. „Das alles reicht nicht, oder? Ich meine, so etwas reicht doch nicht aus, völlig durchzudrehen. Irgendetwas muss auf dieser Farm passiert sein.“

„Wenn sie psychisch krank ist, gelten die Regeln der normalen Welt nicht unbedingt …“, warf Frieda ein.

Marc nickte. „Das stimmt. Dennoch … Wir müssen wissen, was auf dieser Farm passiert ist. Aber das herauszufinden ist im Moment nicht das Wichtigste.“

„Was ist das Wichtigste?“, fragte Frieda und folgte ihm Richtung Tür.

Marc blieb stehen und sah sie betroffen an. „Wenn es so ist, wie es aussieht, und Steffi rächt sich, mit oder ohne Hilfe von jemandem, an allen, die sie für ihr Unglück verantwortlich macht, dann gibt es noch eine lebende Person, die auf dieser Liste ganz weit oben steht.“

Sie sahen sich in die Augen. Dann sprachen sie es gleichzeitig aus. „Die Mutter.“

23. Kapitel

WÄHREND Marc und sein Team alle Kanäle anzapften, um nicht nur alle notwendigen Informationen über die Mutter zu finden, sondern auch jedes Detail aus Franz Roederers Leben aufzuspüren, ging Frieda zurück zu Nikolas Haushofer. Der lag vornübergebeugt auf dem Tisch und schien geschlafen zu haben. Er schreckte hoch, als Frieda das Zimmer betrat.

„Darf ich gehen?“, fragte er verschlafen und rieb sich mit der Hand über die Augen.

„Noch nicht.“

„Das kann doch nicht sein! Ich habe Rechte!“

„Ja, haben Sie. Aber die Polizei hat das Recht, Sie bis zum Ende des auf die Festnahme folgenden Tages festzuhalten.“

Nikolas nickte resigniert, und Frieda setzte sich ihm gegenüber an den Tisch.

„Haben Sie Steffi gefunden?“

„Nein.“

„Glauben Sie, dass sie tot ist?“

Frieda zögerte. Wie viel sollte sie Nikolas berichten? Es war schließlich nach wie vor gut möglich, dass er ihr Komplize war. Allerdings beantwortete das eine Frage nicht …

„Nikolas, ich habe folgendes Problem mit der ganzen Geschichte“, erklärte Frieda geradeheraus.

„Welches?“

„Nehmen wir an, jemand führt einen Rachefeldzug gegen alle Leute, die ihm vermeintlich Unrecht getan haben …“

„Ich habe nichts getan!“, fuhr er sie an.

Sie hob die Hand. „Machen Sie einfach mit. Also. Wir nehmen an, jemand führt einen Rachefeldzug. Dieser Jemand ist verschwunden.

Sein Komplize ist noch da. Wieso schickt er das Paket an die eigene Adresse?“

Nikolas starrte sie aus weit aufgerissenen Augen an. Doch wenn Frieda gedacht hatte, er könne ihr nicht folgen, so hatte sie ihn unterschätzt.

„Moment!“, rief er aus und tippte mit dem Zeigefinger auf die Tischplatte. „Sie denken, Steffi hat all diese Menschen ermordet? Und ich habe ihr dabei geholfen?“

„Ich denke gar nichts. Wir prüfen Fakten. Wollen Sie die Fakten wissen, die wir bisher kennen?“

„Nein.“

„Aber da hänge ich. Wieso schickt sie ein Paket mit ihrem Finger an ihre Adresse? Das ergibt überhaupt keinen Sinn.“

Nikolas rollte mit den Augen, lehnte sich zurück und warf Frieda einen abschätzigen Blick zu. „Außer, der Täter ist mit seinem Rachefeldzug fertig.“

Sie sahen sich einen Augenblick lang an. „Wie bitte?“, fragte Frieda.

„Rote Pakete, jedes mit einem neuen Finger. Eine Hand hat fünf Finger. Zählen Sie nach.“

„Es gab nur drei Opfer.“

„Vier!“, fuhr Nikolas sie an. „Vier Opfer! Steffi ist das vierte Opfer!“

„Nicht nach unserer aktuellen Theorie.“

„Ihre aktuelle Theorie taugt nichts!“

„Sie haben uns alle Informationen gegeben, die wir gebraucht haben, Nikolas“, erklärte Frieda in ruhigem, aber bestimmtem Tonfall. „Alle.“

Er schüttelte den Kopf und fuhr sich erneut mit den Händen übers Gesicht. „Wovon reden Sie überhaupt?“

„Wir haben ihren wahren Namen gefunden. Stefanie Roederer. Ihr Vater hieß Franz Roederer. Ihnen gehörte eine Schweinefarm. Alle Informationen, die wir bisher zu dieser Familie sammeln konnten, stimmen mit dem überein, was Sie mir über Steffi erzählt haben. Sie ist es, Nikolas.“

Er schüttelte heftig den Kopf. „Auf keinen Fall. Auf *gar keinen* Fall. Sie sind komplett auf dem Holzweg.“

„Dann sagen Sie mir, wie es tatsächlich ist."

Er fuhr so schnell nach vorn, dass Frieda zusammenzuckte, und schlug mit den flachen Händen auf die Tischplatte. „Ich weiß es nicht, verdammt noch mal!", brüllte er.

Frieda lehnte sich weit zurück und verschränkte die Arme vor der Brust. „Sie trauen Ihrer Freundin, von der Sie sagen, sie hätte eine nicht diagnostizierte, nicht behandelte Borderline-Störung, von der Sie sagen, sie hätte Sie geschlagen, nicht zu, Menschen getötet zu haben?"

„Nein", sagte Nikolas bestimmt.

„Was hat sie mit den Tieren im Hinterhof angestellt?", fragte Frieda.

„Nichts. Sie hatte sie gern. Das war ihr Hobby. Die Hühner zu betreuen, immer frische Eier zu haben. Und sie liebte die Hasen. Sie hatte als Kind welche, hat sie mal erzählt."

„Und die Ratten?"

Nikolas zuckte mit den Schultern. „Die haben sie fasziniert. Sie hat immer gesagt, Ratten seien die saubersten Tiere, die man sich nur vorstellen kann. Und dass die dafür sorgen, dass der Schmutz verschwindet."

„Was soll das heißen?"

„Keine Ahnung, okay? Ich habe nicht nachgefragt. Das Getier hat sie glücklich gemacht, da wollte ich nicht reinquatschen."

„Hat sie die Tiere gut behandelt?"

„Klar."

„Haben Sie je wahrgenommen, dass sie eines der Tiere gequält hat?"

Nikolas zögerte einen Moment. Etwas in seinem Blick flackerte auf, doch diese Reaktion war so kurz und unscheinbar, dass Frieda sie kaum greifen konnte. „Nein", sagte er dann.

„Sicher?"

„Bitte, lassen Sie die Psycho-Nummer. Ja, ich bin sicher. Was wollen Sie andeuten? Serienkiller sind immer auch Tierschänder? Ist das nicht ein bisschen klischeehaft?"

„Doch, ist es. Studien zufolge ist es aber auch wahr. Die Datenlage ist eindeutig."

„Ach ja? Erhellen Sie mich."

„Häusliche Gewalt, Tierquälerei, spätere Gewalttaten. All das hängt oft zusammen. Häusliche Gewalt, die sich gegen wehrlose Kinder richtet, Kinder, die ihre Wut an wehrlosen Haustieren auslassen. Unverarbeitete Emotionen, nicht behandelte psychische Störungen – all das kann sich später in schlimmeren Gewalttaten manifestieren. Es gibt ein berühmtes Zitat einer amerikanischen Anthropologin, sie hieß Margaret Mead. Die sagte: ‚One of the most dangerous things that can happen to a child is to kill or torture an animal and get away with it.' Ihrer Ansicht nach ist es also eines der gefährlichsten Dinge, die einem Kind passieren können, ein Tier zu töten oder zu quälen und damit einfach so davonzukommen. Steffi ist auf einer Schweinefarm aufgewachsen. Ich zähle einfach eins und eins zusammen."

„Dann zählen sie falsch. Ich war vier Jahre mit ihr zusammen. Sie ist keine Mörderin. Sie … Okay, schön. Sie hatte eine beschissene Kindheit. Das hatten viele. Ihre Mutter hat sie verlassen, ihr Vater hat sie geschlagen. Aber ich weiß, dass sie von dort geflohen ist, sobald sie konnte. Als sie 18 war, erwachsen. Sie hatte mehr als genug Zeit, sich von alldem zu erholen. Sie hat die Dinge verarbeitet. Ab und zu konnte sie davon reden, das bedeutet doch etwas, oder? Dass sie von ihrer Mutter erzählt hat und sie nicht mehr immer bloß als ‚kaltherzige Bestie' bezeichnet hat, vor der sie sich im Schuppen am Teich verstecken musste. Nein, sie hat es geschafft, auch emotionslos über sie zu sprechen. Das … Das bedeutet doch, dass sie Dinge verarbeitet hat, oder?"

„Möglich. Hat sie über den Vater gesprochen?"

Wieder zögerte Nikolas kurz. „Nein."

Frieda nickte nachdenklich. „Sie hat ihre Haustiere also nie gequält?", wiederholte sie ihre Frage.

„Nein", sagte Nikolas bestimmt. Diesmal zögerte er nicht. Er senkte den Blick, schien nachzudenken. Dann seufzte er und sah Frieda wieder direkt an. „Hören Sie, mir ist klar, dass das alles mies aussieht. Aber Sie können doch nicht ernsthaft andeuten, Steffi hätte sich ihren Finger selbst abgeschnitten! Und wieso sollte sie ihn an sich selbst schicken? Das ist doch völlig unlogisch."

Frieda nickte langsam. Das sah sie auch so. Sie hatte die Sachlage abgewogen. Im Moment deuteten alle Pfeile in ein und dieselbe Richtung. Alle bis auf diesen. Wieso das Paket schicken? Friedas Blick ruhte auf Nikolas. Und in diesem Moment wurde ihr klar, dass die Antwort genau vor ihr saß.

Sie hatte Marc kurz telefonisch von ihrem Gespräch mit Nikolas berichtet und war nun auf dem Weg nach Hause. Im Moment konnte sie nichts tun. Die Ermittlungen liefen auf Hochtouren, sie als Psychologin konnte dabei kaum helfen. Sie hatte getan, was in ihrer Macht stand. Jetzt konnte sie bloß hoffen, dass Marc und sein Team die Mutter aufspürten, bevor Steffi sie fand.

Sie fuhr bei ihrem Haus vor, parkte den Wagen und blieb unschlüssig sitzen. Ihr Blick ruhte auf dem Platz, an dem noch zwei Tage zuvor Andrés Auto geparkt hatte. Seit ihrem hysterischen Abzug hatte er sich nicht mehr gemeldet, und sie konnte es ihm nicht verübeln. Sie hatte versucht, ihn anzurufen. Er hatte sie weggedrückt.

Ja, richtig. Er hatte nicht einfach nicht abgehoben, er hatte sie *weggedrückt.*

Der reife Teil ihres Wesens, jener Teil, der sich unbedingt weiterentwickeln, der perfekt sein wollte, ermahnte sie, André Raum zu geben. Immerhin war das eine außergewöhnliche Situation gewesen, und sie hatte sich vor ihm wie eine Wahnsinnige aufgeführt. Doch dieser Teil hatte bei Frieda nur selten das Sagen.

Leider.

Frieda war, wie sie eben war. Sie war impulsiv und irrational und ließ sich kompromisslos von ihren Emotionen steuern. Und sie hatte ein Alter und eine Zeit in ihrem Leben erreicht, wo sie das akzeptieren konnte. Wenn André nicht in der Lage war, diese Seite an ihr zu verstehen, würde das zwangsläufig zum Problem werden.

Alles würde früher oder später zum Problem werden, erkannte sie jetzt. Weil André sie aus irgendeinem Grund idealisierte. Er sah in ihr die Frau aus den Medien, die professionelle Psychologin. Er sah ihre berufliche Seite und war davon fasziniert. Doch die private, die kaputte, dunkle Seite machte ihm Angst. Das war deutlich spürbar gewesen.

Sie seufzte, ging ins Haus, holte Napoleon und setzte sich wieder ins Auto. Sie hatte eine Entscheidung getroffen. „Wir machen einen Ausflug“, sagte sie zu ihrem Hund und fuhr los.

André wohnte ebenfalls am Stadtrand, etwa zwanzig Autominuten von Friedas Haus entfernt. Sie war noch nie bei ihm gewesen, kannte aber die Adresse. Sie blickte auf die Uhr und dann Richtung Haus. Brennende Lichter verrieten ihr, dass er daheim war. Sie stieg aus, nahm Napoleon an die Leine und klingelte bei André. Er öffnete und schien nur mäßig überrascht, sie zu sehen.

„Hi“, sagte er, beugte sich vor und küsste sie flüchtig auf die Wange. Er wirkte mehr als distanziert. Die Ruhe, die sie an ihm so anziehend gefunden hatte, hatte sich in eine Mauer der Reserviertheit verwandelt.

„Hallo“, gab sie zurück. „Lust auf einen Spaziergang?“ Sie hob demonstrativ die Hand, in der sie Napoleons Leine hielt.

André blickte über ihre Schulter. „Es hat Minusgrade.“

„Das hat der Winter so an sich.“

Er schien kurz zu zögern, dann nickte er knapp, schloss die Tür vor ihrer Nase und kam kurz darauf in einem dicken Wintermantel wieder zurück. Er legte sanft seine Hand an ihren Rücken, führte sie über die Straße und sagte: „Gehen wir in den Park.“

Eine Zeit lang gingen sie nebeneinander her, ohne ein Wort zu sagen. Frieda versuchte es mit Small Talk, doch André war schweigsam wie selten zuvor. Sie wusste, dass sie sich einen Ruck geben musste. Es war an ihr, dieses Gespräch zu beginnen. Sie steuerte eine Parkbank an, setzte sich, löste Napoleons Leine und ließ ihn frei laufen.

„Setz dich zu mir“, sagte sie zu André.

Er tat, wie ihm geheißen. Wie automatisch legte er den Arm um ihre Schultern, sanft und zögerlich, als hätte er Sorge, er könnte sich die Hände an ihrem Körper verbrennen.

„Hör zu, was du gesehen hast …“, begann sie, wurde aber sofort unterbrochen.

„Wir müssen nicht darüber sprechen, Frieda.“

„Doch, müssen wir. Ich muss. Was du da mitbekommen hast … Das hat nach mehr ausgesehen, als es war. Ich hatte nur kurz Angst um ihn, das ist alles. Um Marc. Er ist erst vor Kurzem angeschossen worden, er hätte sterben können, und ich … ich hatte das vielleicht noch nicht verdaut. Das ist alles. Du musst da nichts hineininterpretieren. Ich bin … ich bin sehr glücklich mit dir, André."

Sie schloss den Mund und presste die Lippen aufeinander, in Erwartung, er würde gleich etwas sagen. Doch das tat er nicht. Er hatte einfach den Arm um ihre Schultern gelegt, streichelte mechanisch ihren Oberarm und beobachtete Napoleon dabei, wie er vor ihnen im Schnee herumtollte.

Irgendwann, Frieda kam es wie eine Ewigkeit vor, fing André zu sprechen an. „Weißt du, ich habe mir keine Illusionen gemacht, wie es sein würde, nach meiner Scheidung, in meinem Alter, jemanden zu finden. Da gibt es niemanden, der keinen Ballast mit sich trägt. Ich verstehe das eigentlich gut."

Eigentlich, dachte Frieda. Ein ziemlich unbedeutendes Wort, das ihr in diesem Kontext jedoch bereits alles sagte, was sie wissen musste. Sie drehte ihm den Kopf zu. Sein Gesichtsausdruck verriet, was sie ohnehin schon wusste. Sie schluckte schwer und rückte etwas von André ab.

Er nahm den Arm von ihren Schultern. „Ich bin nicht sauer, falls du das denkst", sprach er weiter. „Aber ich habe sehr wohl gesehen, welche Gefühle da noch im Spiel sind. Wenn ich mir das eingestehen kann, dann solltest du erst recht dazu in der Lage sein." Er wandte ihr den Kopf zu. „Oder etwa nicht?"

Frieda öffnete den Mund, wusste aber keine Antwort und schloss ihn schnell wieder.

Andrés Lippen umspielte ein verständnisvolles Lächeln, das seine Augen allerdings nicht erreichte. „Du hattest mich gewarnt, richtig?"

„Was?", fragte sie tonlos.

„Du hast mir einmal gesagt, dass du ziemlich kaputt bist. Irgendwie habe ich das bisher nicht gesehen. Aber ich bin nicht derjenige, der dich reparieren kann."

Sie schüttelte den Kopf und wandte den Blick ab. Das war nicht richtig, was er sagte. Er war nicht ehrlich zu ihr. Natürlich *konnte* er sie reparieren, wenngleich sie dieses Wort furchtbar fand. Er würde es können, wenn sie beide sich nur genügend Zeit geben würden. Ja, er würde es können. Er *wollte* nur nicht.

Er stand auf und blickte von oben zu ihr herab. Sie hob den Kopf und erkannte an seinem Blick, dass sie mit ihrer Annahme recht hatte.

„Ich würde dir dennoch gerne etwas mit auf den Weg geben, Frieda“, sagte er mit ernstem Gesichtsausdruck.

Sie schluckte schwer und fühlte, wie Tränen in ihr aufstiegen. Eilig wandte sie sich ab. Daraufhin legte André seine Hand unter ihr Kinn und zwang sie, ihn anzusehen. „Wenn man jemanden gefunden hat, ohne den man nicht existieren kann, dann sollte man ihn festhalten. Leb wohl.“

Frieda wusste nicht, wie lange sie so im Park gesessen hatte. Doch als Napoleon zu ihr gelaufen kam und sie mit seiner Schnauze anstupste, waren ihre Finger taub vor Kälte. „Wir gehen nach Hause“, sagte sie und legte ihm bibbernd die Leine an.

Langsam ging sie den Weg zurück zu ihrem Auto. Als sie Napoleon ins Auto ließ und anschließend selbst einstieg, vermied sie es, zu Andrés Haus zu blicken.

Du hast mir einmal gesagt, dass du ziemlich kaputt bist.

Sie startete den Motor. Ja, verdammt. Hatte sie. Und offensichtlich brachten ihr ihre Studien, ihre Weiterbildungen, ihre Reisen und all der Aufwand, den sie betrieb, um die Psychologie des Menschen zu verstehen, rein gar nichts, wenn es um sie selber ging. Die groben Dinge, ja, die hatte sie bekämpft. Die Ängste. Das Trauma nach dem Selbstmord ihrer Mutter. Die Panikattacken, die früher mal ihre ständigen Begleiter gewesen waren. All das hatte sie geschafft. Sie war offensichtlich eine Frau fürs Grobe. Für Detailarbeit nicht zu gebrauchen.

Sie brauste durch die Stadt, doch der Weg, den sie wie automatisch einschlug, führte sie nicht zu ihrem Haus. Er führte sie zum westlichen Randbezirk Videns, vorbei am Benediktinerkloster ihres Onkels, vorbei an den großen Parkanlagen und den pompösen Villen, die hier standen, über die Stadtgrenze, direkt zu der einen Villa, die sie jahrelang in ihren Träumen verfolgt hatte. Jene Villa, in der sie ihre Mutter auf dem Dachboden vom Deckenbalken hängend tot gefunden hatte. Damals, vor fast 30 Jahren.

Frieda atmete tief durch, dann stieg sie aus, nahm Napoleon an die Leine und griff zu ihrem Schlüsselbund. Der Schlüssel zum Haus ihres Vaters hing noch dran, und Frieda steckte ihn in die Haustür, ohne sich sicher sein zu können, dass er noch passte. Es klickte, und die Tür öffnete sich. Sie betrat das Haus, in dem sie aufgewachsen war, stand unschlüssig in der großen Eingangshalle und blickte sich um.

„Leg dich da hin“, sagte sie zu Napoleon, nahm ihn von der Leine und wies zu einem kleinen roten Teppich, der in einer Ecke neben der Treppe nach oben lag.

Napoleon gehorchte. Frieda starrte zur Treppe, dann steuerte sie langsam darauf zu. Im Haus war es ganz still, nur die Absätze ihrer hochhackigen Lederstiefel hallten laut durch den Raum. Sie nahm eine Bewegung wahr und fuhr herum.

„Onkel Johannes!“, rief sie überrascht aus.

Ein Strahlen überzog sein Gesicht, und er eilte, aus der Küche kommend, auf sie zu. „Frieda! Was für eine Überraschung! Was tust du hier? Wir waren doch verabredet, du hattest doch angerufen. Ist alles in Ordnung?“

„Ich muss mit ihm sprechen.“

„Er ist nicht gut beieinander, aber in Ordnung. Er liegt in seinem Schlafzimmer.“ Dabei blickte er nach oben. „Die Pflegerin ist bei ihm. Sie hat das Zimmer neben seinem, falls du etwas brauchen solltest.“

„Danke.“

Sie wandte sich ab, doch ihr Onkel griff nach ihrer Hand. „Danke, dass du da bist. Ich bin sicher, es bedeutet ihm viel.“

Sie nickte knapp, dann ging sie die Treppe nach oben. Mit jedem Schritt, der sie näher zu ihrem Vater brachte, wurde ihr schwerer ums Herz, und die Wut schlug in Verzweiflung um. Sie hatte es so lange geschafft, ihn aus ihrem Leben zu streichen, hatte sich so viel besser gefühlt, nicht unter seiner Kontrolle zu stehen. Doch man konnte der

Vergangenheit nicht ewig davonlaufen. Ein Satz, den gerade ein Mann wie Nikolas Haushofer zu ihr gesagt hatte, war ihr nicht mehr aus dem Kopf gegangen.

Sie hat nie mit ihrer Vergangenheit abgeschlossen, und da wurde ihr wohl klar, dass sie das auch nie können würde.

Genauso gut hätte er von ihr sprechen können, das war ihr vorhin im Park klargeworden. Der einzige Mann außer Marc, den sie je an sich hatte heranlassen können, war gegangen. Ihretwegen. Sie war schuld. Sie stand sich selber im Weg.

Wasser predigen und Wein trinken.

Sie seufzte, als sie vor der geschlossenen Tür zum Schlafzimmer ihres Vaters stand. Neben ihr ging eine andere Tür auf, und eine Pflegerin steckte den Kopf heraus.

„Ich bin die Tochter", sagte Frieda als Antwort auf ihren fragenden Blick.

„Er schläft", gab die Pflegerin zurück.

„Ich brauche nicht lang."

„In Ordnung."

Frieda legte die Hand auf die Klinke, drückte sie vorsichtig herunter und betrat den dunklen Raum. Der Geruch von Desinfektionsmittel drang ihr in die Nase. Die einzige Lichtquelle war eine kleine Schreibtischlampe gegenüber dem Bett. Frieda blieb unschlüssig stehen, dann ging sie langsam auf das Bett zu. Sie war mit Wut im Bauch hierhergefahren. Es war irrationale Wut gewesen, die Wut einer erwachsenen Frau auf ihre lieblose Kindheit, der sie die Schuld für alles gab, was in ihrem Leben nicht funktionierte. Doch jetzt, als sie ihren Vater nach all den Jahren im Bett liegen sah, fühlte sie sich nur noch leer. Da war keine Wut mehr, keine Enttäuschung, keine Bitterkeit.

Sie blieb stehen und betrachtete das eingefallene, aschfahle Gesicht eines Mannes, der nur entfernt an ihren Vater erinnerte.

Was war es überhaupt, warum sie gekommen war?

Ein Frösteln ging durch ihren Körper, und sie schlang die Arme um sich.

Was hatte sie sagen, was mit ihm besprechen wollen? Waren es Vorwürfe gewesen, die sie ihm an den Kopf hatte werfen wollen? Ihm, diesem gebrochenen, von Krankheiten zerfressenen Menschen.

„Ich weiß nicht, warum ich hier bin“, flüsterte sie, den Blick starr auf ihren Vater gerichtet.

Er hatte die Augen geschlossen und atmete ruhig. Sie machte einen Schritt auf ihn zu und blieb dann wieder stehen. „Es war ungerecht, was passiert ist“, sagte sie nun mit festerer Stimme. „Für dich, aber vor allem für mich. Du warst der Erwachsene. Du hättest mich beschützen sollen. Stattdessen bist du in die Arme einer Frau geflüchtet, die sich nicht im Entferntesten für mich interessiert hat. Du wolltest sie mir als Mutterersatz präsentieren, doch das hat nicht funktioniert. Und ich brauchte auch keinen Mutterersatz. Ich brauchte dich.“ Sie machte einen weiteren Schritt Richtung Bett. „Ich brauchte meinen Vater“, fügte sie leise hinzu.

Sie stand nun knapp vor seinem Bett. Zögerlich streckte sie den Arm aus, doch sie brachte es nicht über sich, ihn zu berühren. So viel Distanz war zwischen ihnen, so dicke Mauern, dass sie ihn noch nicht einmal berühren konnte, wenn er schlief.

„Du bist schuld daran, dass ich kein normales Leben führen kann. Das wollte ich dir sagen. Zumindest einmal. Es mag nicht fair dir gegenüber sein. Du liegst im Sterben. Aber ich musste es zumindest einmal laut aussprechen.“ Sie atmete tief ein. „Das habe ich hiermit getan.“

Sie blickte sich in dem großen Schlafzimmer um. Es sah genauso aus wie früher. Nichts hatte sich geändert. Frieda wusste, dass die zweite Frau ihres Vaters mehrfach den Wunsch geäußert hatte, dieses Zimmer zu renovieren. Wer wollte schon im selben Bett schlafen wie die verstorbene Ehefrau?

Ihr Vater hatte das aber nie zugelassen. Hier war die Zeit stehen geblieben. Sie betrachtete das Bett, in dem auch ihre Mutter vor vielen Jahren gelegen hatte.

„Du musst sie sehr geliebt haben. Es war nicht fair, was passiert ist. Uns beiden gegenüber. Es tut mir leid für dich. Wirklich.“

Friedas Blick ging noch einmal durchs Schlafzimmer, über den dunkelgrünen Teppich zu dem deckenhohen Kleiderschrank bis zu den dicken Vorhängen aus Samt, die jeden noch so kleinen Lichtstrahl absorbierten.

Als sie wieder zu ihrem Vater blickte, hatte er die Augen offen. Er sah sie an.

Sie schluckte schwer. „Hallo, Papa."

Er blinzelte einmal langsam mit den Augen. Sein Mund öffnete sich kurz, dann schloss er sich wieder. Sein Atem ging angestrengt und abgehackt.

„Schon gut, du musst nicht sprechen", sagte Frieda. „Ich wollte nur mal vorbeikommen. Sehen, wie es dir geht." Sie plapperte irgendetwas. Es lag an dem Blick ihres Vaters. Er hatte sie damit schon immer in die Knie zwingen können. Auch jetzt, aus trüben, wässrigen Augen, hatte dieser Blick nach wie vor diese Wirkung auf sie.

Sie wandte sich ab. „Ich muss auch wieder gehen. Ich schicke Onkel Johannes zu dir."

Sie drehte sich zur Tür.

„Frieda", hörte sie ihren Namen. Es war mehr ein Röcheln als ein deutlich gesprochenes Wort.

Sie drehte sich langsam um. Sie sahen sich in die Augen. Wieder blinzelte ihr Vater, schloss die Augen für einen Moment, öffnete sie angestrengt wieder. „Frieda", wiederholte er. „Es … es … t… tut … m… mir leid."

Sie senkte den Blick.

„Alles", setzte er nach.

Sie nickte langsam. „Mir auch, Papa." Dann drehte sie sich um und eilte nach draußen.

24. Kapitel

SIE hatten die Adresse von Steffis Mutter sehr schnell herausgefunden. Sie hatte nach ihrer Scheidung von Franz Roederer in Frankreich und den USA gelebt und war vor zehn Jahren nach Berlin gezogen, wo sie seitdem ihren Hauptwohnsitz hatte. Die örtlichen Behörden hatten die Mutter nicht angetroffen, aber von einer Nachbarin erfahren, dass sie in den Urlaub gefahren war.

„Das gefällt mir nicht“, sagte Marc zum wohl zwanzigsten Mal.

„Das muss gar nichts heißen“, versuchte Ralf, ihn zu beruhigen.

„Es kann aber auch alles heißen. Vielleicht hat sie ihre Mutter schon vor Tagen entführt. Vor Wochen.“

„Und niemand hat sie als vermisst gemeldet?“

„Nein. Wieso auch, wenn sie offiziell in den Urlaub gefahren ist? Es gibt ja keine anderen Angehörigen.“

„Warten wir erst mal ab, was wir finden, wenn wir ankommen.“

Sie waren auf dem Weg zur Schweinefarm. Genau genommen war es eine ehemalige Schweinefarm. Das Grundstück war vor vielen Jahren an einen benachbarten Bauern verkauft worden, der es seitdem nicht bewirtschaftet hatte. Irgendwohin musste Steffi ihre Opfer bringen und sie dort töten und ihr ehemaliges Zuhause war eine naheliegende Annahme.

Marc bog auf einen holprigen Feldweg ab, über den sie minutenlang im Schritttempo fahren mussten, bevor sie endlich an einem maroden Tor ankamen.

„Sieht nach dem Eingang aus“, stellte Viktor von der Rückbank aus fest.

„Sieht nach einem perfekten Drehort für einen Horrorfilm aus“, warf Ralf ein.

Marc nickte und stieg aus. Er prüfte, ob das Tor verschlossen war. Es gab kein Schloss und keine Kette, die es fixierten, also stieß er mit dem Fuß vorsichtig an die Tür. Sie öffnete sich mit einem lauten Quietschen, das zwei Rebhühner aufscheuchte, die in einigen Metern Entfernung im Feld gehockt hatten. Marc setzte sich wieder ins Auto. „Na dann …“, murmelte er und fuhr weiter.

Der Weg stieg leicht an, nach einigen Minuten waren sie an der Spitze des kleinen Hügels angekommen. Vor ihnen sahen sie nun die Schweinefarm oder das, was davon noch übrig war.

„Wir sollten Verstärkung anfordern“, sagte Viktor mit kaum überhörbarer Anspannung in seiner Stimme.

„Die Kollegen sind informiert“, sagte Marc und rollte auf den Hof zu. Auf einem großen, zur Hälfte asphaltierten Platz parkte er das Auto und stieg aus. Er griff zu seiner Dienstwaffe und wartete einen Augenblick. Nichts war zu hören außer dem Wind, der durch die dürren Äste von ein paar morschen Obstbäumen pfiff, und dem Knarzen der Fensterläden.

„Sieht verdammt gruselig aus hier“, sagte Ralf, der sich neben ihn stellte.

„Wo ist Viktor?“

„Geht um das Haus herum. Er zittert wie Espenlaub.“

Marc nickte. Er konnte es seinem Kollegen nicht verübeln. Er ging ein paar Schritte nach links, um hinter das Hauptgebäude blicken zu können. Der Hof war weitläufig und an allen Seiten von Feldern umgeben. Die einzelnen Häuser waren wie ein Vierkanthof angelegt, dazwischen führten in regelmäßigen Abständen breite Wege auf die Felder. Die Häuser bestanden aus roten Ziegeln, die meisten Fenster waren zerbrochen, an einigen hingen noch Fensterläden, von denen die ehemals grüne Farbe zum Teil abgesplittert war.

Marc und Ralf betraten über einen der breiten Wege den Innenhof. Marc drehte sich halb im Kreis. Er schätzte die Fläche auf gut 200 Quadratmeter.

„Riesiges Anwesen“, sagte Ralf neben ihm.

„Ja. Aber wir sind so weitab der Zivilisation, dass man etwas hören müsste, oder? Wenn jemand hier wäre, meine ich.“

„Du meinst, wenn jemand hier wäre, der noch lebt?“

Marc nickte. Er war nahezu sicher, dass Steffi ihre Mutter bereits aufgespürt und vermutlich auch entführt hatte. Alle Morde waren mit unfassbarer Präzision ausgeführt worden, alles war bis ins kleinste Detail geplant geworden. Anders ließen sich die problemlos abgelaufenen Entführungen kaum erklären. Steffi musste die Tagesabläufe ihrer Opfer wochenlang im Voraus studiert haben. Und es wäre ein Leichtes gewesen, die eigene Mutter zu entführen. Vermutlich war sie sogar freiwillig mitgegangen.

„Wo beginnen wir?“, fragte Ralf.

Marc schüttelte den Kopf. Er war sich nicht sicher. Er musste sich erst ein Bild von dem ganzen Anwesen machen. Er hörte Schritte und fuhr herum. Viktor kam auf ihn zu.

„Von außen habe ich nichts Verdächtiges gefunden“, sagte er. Dann nickte er zu dem langen Haus zu ihrer Linken. „Das ist das Wohnhaus. Daneben sind die Wirtschaftsflächen. Dort lagert man Lebensmittel.“ Er streckte den Arm aus und deutete auf die Häuser vor ihnen. „Stallfläche. Vermutlich gab es hier nicht nur Schweine, sondern auch andere Tiere.“ Er blickte nach rechts. „Das sind weitere Lagerflächen.“

Marc und Ralf starrten ihn verdutzt an. Viktor lächelte schief. „Diese Höfe sind alle gleich aufgebaut.“

„Und woher hast du dieses Wissen?“, fragte Ralf.

„Meine Großeltern haben auf einem Hof gelebt. Ich musste alle Sommerferien dort verbringen.“

„Musste?“, fragte Marc irritiert.

Viktor zuckte mit den Schultern. „War nicht mein Ding. Ich war wohl als Kind schon ein Stadtmensch. Ist echt widerlich auf diesen Höfen. Überall ist Dreck und dieser Gestank – bäh. Der verfolgt mich bis heute.“

Marc betrachtete Viktor einen Moment lang. Dann nickte er knapp und deutete nach links. „Gehen wir ins Wohnhaus.“

„Ich gebe zu bedenken …“, warf Viktor ein.

„Ja?“, fragte Marc.

„Wenn wir die Folterkammer suchen, sind die Ställe die erste Wahl.“

„Warum?“, fragte Ralf.

Viktor zuckte mit den Schultern. „Nur so ein Gefühl. Mehr freie Fläche, besser isoliert. Außerdem …“ Er brach ab und schien über die richtigen Worte nachzudenken.

„Außerdem?“, hakte Marc nach.

„Wenn ich an meine Zeit auf dem Hof denke, fallen mir sofort die Ställe ein. Alles, was ich daran gehasst habe, hat sich dort … Wie soll ich sagen? Manifestiert.“ Er blickte Marc und Ralf unsicher an. „Es ist nur so ein Gefühl“, wiederholte er zögerlich.

Marc nickte. „Gehen wir.“

Sie überquerten den großflächigen Innenhof und steuerten auf das erste Stallgebäude zu. Marc schob die breite Holztür zur Seite. Das Gebäude war dunkel, es roch nach Erde und Moder. Alle drei betraten den Stall und verteilten sich. Marc griff nach der Taschenlampe, die er aus dem Auto mitgebracht hatte, und schaltete das Licht ein. Aus einiger Entfernung sah er, dass auch Viktor und Ralf ihre Taschenlampen eingeschaltet hatten.

Nach ein paar Minuten hatten sie sich vergewissert, dass dieses Gebäude leer war. Sie gingen nach draußen und betraten das nächste Stallgebäude. Auch dieses war leer.

„In diesen Gebäuden waren die Schweine nicht untergebracht“, sagte Viktor, als sie wieder im Innenhof standen.

„Woher weißt du das?“, fragte Ralf.

„Die Aufteilung der Ställe spricht für Kleintiere. Außerdem gibt es für Schweine meist einen Auslauf nach draußen. Als ich den Hof von außen angesehen habe, hab ich auf der rechten Seite außerhalb ein paar Holzpfähle gesehen. Gut möglich, dass das mal ein Gehege war.“

Marc starrte auf die massive Tür, die das dritte Stallgebäude verschloss. Er ging darauf zu, Ralf und Viktor folgten ihm. Langsam griff er zur rostigen Klinke und zog die Tür auf. Auch hier nahm er sofort den modrigen Geruch wahr. Aber er war vermischt mit etwas anderem.

Stroh?

Außerdem roch es irgendwie metallisch. Es roch nach …

„Blut!“, sprach Ralf seine Gedanken laut aus.

„Scheiße“, entfuhr es Viktor.

Marc richtete seine Taschenlampe vor sich. Tatsächlich – der Boden war mit Heu ausgelegt, das über und über mit Blutflecken bedeckt war.

„Schätze, wir haben den Tatort gefunden", murmelte Viktor.

Ralf drehte sich um und lief nach draußen. Marc hörte, dass er bereits in sein Handy sprach, um den Erkennungsdienst zu informieren.

Marc trat vorsichtig ein paar Schritte weiter. Er richtete die Taschenlampe auf das rot gefärbte Stroh unter ihm. Etwas störte ihn an dieser Szenerie. Etwas …

„Was ist los?", fragte Viktor neben ihm.

„Es riecht zu frisch", sagte Marc nachdenklich.

„Soll heißen?"

Marc sog Luft ein. „Das Blut auf dem Heu ist getrocknet. Aber hier riecht es … Es riecht nach frischem Blut."

Marc schluckte und richtete die Taschenlampe geradeaus. Er drehte sich nach rechts und ging ein paar Schritte an der Wand entlang. Er wusste, dass das gefährlich war. Nicht nur, weil er ohne Deckung durch einen Tatort lief, sondern weil er Spuren vernichten konnte. Doch er hatte so ein Gefühl, dass …

Er erstarrte. Langsam legte er den Kopf in den Nacken und richtete den Strahl der Taschenlampe nach schräg oben, zu einer Art erhöhtem Heuboden. „Ralf!", brüllte er. „Ruf sofort Doktor Meissner an!"

Marc atmete ein paar Mal tief ein und versuchte, seinen Herzschlag zu beruhigen. Er stand im Innenhof. Er hatte sich aus diesem Stall, aus diesem Vorhof der Hölle, entfernen müssen, bevor er weitere Spuren kontaminierte, indem er sich erbrach.

„Wer war es?", fragte Ralf.

Er und Viktor standen neben Marc. Sie mussten auf den Erkennungsdienst warten. Alles andere wäre unverantwortlich gewesen. Wenn Marc nur den Funken einer Hoffnung gehabt hätte, dass in dem Körper, den er im Lichtstrahl der Taschenlampe gesehen hatte, noch Leben war, er wäre sofort hingelaufen. Doch …

„Scheiße, diesmal haben sie sich wirklich verausgabt", sagte er tonlos.

„Was hast du gesehen?“, fragte Ralf.

„Sie … sie war … völlig aufgeschlitzt. Die … die …“

Er konnte es kaum aussprechen. Er hatte gesehen, dass Teile des Oberkörpers aufgeklappt links und rechts am Körper herunterhingen.

„Sie? Bist du sicher, dass es eine Frau war?“, fragte Ralf.

Marc nickte.

„Die Mutter?“, fragte Ralf.

Marc zuckte mit den Schultern, obwohl er glaubte, die Antwort zu kennen. Sie mussten warten. Mehr konnten sie nicht tun.

Er blickte über die Schulter, als er ein Motorengeräusch wahrnahm. Die Kollegen vom Erkennungsdienst trafen ein, dicht gefolgt vom Gerichtsmediziner Doktor Meissner. Er begrüßte die Ermittler und folgte dem Erkennungsdienst direkt in den Stall. Marc blickte allen hinterher. Er war so angespannt, dass er es kaum aushielt.

„Ich muss etwas tun“, flüsterte er.

„Was?“, fragte Ralf.

„Irgendwas!“

Er wandte sich abrupt um und stapfte in Richtung des ehemaligen Wohnhauses. Während der Erkennungsdienst die Spuren im Stall sicherte, konnte er sich zumindest umsehen. Nur herumstehen und warten war keine Option.

Die Tür zum Wohnhaus war nur angelehnt. Marc zögerte, dann ging er zu einem Kollegen vom Erkennungsdienst, der gerade im Kofferraum seines Wagens nach etwas suchte, und bat um einen Schutzanzug. Dann ging er zurück und betrat das Wohnhaus. Er blickte sich um. Wenig an dem Raum, in dem er sich befand, erinnerte an eine Wohnung. Es gab kaum Möbel außer ein paar verfallen wirkenden Holzstühlen und einem großen Tisch. Der Boden war zentimeterdick mit Staub bedeckt. Marc blieb im Eingang stehen und ließ den Schein der Taschenlampe über den Boden gleiten.

Keine Fußspuren.

Er atmete tief durch und betrat das Haus. Im Erdgeschoss fand er nichts außer Dreck, Staub und Ungeziefer. Er ging zurück zum Eingang, dem gegenüber eine Treppe ins Obergeschoss führte. Marc folgte der Treppe und blickte sich oben um. Auch oben erinnerte kaum etwas daran, dass hier einmal Menschen gelebt hatten. Allerdings fanden sich mehr Möbel als unten. Im Obergeschoss gab es vier Räume. In drei davon standen Betten, im vierten mehrere deckenhohe Schränke. Marc untersuchte einen Raum nach dem anderen. Gerade, als er den letzten betrat, rief jemand nach ihm.

„Kommissar Wittmann?“

Marc trat an den Treppenabsatz und blickte nach unten. Doktor Meissner sah zu ihm hoch.

„Schießen Sie los“, sagte Marc.

„Alles wie üblich, nur, dass diesmal mit mehr … wie soll ich es nennen? Leidenschaft? Aggression? Das wird Ihnen Frieda wohl eher beantworten können. Jedenfalls ist der Körper der Dame ein einziges Schlachtfeld. Und … das Herz fehlt.“

Marc nickte. Irgendwie passte es, dass von der Mutter gerade das Herz fehlte.

„Noch etwas, das mir aufgefallen ist“, sprach Meissner weiter.

„Ja?“

„Ihr Kollege meinte, Sie gehen davon aus, dass das die Mutter des Täters ist.“

Marc nickte.

„Nun … entweder ist der Täter sehr viel jünger, als wir angenommen haben, oder …“

„Oder?“, fragte Marc alarmiert.

„Die Leiche ist nicht die Mutter.“

Marc starrte den Gerichtsmediziner entsetzt an. „Wie alt ist das Opfer?“

„Genauer kann ich Ihnen das erst nach der Obduktion sagen. Aber etwa Ende 30, Anfang 40.“ Doktor Meissner hob die Hand zum Gruß und verschwand.

Marc blieb wie gelähmt stehen. Sofort ploppten Zahlen und Daten vor seinem inneren Auge auf. *Franz Roederer, geboren 1957, gestorben 2020. Verheiratet 1977, geschieden 1995.* Wenn die Frau, die da unten lag, um die 40 war, passte das nicht. Es passte ganz und gar nicht. Marc schluckte und wandte sich langsam um. Er betrat das letzte Schlafzimmer und blickte sich um. Langsam ging er um das Bett herum, betrachtete die kleinen Kommoden, die danebenstanden, wandte sich um und leuchtete in einen offenen Kleiderschrank. Dann richtete er den Strahl der Taschenlampe wieder auf die Kommoden. Langsam beugte er sich nach unten und zog eine der Laden auf. Sie war leer. Er ging um das Bett herum und zog die Lade der zweiten Kommode auf. Gebannt blickte er hinein. Diese Lade war nicht leer.

„Was haben wir denn da?“, flüsterte er.

Er griff nach dem kleinen, gerahmten Bild, das in der Lade lag. Das Schutzglas war staubig, die Farben des Bildes vergilbt. Marc pustete den Staub vom Bild und erstarrte.

„Nein“, stieß er heiser hervor. „Das kann nicht sein?!“

Dann wandte er sich um und stürmte nach draußen.

Der Anrufer

„Ich weiß, ich habe gesagt, dass ich nicht mehr anrufe. Aber ... ich musste. Ich weiß nicht, was ich tun soll. Hörst du mir zu?“

„Ja.“

„Es war so anders. Ganz anders als die Male davor. Irgendetwas ist passiert, mit dem Meister, mit ihr, mit uns. Etwas ist passiert, und ich ... ich weiß nicht, was ich tun soll. Ich glaube ... ich glaube, ich habe Angst. Ich kann nicht so lange sprechen, weil ... der Meister kommt gleich zurück. Wir mussten woandershin. Sie haben sie sicher schon gefunden. Richtig? Der Meister sagt, dass es so ist. Er weiß immer alles. Und er sagt, mittlerweile müsste sogar die Polizei, so dämlich sie auch sein mag, eins und eins zusammengezählt haben. Also mussten wir den Hof verlassen. Der Meister musste ein paar Dinge ... ähm ... organisieren, denke ich. Und ich weiß, ich sollte dich nicht anrufen. Der Meister hat es verboten. Es ist zu diesem Zeitpunkt zu gefährlich. Sie dürfen uns nicht finden. Nicht jetzt, wo wir so knapp davor sind, es zu beenden. Und ich habe diesen Zeitpunkt ja auch herbeigesehnt. Ich habe doch gespürt, *dass ich immer stärker und stärker geworden bin. Alles, was der Meister prophezeit hat, ist eingetreten. Es steht mir also nicht zu, zu zweifeln. Aber der letzte ... die letzte Aktion, sie war ...“*

„Mord. Okay? Nenn es doch beim Namen. Mord.“

„Nein. Nein, du verstehst das nicht. Das ist nicht so. Ich ... ich dachte, du würdest es besser verstehen als andere. Deshalb habe ich dich ausgewählt und angerufen. Ich dachte ...“

„Es ist Mord.“

„Nein. Das sind böse Menschen. Grauenhafte Menschen. Sie haben es nicht anders verdient!“

„Was hat es mit der Wahl der Organe auf sich?“

„Du darfst mir keine Fragen stellen! Hör mir zu! Ich habe Angst. Ich habe solche Angst. Und ich weiß nicht, was passieren wird. Der

Meister hatte sich nicht mehr unter Kontrolle. Er war nicht mehr präzise, er war brutal. Er hat sie aufgeschlitzt, einfach aufgeschlitzt. Er hat sie noch nicht mal geknebelt! Es war ihm einfach egal, und ... er hat ihr die ganze Zeit in die Augen gesehen. Die ganze Zeit. Er hat nicht auf das Skalpell gesehen, sondern auf ihr Gesicht. Auf ihre Augen. Auf ihren Mund. Und der Blick des Meisters war so ... so wahnsinnig. Als würde er den Verstand verlieren! Ich habe das noch nie so gesehen, und ich denke ... ich denke ...“

„Was denkst du?“

„Ich denke, ich brauche Hilfe.“

25. Kapitel

„ICH denke, ich brauche Hilfe."

Friedas Herz pochte ihr bis zum Hals. Sie hatte ihr Telefon auf Lautsprecher gestellt und ihr Handy im Aufnahmemodus danebengelegt. Sie hörte, wie unruhig ihr Anrufer war, und hoffte, endlich zu ihm durchdringen zu können. Immerhin hatte er angerufen, also wollte er etwas von ihr. Sie musste nur den richtigen Anknüpfungspunkt finden.

„Ich kann dir helfen", sagte sie mit so viel Ruhe in der Stimme, wie sie aufbringen konnte.

„Ich … ich weiß nicht."

„Erzähl mir von der letzten … Aktion."

Sie hatte Schwierigkeiten, dieses Wort auszusprechen. Doch als sie vorher von Mord gesprochen hatte, war der Anrufer sehr aufgebracht gewesen, und sie musste versuchen, dieses Gespräch in ruhige Bahnen zu leiten.

„Ich weiß nicht … Ich weiß nicht, was ich tun soll."

„Weißt du, um wen es sich bei euren Opfern gehandelt hat?" Sie fragte einfach freiheraus. Vielleicht war jetzt der Zeitpunkt gekommen, wo der Anrufer bereit war, sich zu öffnen.

Er zögerte, bevor er antwortete. „Ja", sagte er leise.

Frieda starrte auf ihr Handy. Marc hatte ein paar Mal versucht, sie anzurufen, just in dem Moment, als der Anrufer sich gemeldet hatte. Das konnte nur bedeuten, dass etwas passiert war. Frieda wusste, dass das Team sich auf den Weg zur Schweinefarm gemacht hatte.

„Sie alle haben eine Verbindung zu …"

„… zum Meister", beendete der Anrufer ihren Satz. „Ja."

„Du wusstest es von Anfang an?"

Wieder zögerte er. „Ja", sagte er.

„Ich kann dir helfen", erklärte Frieda bestimmt.

„Wie?“

„Indem ich dir sage, warum dein Meister tut, was er tut.“

„Weil er sich und mich damit heilen kann.“

„Nein. Das kann er nicht. Er tut, was er tut, weil er Rache übt. Okay? Das ist alles. Er übt Rache. Das ist keine Heilung. Es ist das Gegenteil davon. Egal, wie viele… *Aktionen* ihr noch ausführt, du wirst dich nie geheilt fühlen. Die Stärke, die du für kurze Zeit gespürt hast, war Adrenalin. Weißt du, was das ist?“

„Ich … Ja. Schon, irgendwie.“

Frieda beschloss, es dennoch zu erklären. „Es ist ein Hormon. Es erhöht Blutdruck und Herzfrequenz und kann eine Art Rauschzustand erzeugen. Das ist alles, was dir passiert, wenn du dich auf diese *Aktionen* einlässt. Das ist alles.“

Der Anrufer reagierte nicht, doch sie hörte seinen stoßweisen Atem.

„Ich kann dir helfen“, bekräftigte sie erneut.

„Wie?“, fragte er wieder. „Ich kann hier nicht weg. Ich kann … überhaupt nirgends hin. Sie stecken mich ins Gefängnis.“

„Das muss nicht sein.“ Frieda schöpfte Hoffnung. Sie streckte den Rücken durch und starrte wie gebannt auf ihr Telefon. „Hörst du mich? Das muss nicht sein! Wenn du mir vertraust, dann sorge ich dafür, dass dir geholfen wird. Aber du musst von ihm weg. Von dem, den du den Meister nennst.“

„Ich weiß nicht, ob ich das kann.“

„Er wird dir etwas antun“, sagte Frieda mit der plötzlichen Gewissheit, dass sie mit dieser Aussage recht hatte. „Er wird auch dich töten. Früher oder später.“ Eher früher als später, setzte sie in Gedanken nach. Nämlich genau dann, wenn er seinen Racheplan abgeschlossen hatte. Wenn der fünfte Finger abgeschnitten, das fünfte Opfer beseitigt war – dann brauchte er den Helfer nicht mehr.

„Nein. Das … Das würde der Meister nicht tun“, sagte der Anrufer mit leiser Stimme. Frieda hörte Zweifel darin.

„Doch, das würde er. Sobald er dich nicht mehr braucht.“

Wofür auch immer der Täter seinen Gehilfen brauchte. Für Alibis? Für die Entführungen? Bei vielen Dingen war es hilfreich, nicht ganz auf sich allein gestellt zu sein. Frieda dachte an Nikolas Haushofer, der nach wie vor in Untersuchungshaft saß, soviel sie wusste. Er jedenfalls war es nicht, der sie angerufen hatte. Und wenn Nikolas nicht der Helfer war … Was, um alles in der Welt, ging hier vor?

Mit einem Mal überkam Frieda die panische Angst, dass sie komplett auf dem Holzweg waren. Aber das konnte nicht sein, oder? Alles passte. Alle Fakten passten zusammen. Es hatte mit der Schweinefarm zu tun und mit der Familie Roederer.

Aber wer steckte hinter alldem?

„Denkst du wirklich, ich bin in Gefahr?“, fragte der Anrufer und hörte sich dabei plötzlich an wie ein kleines Kind.

„Ja. Das denke ich wirklich.“

„Ich dachte, der Meister wäre meine Rettung. Aber die letzte Aktion war so … Sie war so …“ Er brach ab, und Frieda glaubte, ein leises Schluchzen zu vernehmen.

„Du musst fliehen“, sagte sie.

„Ich kann nicht.“

„Du musst. Wenn du willst, dass ich dir helfe, dann lauf.“

„Ich …“ Wieder brach er ab.

Frieda atmete tief ein. Dann blickte sie aufs Handy. Marc versuchte erneut, sie anzurufen. Doch solange der Anrufer bereit war, mit ihr zu sprechen, musste sie ihr Telefonat fortführen.

„Sag mir deinen Namen“, bat Frieda den Anrufer.

„Ich … Ich weiß nicht.“

„Bitte!“, bekräftigte sie.

„Samuel“, antwortete er im Flüsterton. „Mein … mein Name ist Samuel.“

„Und der Name deines Meisters?“

Es klickte. Der Anrufer hatte aufgelegt. Frieda schloss die Augen und atmete tief durch. Dann stoppte sie die Aufnahme und rief Marc zurück.

26. Kapitel

ALLES in Marc sträubte sich dagegen, den Stall noch einmal aufzusuchen. Doch er musste sich die Leiche genau ansehen, jetzt, wo die Kollegen vom Erkennungsdienst den Fundort gesichert hatten. Doktor Meissner nickte Marc mit ernstem Gesicht zu, als dieser an ihm vorbeiging und den Stall betrat.

Diesmal war es nicht dunkel und düster. Alles war mit Scheinwerfern gut ausgeleuchtet, die Leiche lag auf ihrer Position, als posierte sie für ein professionelles Fotoshooting.

Ein grauenhaftes Fotoshooting, dachte Marc und trat vorsichtig näher. Seine Finger krallten sich um das Bild, das er aus der Lade genommen hatte, sein Blick wurde wie automatisch vom Gesicht des Opfers angezogen. Er versuchte, den widerlichen Anblick des zerfetzten Oberkörpers zu ignorieren.

Die Leiche lag auf einem Heuboden. Man musste ein paar Holzstufen nach oben steigen, um die gesamte Szenerie erfassen zu können. Marc ging mit wild klopfendem Herzen die Treppe hoch und starrte auf das Gesicht der Frau. Langsam hob er seinen Arm und hielt sich das Bild vors Gesicht.

Sie war es.

Das Bild zeigte das Ehepaar Roederer mit seinen Kindern. Steffi Roederer war auf dem Bild noch jung, vielleicht zehn oder elf. Aber sie war es, eindeutig.

In Marcs Kopf drehte sich alles. Seine Hand zitterte, denn plötzlich ergab alles Sinn. Dieses Bild als Dokumentation einer zerrütteten Familie. Es zeigte Steffi neben ihrem Bruder, der etwas größer und vermutlich ein wenig älter war als sie.

Der tote Bruder. Der Bruder, von dem Nikolas Haushofer erzählt hatte. Doch das Bild zeigte noch etwas.

Es zeigte ein drittes Kind. Ein Kleinkind, auf diesem Foto vielleicht drei oder vier Jahre alt, in den Armen der Mutter. Sie hatten es übersehen. Die Ereignisse hatten sich so überschlagen, alles war so unglaublich schnell gegangen, dass ein Wahnsinn den nächsten gejagt hatte.

Die Kollegen im Revier hatten ihn fast zur selben Zeit informiert, als er das Bild gefunden hatte. Sie hatten die Familiengeschichte fertig recherchiert.

Drei Kinder. Es waren drei gewesen. Und zwei davon waren jetzt tot. Marc schüttelte den Kopf und widerstand dem Impuls, Steffi durchs Haar zu streichen. Sie hatten ihr Unrecht getan. Hatten sie als einen Racheengel angesehen, aber sie war bloß ein weiteres Opfer gewesen.

Marcs Handy vibrierte und riss ihn aus seinen Gedanken. Abrupt wandte er sich ab, lief die Treppen nach unten und verließ den Stall. Draußen im Innenhof sog er gierig Luft ein und blickte auf sein Handy. Frieda – endlich!

Er ging ein paar Schritte weiter, fand eine Holzbank und ließ sich darauf nieder. Schock und Erschöpfung steckten tief in seinen Knochen. Er lehnte sich gegen die Hausmauer und nahm ihren Anruf entgegen. „Hi."

„Er hat mich angerufen, Marc", erklärte Frieda aufgeregt.

„Was?"

„Jetzt gerade. Deshalb konnte ich nicht rangehen. Er hat angerufen!"

Plötzlich war Marc hellwach. „Was hat er gesagt?"

„Dass er Angst hat. Offenbar ist der Meister komplett … Ich weiß nicht genau. Ausgerastet?"

„Wir haben sie gefunden", erklärte Marc.

„Wen?"

„Steffi. Auf dem Hof. Sie ist nicht die Täterin. Er hat sie ermordet. Geradezu abgeschlachtet. Es waren zwei Brüder, Frieda."

Sie reagierte nicht sofort. Marc konnte förmlich sehen, wie ihre Stirn sich in Falten legte und sie fieberhaft nachdachte.

„Wir haben bereits alles recherchiert", sprach Marc weiter. „Es gab drei Kinder. Den ältesten Bruder Franz. Oder Franz junior. Er starb 1993 bei einem Traktorunfall. Da war er 16. Steffi war zu diesem Zeitpunkt 14. Und dann gab es noch den kleinen Bruder. Hendrik. Der war sechs Jahre alt, als der große Bruder starb. Wir hatten die Akte mit dem Sorgerechtsstreit. Die betraf nur Hendrik und Steffi, weil Franz junior zu diesem Zeitpunkt bereits verstorben war. Wir sind automatisch von diesen zwei Kindern ausgegangen …“

„Nikolas hat also die Wahrheit erzählt. Über Steffi. Über den toten Bruder.“

„Ja.“

„Vermutlich wusste er nichts von dem zweiten Bruder.“

„Vermutlich nicht.“

„Er hieß Hendrik?“, fragte Frieda nach.

„Ja. Hendrik. Wir fahnden bereits nach ihm.“

„Der Anrufer hat mir seinen Namen gesagt. Samuel.“

Marc dachte kurz nach. „Sind es also zwei Täter oder einer mit zwei Persönlichkeiten?“

„Ich denke, es sind zwei. Ich habe mir noch einmal alles angesehen, die Akten, die Entführungszeitpunkte, die Tathergänge. Alles wäre sehr viel einfacher zu bewerkstelligen gewesen, wenn es zwei waren.“

„Du glaubst also, dieser Samuel sagt die Wahrheit?“

„Ja. Und ich glaube, dass er in Gefahr ist. Er hat Angst. Ich habe ihm geraten zu fliehen.“

„Du hättest ihm lieber raten sollen, sich zu ergeben.“

„So einfach ist das nicht.“

„Ich weiß.“ Marc blickte auf und sah, wie Ralf ihn eilig zu sich winkte. „Ich muss auflegen, Frieda. Wir hören uns später.“

„Ja. Ich schicke dir gleich die Aufnahme.“

„Alles klar. Pass auf dich auf.“

Marc legte auf und ging auf Ralf zu.

„Wir haben ihn“, sagte der und lief bereits Richtung Wagen. Marc folgte ihm.

Ralf brauste davon und klärte Marc über alle Entwicklungen auf. „Hendrik Roederer, geboren 1987. Er ist Sozialarbeiter. Er war heute ganz normal bei der Arbeit.“

Marc schluckte und versuchte, das Gesagte zu verarbeiten. „Wir haben noch keinen Todeszeitpunkt von Steffi.“

„Nein. Und … ich finde es auch komisch, dass wir ihn so einfach aufgespürt haben. Sollte er nicht untergetaucht sein?“

Marc schüttelte den Kopf und starrte aus dem Fenster. Er kapierte überhaupt nichts mehr. „Fahren wir zu seinem Arbeitsplatz?“

„Nein. Er wartet auf dem Revier auf uns.“

Marc wandte Ralf den Kopf zu. „Er wartet auf dem *Revier* auf uns?“, fragte er entgeistert.

„Ich sage doch: eigenartig.“

Eine halbe Stunde später parkten sie vor dem Revier. Ein Kollege teilte Marc und Ralf mit, dass Hendrik Roederer sich bereits in einem Verhörraum befand. Marc eilte mit langen Schritten den Gang entlang, dicht gefolgt von Ralf. Er war unruhig und nervös und hatte das unangenehme Gefühl, dass dieser Fall ihm zunehmend entglitt.

Sie waren die ganze Zeit über auf der falschen Spur gewesen.

Ralf legte ihm eine Hand auf die Schulter. Er blickte ihn an und nickte ihm aufmunternd zu. „Abwarten“, sagte er leise.

Marc nickte und öffnete die Tür zum Verhörraum. Bevor er etwas sagen oder sich ein Bild von Hendrik Roederer machen konnte, fiel sein Blick auf den Tisch. Dort stand ein rotes Paket. Marc hob die Augenbrauen und versuchte, einen klaren Gedanken zu fassen.

„Das wurde mir heute zugestellt. Ich habe Ihre Kollegen bereits informiert, Herr …?“

Marc riss sich vom Anblick des roten Paketes los und fixierte nun Hendrik Roederer. Er sah weitaus jünger aus, als er war, hatte eine blasse Haut und strubbeliges, dunkelbraunes Haar. Seine Schultern waren schmal, sein ganzer Körper wirkte fast kindlich.

„Kommissar Wittmann“, stellte Marc sich vor und setzte sich Hendrik gegenüber. Er nickte zum Paket. „Das haben Sie heute erhalten?“

„Ja. Ein Postbote hat es gebracht. Ich denke, das heißt nichts Gutes, oder? Ich habe in der Presse davon gelesen.“

„Herr Roederer … Ist Ihnen bewusst, dass Sie unter dringendem Tatverdacht stehen?“, fragte Marc und sprach die Worte klar und deutlich aus. Er konnte Hendrik noch nicht einschätzen. Er sah in Anbetracht der Situation viel zu unbekümmert aus. Nun zog er die

Augenbrauen zusammen und starrte Marc so konzentriert an, als versuchte er, eine schwierige mathematische Aufgabe zu lösen.

„Tatverdacht?“, fragte er.

„Ja.“

„Tatverdacht – worauf?“

„Auf die Morde an Hilke Rosnig, Arthur Göplitz, Viola Binder und Steffi Roederer.“ Marc beobachtete jede Regung auf Hendriks Gesicht. Doch erst, als er den letzten Namen ausgesprochen hatte, zeigte sich so etwas wie Erkenntnis in Hendriks Blick.

„Steffi? Meine Schwester Steffi?“, fragte er verdutzt.

„Ja.“

„Meine Schwester wurde ermordet? Wann? Was … Wovon sprechen Sie überhaupt?“

Marc lehnte sich zurück und atmete tief durch. „Beginnen wir von vorn, Herr Roederer.“

„Nennen Sie mich Hendrik.“

„Hendrik. Hat dieses Paket schon jemand geöffnet?“

„Nein. Ich habe gleich bei der Polizei angerufen, als ich es erhalten habe, und mir wurde gesagt, ich solle gleich herkommen. Das habe ich getan. Dann wurde ich hierhergebracht, und man meinte, wir warten auf Sie. Und hier sind Sie.“

Die Tür hinter Marc öffnete sich. Ralf kam hinzu und drückte ihm ein paar Plastikhandschuhe in die Hand. Ralf zog sich selber welche über und schob das Paket näher zu ihnen. Mit spitzen Fingern öffnete Ralf vorsichtig das Paket.

Marc und er blickten beide für einen kurzen Moment hinein und schlossen das Paket dann wieder. „Ich bringe es zu den Kollegen“, murmelte Ralf, nahm es an sich und ging wieder nach draußen.

„Kleiner Finger“, erklärte Marc Hendrik.

„Wie bitte?“, fragte der und bedachte Marc mit demselben irritierten Blick wie zuvor.

„In dem Paket befindet sich ein kleiner Finger. Vom fünften Opfer. So war es von Anfang an geplant, nicht wahr? Wo ist sie?“

Hendrik blinzelte. „Wo ist wer?“

„Ihre Mutter. Der Finger ist ihrer, oder etwa nicht?“

Hendrik öffnete den Mund, schloss ihn wieder und lehnte sich weit nach vorn. Er blickte Marc aus weit aufgerissenen Augen an. „Könnten Sie mir bitte noch einmal sagen, was Sie mir eigentlich anlasten? Und was, zum Teufel, ist mit meiner Schwester geschehen?"

„Ich laste Ihnen an, vier Morde begangen zu haben. Fünf, falls Ihre Mutter ebenfalls schon tot ist. Wo ist sie?", fragte Marc erneut.

„Ich habe meine Mutter seit 27 Jahren nicht mehr gesehen. Meine Schwester seit 25 Jahren nicht."

„Sind Sie da sicher?", fragte Marc eisig.

„Natürlich bin ich sicher!", fuhr Hendrik ihn an und zeigte für eine Sekunde eine aufbrausende Seite, die man auf den ersten Blick bei diesem schmächtigen Mann nicht erwarten würde.

Marc lehnte sich vor und starrte Hendrik konzentriert an.

Der atmete tief durch, fuhr sich durch die Haare und war sofort wieder ruhig. „Glauben Sie, man vergisst den Tag, an dem die eigene Mutter einen verlässt? Es war ein Dienstagnachmittag, ich war acht Jahre alt und kam gerade von der Schule nach Hause. Wahrscheinlich sollte ich dankbar sein, dass sie zumindest gewartet hat, bis ich da war, um sich von mir zu verabschieden." Hendrik lachte schnaubend, lehnte sich wieder zurück und verschränkte die Arme vor der Brust.

„Sie scheinen nicht sehr schockiert darüber zu sein, dass Ihre Schwester und möglicherweise auch Ihre Mutter ermordet wurden."

„Ich kann nicht behaupten, dass das ein großes Loch in mein Leben reißt, nein. Die Löcher wurden vor langer Zeit in mein Leben gerissen. 1995 und 1997."

„Sie klingen wütend."

„Ich klinge fassungslos. Fassungslos darüber, dass Sie mich als Serienmörder bezeichnen. Ich bin Sozialarbeiter!"

„Soll das ein Argument sein?"

„Ja!"

„Erzählen Sie mir von Ihrem Vater."

„Er war ein Arschloch. Er hat mich an meinem 18. Geburtstag rausgeworfen."

„Zu ihm hatten Sie also auch keinen Kontakt mehr?"

„Nein."

„Sie hatten zu Ihrer gesamten Familie keinen Kontakt mehr? Seit Ihrem 18. Geburtstag? Das klingt ein bisschen weit hergeholt, finden Sie nicht?“

„Nein, finde ich nicht. Meine Mutter hat die Familie verlassen, meine Schwester ebenfalls. Ich war ein paar Jahre allein mit einem gewalttätigen, versoffenen Vater, der mich am Tag meiner Volljährigkeit vor die Tür gesetzt hat. Wen von ihnen allen sollte ich Ihrer Meinung nach vermisst haben? Ich war besser dran ohne sie.“

Marc nickte nachdenklich. „Und Ihr Bruder?“

Hendrik hob seine Augenbrauen. „Franz junior?“ Er zuckte mit den Schultern. „Ich kann mich kaum an ihn erinnern. Ich war sechs Jahre alt, als er starb. Ich war oft krank als Kind, habe viel Zeit bei Ärzten verbracht, ich hatte keine Bindung zu meinem großen Bruder. Er war zehn Jahre älter als ich, das ist in Kinderjahren ein ganzes Leben. Was ich weiß, ist, dass sein Tod die Familie zerstört hat. Meine Eltern sind nicht drüber hinweggekommen.“

„Es ist hart, ein Kind zu verlieren.“

„Das gibt Eltern nicht das Recht, ihre anderen beiden Kinder zu vernachlässigen, oder?“

Marc versuchte, das, was er hörte, einzuordnen. Hendrik war undurchdringlich. Er gab zwar bereitwillig Antworten, schien weder verschlossen noch besonders zurückhaltend zu sein. Im Gegenteil, er antwortete offen, selbst wenn das bedeutete, dass er sich noch verdächtiger machte. Doch so glaubhaft Hendrik auch wirkte, Marcs Erfahrung warnte ihn, dass all dies auch eine Show sein könnte.

„Sagen Sie mir einfach, wann die ganzen Morde passiert sind“, bat Hendrik ihn und schaffte es, gleichzeitig genervt und gelangweilt zu klingen. „Letztendlich geht es doch ohnedies nur um Alibis, oder? Ich kann Ihnen hundert Mal versichern, dass ich es nicht war. Ich muss es beweisen.“

Marc nickte. „Richtig.“

Er stand auf, verließ das Verhörzimmer, holte die Akten aus seinem Büro und kam wieder zurück. Er öffnete einen Ordner und schob ihn über den Tisch. „Das sind die fraglichen Entführungs- und Todeszeitpunkte der ersten drei Opfer. Wir haben den pathologischen

Bericht zu Ihrer Schwester noch nicht erhalten. Sie wurde erst heute gefunden."

„Wo?", fragte Hendrik mit Blick auf den Ordner vor sich.

„Auf dem Hof Ihrer Familie."

Hendrik schnaubte. „Kein Wunder, dass Sie mich verdächtigen. Würde es Sie beruhigen, wenn ich Ihnen versicherte, dass ich diese drei Namen noch nie zuvor gehört habe?"

„Nein. Außerdem bin ich sicher, dass Sie sie schon das ein oder andere Mal gehört haben. Hilke Rosnig war die Richterin, die Ihrem Vater das Sorgerecht zugesprochen hat."

Hendrik hob kurz den Blick. Er nickte einmal. „Und weiter? Glauben Sie, dass ich in das Verfahren eingebunden war? Ich war viel zu klein. Da müssen Sie schon meine Schwester …" Er brach ab und schluckte hörbar. Er starrte wieder auf die Liste vor sich. „Arthur Göplitz? Wer war das? Der Anwalt?"

„Nein. Er arbeitete für die Bank, die für die Kreditvergabe der Schweinefarm zuständig war."

„Aha. Und den soll ich kennen? Noch einmal, ich war ein Kind, als das alles passierte."

„Viola Binder war Stadträtin."

„Vivi", sagte Hendrik.

„Bitte?"

„Das könnte Vivi sein. Eine Freundin meines Vaters. Vielleicht hatten die auch etwas miteinander, keine Ahnung. Sie haben sich oft getroffen, nachdem meine Mutter verschwunden war."

„Also kennen Sie sie?"

Hendrik schüttelte den Kopf und schob den Aktenordner von sich. „Nur den Namen. Von meiner Schwester. Die hat weitaus mehr mitbekommen als ich. Ich bin meinem Vater aus dem Weg gegangen, wann immer ich konnte."

„Wieso?"

„Weil er ein Arschloch war", antwortete Hendrik mit einer Gewissheit, als wolle er Marc erklären, dass eins plus eins gleich zwei war. „Hören Sie, ich arbeite meist sieben Tage die Woche. In meiner Wohnung finden Sie meinen Kalender. Da stehen alle Termine und

Arbeitszeiten drin, alle Besuche, alle Besprechungen.“ Er tippte auf die Liste. „Ich bin sicher, dass ich zu diesen Zeitpunkten gearbeitet habe. Auswendig weiß ich es natürlich nicht. Aber da ich so gut wie immer arbeite …“

„Keine freien Tage? Ist das überhaupt erlaubt?“

Hendrik legte den Kopf schief und betrachtete Marc mit einem Blick, als sei dieser schwer von Begriff. „Ich bin Sozialarbeiter. Wir arbeiten, wenn wir gebraucht werden. Es ist nicht gerade ein Nine-to-five-Job. Sie sollten wissen, wovon ich spreche, oder?“

Marc griff zum Ordner, zog ihn zu sich, klappte ihn zu und stand auf. „Wir werden das überprüfen.“

„Tun Sie das.“

„Wir müssen Sie so lange hierbehalten.“

„In Ordnung. Aber wenn die Alibis passen, müssen Sie mich gehen lassen, oder?“

Marc hob die Augenbrauen und bedachte Hendrik mit einem warnenden Blick. „Ich muss gar nichts.“

„Sie müssen sich an das Gesetz halten. Sie können mich hier nicht beliebig festhalten. – Hören Sie, es tut mir leid, dass Sie diese furchtbare Mordserie aufklären müssen. Aber ich habe Klienten. Die zählen auf mich. Ich kann nicht einfach nicht auftauchen, verstehen Sie? Ich habe eine Verantwortung.“

Hendrik sprach diese Worte mit solch einer Inbrunst aus, dass Marc kaum eine passende Reaktion darauf einfiel. Er nickte knapp, wandte sich um und ging nach draußen. Dort stieß er fast mit Ralf zusammen.

„Und?“, fragte dieser.

„Keine Ahnung. Ich habe absolut keine Ahnung. Er muss es sein, oder? Es gibt keine andere Spur.“

„Weil nicht sein kann, was nicht sein darf?“, fragte Ralf und klopfte Marc abermals auf die Schulter.

„So was in der Art. Wir fahren in seine Wohnung.“

„Ich habe bereits einen Durchsuchungsbefehl beantragt.“

„Scheiß auf den Durchsuchungsbefehl. Sagen wir, ich habe die Einwilligung erhalten, die Wohnung zu betreten.“

27. Kapitel

„Wo ist er?“, fragte Frieda gehetzt, als sie das Besprechungszimmer betrat.

„Wir mussten ihn gehen lassen“, gab Marc zurück. Er sah aus wie ein Häufchen Elend.

„Aber ich habe noch nicht mit ihm gesprochen!“, gab Frieda aufgebracht zurück.

„Ich habe dir gesagt, du musst so schnell wie möglich kommen, Frieda!“, fuhr Marc sie an.

„Ich hatte zwei Gerichtstermine, die kann ich nicht einfach verschieben. Ich verschiebe ohnedies schon genug.“ Frieda setzte sich an den Besprechungstisch und blickte sich um. „Wo sind alle?“, fragte sie.

„Befragungen“, antworteten Ralf und Marc gleichzeitig.

„Wieso musstet ihr Hendrik gehen lassen?“

Als Marc nicht gleich antwortete, sprang Ralf ein. „Er konnte für jeden einzelnen Zeitraum ein Alibi vorweisen. Das war schon aus seinem Arbeits- und Terminbuch ersichtlich und wurde dann auch noch von seinem Arbeitgeber und von jedem einzelnen Klienten bestätigt. Als wir zurück im Revier waren, stand bereits sein Anwalt hier.“

„Verfluchte Anwälte“, murmelte Marc und versetzte einem der Aktenordner einen kräftigen Stoß mit der Hand.

„Welchen Eindruck hattest du von ihm?“, fragte Frieda weiter.

Marc seufzte. „Ich weiß es nicht. Er hat ganz normal gewirkt. Er war aufgebracht, aber das ist jeder, der hier landet, unabhängig davon, ob er schuldig ist oder nicht. Er wirkte weder nervös noch besonders verschlossen. Das Einzige, was ihn wirklich aufgeregt zu haben schien, war die Befürchtung, seine für heute angesetzten Kliententermine zu verpassen.“

„Klienten?“, fragte Frieda.

„Er ist Sozialarbeiter“, erklärte Ralf.

„Er hat ein rotes Paket erhalten“, sagte Marc. Er klang erschöpft und – was noch viel schlimmer war – resigniert.

„Das kann er sich auch selbst geschickt haben“, gab Ralf zu bedenken.

„Aber wenn es zwei Täter sind, sagen seine Alibizeiträume doch nichts aus!“, sagte Frieda aufgeregt.

„Das habe ich dem Anwalt auch erklärt.“ Marc trommelte mit den Fingern auf den Tisch. „Er meinte, er wollte Beweise für diese Behauptung sehen. Tja … die haben wir nicht.“

Frieda dachte einen Moment nach. „Was ist mit Nikolas?“

„Den mussten wir auch gehen lassen. Zeitablauf.“

„Aber er könnte involviert sein.“

„Es gab keine Verbindung zwischen ihm und den ersten drei Mordopfern.“

„Aber eine Verbindung zwischen ihm und Steffi Roederer“, erklärte Frieda.

„Und weiter?“, fragte Marc.

„Was, wenn es tatsächlich Steffi war, die Rache geübt hat? Und Nikolas hat ihr geholfen. Ihm wurde alles zu viel, und er hat sie umgebracht? Samuel hat selbst gesagt, dass da ein Unterschied war.“

„Samuel?“, fragte Ralf.

„Ihr Anrufer“, erklärte Marc ungeduldig. „Wir wissen doch überhaupt nicht, ob das, was dieser Samuel sagt, der Wahrheit entspricht. Vielleicht ist das alles nur ein Ablenkungsmanöver. Eines, das ziemlich gut geklappt hat, möchte ich hinzufügen.“ Marc stierte Frieda eisig an.

„Was soll das heißen?“, fragte sie.

„Das soll heißen, dass dich die Anrufe sehr beschäftigt haben. Oder etwa nicht?“

Frieda wandte den Blick ab. Sie griff zu einem der Ordner und zog ihn zu sich. Marc hatte recht. Sie war sehr auf den Anrufer fixiert gewesen, hatte sich immer wieder Gedanken gemacht. Ja, sie hatte sich sogar Sorgen um ihn gemacht. Lag Marc richtig? Waren die Anrufe nur ein sehr gelungenes Ablenkungsmanöver gewesen, um Frieda beschäftigt zu halten?

„Ich weiß nicht …“, sagte sie leise, ohne den Blick zu heben.

„Es ist plausibel, seien wir doch alle mal ehrlich!“, stieß Marc energisch aus. Er sprang auf. „Wir haben *nichts*! Wir haben keine DNA, keine Fingerabdrücke, und alle Spuren, die wir verfolgt haben, sind ins Leere gelaufen. Wir haben kein sonderlich hilfreiches Täterprofil erhalten, weil alles immer wirr und unschlüssig und doppeldeutig war. Ein Täter, zwei Täter, multiple Persönlichkeit, Paranoia. Wir haben alles durch, Frieda! Alles! Weißt du was? Ich glaube, dass das alles ein einziges Ablenkungsmanöver war. Ein verflucht geschicktes noch dazu. Die Pakete, die Finger, die Anrufe, einfach alles! Und selbst die Verbindungen, die wir aufgedeckt haben! Wisst ihr was?“

„Was?“, fragten Frieda und Ralf gleichzeitig und warfen sich einen bangen Blick zu.

„Ich glaube, all das hier“, Marc machte eine ausladende Geste, die den Tisch, alle darauf befindlichen Ordner und alle im Raum befindlichen Personen umfasste, „war umsonst. Ich glaube, dass wir es mit einem Sadisten zu tun haben, jemandem, der einfach gerne mordet. Und er hat gute Vorarbeit geleistet, oh ja. Er hat sich eine super Story ausgesucht, hat die Personen perfekt ausgewählt. Vermutlich hat er nicht mal etwas mit dem Scheiß-Hof zu tun! Vielleicht ist er einfach in der Gegend dort aufgewachsen, hat miterlebt, was für eine Familientragödie das alles war, hat währenddessen fröhlich Tiere gequält oder was auch immer es ist, was Sadisten hobbymäßig im Kindesalter machen, und hat gewartet. Er hat gewartet. Das tun diese Irren doch, oder, Frieda? Sie warten, bis der Drang groß genug wird.“

Marc war mit seinem Ausbruch fertig und ließ sich auf einen beliebigen Stuhl fallen. Frieda starrte ihn an und musste sich eingestehen, dass alles, was Marc gerade gesagt hatte, plausibel klang. Es wäre ein Armutszeugnis für ihn und für sie und für das ganze Ermittlungsteam, wenn Marc recht hätte. Aber es war plausibel.

Ein Ablenkungsmanöver. Spuren im Sand. Brotkrümel für die gierigen Ameisen, die nicht in eine, sondern in tausende Richtungen durch einen schier unüberblickbaren Wald führten. Und sie waren diesen Brotkrümeln gefolgt. Bereitwillig und eifrig. Die Krümel hatten zu Steffi und letztendlich zu Hendrik geführt. Sie hatten genau dorthin geführt, wo sie hatten hinführen sollen. Nur, dass Hendrik Alibis hatte und sonst weit und breit kein Verdächtiger zu sehen war.

„Wir sollten noch einmal mit Nikolas sprechen“, sagte Frieda dennoch.

Etwas an ihm ließ sie nicht los. Etwas an seiner Aussage, an der Art und Weise, wie er über Steffi und deren Vergangenheit gesprochen hatte. Er wusste etwas.

„Ich kann ihn nicht noch einmal festnehmen. Nicht ohne weitere Beweise“, sagte Marc.

„Vielleicht spricht er freiwillig mit mir. Er und Hendrik. Du sagtest doch, Hendrik hat bereitwillig Antworten gegeben.“

„Was soll das bringen, Frieda?“, fragte Marc.

Frieda hob den Arm und ließ die flache Hand mit voller Wucht auf die Tischplatte sausen. Marc und Ralf zuckten zusammen. „Das hört jetzt auf!“, rief sie und funkelte Marc an.

„Was ist in dich gefahren?“, maulte der.

„Diese ... diese ... Resignation! Wenn du eine Midlife-Crisis hast, bade sie zu Hause aus. Wenn dich dein Job erschöpft, nimm dir Urlaub. Aber hier und jetzt hast du eine Aufgabe, Marc! Und du gibst nicht auf, bis wir diesen Fall gelöst haben!“ Frieda sprang auf. „Vier Leichen, Marc! Vier Leichen! Jemand ist dafür verantwortlich. Und wir finden ihn! Und wenn das bedeutet, dass wir alle Akten von vorn durchforsten, jede Befragung noch einmal durchführen, jedes Gesprächsprotokoll noch einmal studieren müssen! Wir! Finden! Ihn!“

Marc und Ralf tauschten einen Blick aus.

„Schön“, sagte Marc und richtete sich auf. „Du hast recht. Sprich noch einmal mit Hendrik und Nikolas, wenn du das für wichtig hältst. Und dann gehen wir die Akten durch.“

„Ohne vorgefasste Ideen“, warf Ralf ein.

„Ja.“

Frieda ließ sich wieder auf ihren Stuhl sinken. „Gut.“ Sie nickte zufrieden. „Aber eine vorgefasste Idee würde ich gerne noch überprüfen.“

„Welche?“, fragten Marc und Ralf.

„Nun … es ist vielleicht nur ein sehr dünner Strohhalm und vielleicht, ja, vielleicht ist alles gelogen. Vielleicht ist alles ein Ablenkungsmanöver. Aber ich will ihn dennoch überprüfen.“

„Wen?“, fragte Marc.

„Samuel.“

Frieda griff zu einem Ordner und schob Ralf und Marc die anderen beiden zu. „Prüft alle Listen noch einmal. Seht nach, ob ein Samuel darin vorkommt.“ Die beiden sahen sie skeptisch an. Sie machte eine ungeduldige Geste. „Macht schon! Manchmal muss man sich an einen Strohhalm krallen, selbst wenn er noch so dünn ist.“

Sie alle beugten sich über den jeweiligen Ordner, der vor ihnen lag. Frieda hatte jenen der Richterin, Marc jenen von Arthur Göplitz, Ralf den von Viola Binder. Seitdem sie mit den Recherchen und Befragungen begonnen hatten, waren alle drei Akten noch viel dicker geworden. Neben Zahlen und Fakten waren auch allerlei Hintergrundinformationen herangeschafft worden, was das Ganze zu einer mühseligen Detailsuche verkommen ließ.

Marc stand auf. „Ich hole die Laptops.“

Frieda nickte, während sie weiter mit dem Zeigefinger Zeile um Zeile entlangstrich. Sie fokussierte sich auf jene Zeit, in die auch der Sorgerechtsfall um Hendrik und Steffi gefallen war. Sie konnte nicht mit Sicherheit sagen, wieso, sie hatte nur so ein Gefühl. Das, was Marc vorhin gesagt hatte, hatte sie auf eine Idee gebracht. Nachbarn. Altersgenossen.

Leidensgenossen.

Samuel hatte so etwas bei einem der Telefonate angedeutet. Dass er nicht mehr alleine gewesen war. Dass er jemanden gefunden hatte, jemanden, der ihn verstand. Frieda hatte das bisher auf die Fantasien selbst bezogen, aber vielleicht war es ja viel wörtlicher gemeint gewesen? Vielleicht …

„Da!“, stieß sie aus.

Ralf blickte auf. „Hast du etwas gefunden?“

Marc betrat den Besprechungsraum und stellte zwei Laptops auf den Tisch.

„Peter S. Pikisch. Da ist eine Kopie seines Passes beigefügt, und aus dem ergibt sich, dass das S. für Samuel steht. Sein zweiter Name. Sieh dir das an.“

Marc beugte sich über die Akte und betrachtete die Passkopie. „Kann ein Zufall sein“, gab er zu bedenken.

„Gehen wir einfach mal für eine Sekunde davon aus, dass es keine Zufälle gibt, *okay*?“ Frieda stierte Marc an und deutete ungeduldig auf die Laptops. „Gebt den Familiennamen ins System ein, los!“

Marc und Ralf taten wie geheißen, während Frieda ungeduldig mit den Nägeln auf die Tischplatte klopfte und abwechselnd Marc und Ralf anstarrte.

„Da ist er“, sagte Marc plötzlich. Er hob den Kopf und strahlte Frieda an. „Familie Pikisch. Kreditvergabe für Hausbau. Im selben Ort, in dem der Roederer-Hof steht.“

Sie alle drei tauschten einen Blick aus. „Familie Pikisch, Insolvenzverfahren“, las Ralf vor, den Blick starr auf den Laptop gerichtet. Langsam hob er den Kopf und blickte Frieda an. „So viele Zufälle gibt es nicht. Niemals.“

„Meine Worte“, erklärte Frieda und lächelte Marc triumphierend an.

„Okay. Finden wir diesen Samuel!“, sagte Marc entschlossen.

Alle drei sprangen auf. Da klingelte Friedas Handy. Es war Lotte, ihre Assistentin.

„Lotte, ich kann jetzt nicht, ich …“

„Er ist dran, Frau Doktor!“

Frieda blieb wie erstarrt stehen. Marc und Ralf drehten sich zu ihr um.

„Wer?“, fragte Frieda tonlos.

„Ihr geheimnisvoller Anrufer! Der Mann mit der Kannibalismus-Akte! Er hat direkt bei Ihrer Durchwahl angerufen, aber Sie sind nicht da, und ich …“

„Stellen Sie durch! Sofort!“

Frieda hörte ein Klicken, dann wurde es plötzlich ohrenbetäubend laut. Frieda riss erschrocken die Augen auf. „Samuel? Samuel, bist du das?“

„Aaaaaah! Hilfe! Bitte! Ich glaube … ich …“

„Samuel!“, schrie Frieda entsetzt.

Doch er hatte bereits wieder aufgelegt. Frieda starrte auf das Display. Sofort waren Marc und Ralf an ihrer Seite. Marc nahm ihr behutsam das Handy aus der Hand.

„Er hat von seinem Handy angerufen“, sagte Marc.

Frieda schüttelte wie benommen den Kopf. Erst mit etwas Verzögerung drangen Marcs Worte zu ihr durch. „Was?“

„Er hat dieses Mal von seinem Handy angerufen, Frieda! Sieh doch aufs Display!“

Frieda blickte zwischen Marc und Ralf hin und her. „Ortet es! Sofort!“

28. Kapitel

„Er ist weggelaufen. Er ist geflohen. Er ist verletzt“, sagte Frieda zum wohl zehnten Mal innerhalb der letzten zwanzig Minuten.

Marc wollte sie beruhigen, war aber selbst viel zu aufgeregt. Er hatte das Brüllen selbst gehört, die Panik, die Angst, die Schmerzen. Das war nicht gestellt. Niemand konnte so schauspielern.

Oder?

Vielleicht waren sie doch von Anfang an auf der richtigen Spur gewesen, hatten sich aber zu schnell wieder davon abbringen lassen. Hendrik. Nikolas. Samuel.

So viele Zufälle gibt es nicht, hatte Ralf gesagt, und Marc war geneigt, dem zuzustimmen. Er war ebenso geneigt, sich an besagten Strohhalm zu klammern, denn der war alles, was sie hatten. Marc sah immer noch die Möglichkeit eines Ablenkungsmanövers, doch noch war er nicht bereit, seinen Strohhalm aufzugeben.

Noch nicht.

„Haben wir die Adresse?“, fragte er zum wiederholten Male.

„Nur, weil du zehn Mal nachfragst, geht es nicht schneller“, erklärte sein Kollege von der IT.

„Sorry, es ist nur so, dass wir glauben …“

„… dass jemand verletzt ist. Ja, habe ich kapiert. Ich kann trotzdem nicht zaubern. Gib mir fünf Minuten.“

„Das hast du schon vor fünf Minuten gesagt.“

„Dann gib mir weitere fünf. Weißt du was? Setz dich da rüber.“ Marcs Kollege deutete ungeduldig auf einen Stuhl am anderen Ende des Raums, wo auch Frieda und Ralf saßen. Marc trottete hin, weil ihm selber bewusst war, wie störend seine Anwesenheit sein musste. Doch er konnte nicht anders. Vielleicht hatte Frieda den Anrufer tatsächlich dazu bewogen, zu fliehen. Vielleicht brachte dieser eine Anruf die Kugel endlich ins Rollen!

Marc setzte sich und blickte zur Seite. Ralf war ruhig wie immer, während Frieda nervös mit den Fingern an ihrer Halskette nestelte.

„Wir finden ihn schon“, versuchte Marc, sie zu beruhigen.

„Ich hätte ihm helfen müssen“, sagte Frieda, den Blick starr geradeaus gerichtet.

„Du hättest nicht mehr tun können. Er war …“ Ja, was eigentlich? Noch immer war Marc sich nicht ganz sicher, was überhaupt passiert war. War Samuel der Täter? War Samuel selbst ein Opfer? Und wenn Samuel ein Opfer war, wer war dann der Meister? So viele Fragen rasten durch seinen Kopf und führten zu dem einen Menschen, der sie vielleicht beantworten konnte.

„Ich habe weiter im System recherchiert“, sagte Ralf. Erst jetzt sah Marc, dass auf seinem Schoß ein Laptop lag. „Das Sorgerechtsverfahren rund um Peter Samuel Pikisch war nicht weiter spektakulär, aber es war von derselben Richterin wie Hendriks. Und die Kreditvergabe … die war an sich auch alles andere als spannend.“

„Aber?“, fragte Marc, weil er Ralf ansah, dass er auf etwas hinauswollte.

„Die Stadträtin, Viola Binder, war für die Genehmigung eines Industriezentrums verantwortlich. Dadurch wurden im Laufe der Jahre viele Kleinbetriebe geschädigt. Einer dieser Betriebe gehörte der Familie von Peter Samuel Pikisch. Sie mussten Insolvenz anmelden, konnten die Kreditraten für das Haus nicht mehr bezahlen, mussten umziehen und, wie ich mir vorstellen kann, bei null beginnen. Dann kam die Scheidung, dann das Sorgerechtsverfahren.“

„Also gab es auch hier ein Motiv.“

Ralf nickte nachdenklich.

„Ich hab’s“, rief der Kollege von der IT und winkte Marc zu sich, bevor der weiter darauf eingehen konnte.

Sie alle drei sprangen auf und eilten durch den Raum. Marc war als Erstes beim Computer, zückte sein Handy und speicherte die Adresse, die bei der Handyortung angezeigt wurde. Er drehte sich schon wieder um und wollte nach draußen laufen, als Ralf nach ihm rief.

„Warte.“

„Was ist?“, fragte Marc ungeduldig. „Wir müssen los.“

„Ja. Aber … ich kenne die Adresse."

Marc hob die Augenbrauen. „Woher? Aus der Aktenliste? Mir kam sie nicht bekannt vor."

„Ja, weil er ja schon hier gewartet hat."

„Was? Wer?"

Ralf hob den Kopf. „Hendrik. Das ist Hendrik Roederers Adresse."

Marc brauste durch Viden, Ralf neben sich, Frieda auf der Rückbank.

„Bist du sicher?", fragte Frieda.

„Ja, ich bin sicher", bestätigte Ralf erneut. „Marc war gerade im Stall, als das Team die Informationen sammelte. Wir sind direkt ins Revier gefahren, weil Hendrik dort bereits im Verhörraum saß. Aber mir wurde seine Wohnadresse übers Telefon gesagt. Es war diese Adresse."

Marc schüttelte den Kopf. „Ich wusste, wir hätten ihn nicht gehen lassen sollen."

„Wir hatten keine Wahl", beruhigte Ralf ihn.

„Er wird doch beschattet, oder?", fragte Frieda unruhig. „Ihr habt Kollegen vor seinem Haus?"

„Ja, natürlich. Aber es ist ja nicht so, als wäre er in Gefangenschaft. Er geht einem Job nach. Ich …" Marc brach ab. Er sorgte sich vor dem, was er gleich bei der angegebenen Adresse vorfinden würde. „Warten wir einfach ab."

Es brauchte über zwanzig Minuten, bis sie am anderen Ende von Viden ankamen. Hendrik wohnte in einem kleinen Einfamilienhaus am Rande der Stadt. Das Haus war unauffällig und wirkte gepflegt. Marc parkte direkt vor der Einfahrt und blickte in den kleinen Vorgarten.

„Du bleibst hier", sagte er an Frieda gewandt.

„Was? Aber …"

Er wandte sich abrupt um. „Du bleibst hier! Gleich müsste die Rettung kommen. Verstärkung ist ebenfalls angefordert. Ich will nicht, dass du dich in Gefahr begibst. Wir wissen nicht, was uns dort drin erwartet."

Bevor Frieda etwas erwidern konnte, stieg Marc aus dem Wagen und zog seine Waffe. Ralf gab ihm Deckung, während er die Haustür ansteuerte. Marc hielt seine Waffe schussbereit und blickte immer wieder zu den beiden Fenstern neben der Haustür, um zu registrieren, ob sich etwas bewegte. Als er vor der Haustür stand, nickte er Ralf zu. Der lief zu ihm und hielt die Waffe im Anschlag, während Marc vorsichtig zur Türklinke griff.

Die Tür ging mühelos auf.

Marc und Ralf betraten das kleine Haus. Alles war still, nichts rührte sich. Die beiden standen in einem kleinen Vorraum, von dem links und rechts zwei Türen in weitere Zimmer führten. Beide waren bloß angelehnt. Ralf nickte nach links, Marc wandte sich nach rechts. Mit dem Fuß stieß er die Tür auf und hielt die Waffe mit durchgestreckten Armen vor sich.

Vor ihm befand sich das Wohnzimmer. Auch hier war es ruhig. Marcs Blick ging durch den Raum und blieb am Ende der großen dunklen Couch hängen. Die Waffe weiter im Anschlag haltend, betrat er langsam den Raum. Als er ein paar Schritte gegangen war, sah er es.

Blut.

Der ganze Fußboden hinter der Couch war eine einzige Blutlache. Marc ging vorsichtig darauf zu und blickte hinter die Couch. Er sah zuerst die Füße, dann den Rest des Körpers. Der junge Mann lag in seinem eigenen Blut. Sein Hemd war aufgerissen, sein Kopf lag unter einem Couchkissen. Marc kniete sich hin, hielt die Waffe mit einer Hand und fasste mit der anderen an die Halsschlagader.

Er lebte noch.

Marcs Blick glitt über den Oberkörper. Der Mann war niedergestochen worden. Ein kräftiger Stich mitten in den Bauch. Nicht tödlich per se, aber wenn die Rettung nicht bald kam, würde der Blutverlust sein Übriges tun. Marc sah, dass ein Finger des Mannes zuckte. Er griff vorsichtig nach dem Couchkissen, zog es ihm vom Kopf und erstarrte.

Er blickte in offene, klare Augen.

„Es … es … tu… tut mir … leid“, sagte der Mann heiser. Seine Lippen zitterten. Sein Blick war starr auf Marc gerichtet. Ein Blick, den Marc kannte.

Es war Hendrik, der vor ihm lag.

29. Kapitel

FRIEDA saß an Hendriks Krankenbett. Sie starrte ihn an, versuchte, zu verstehen, was passiert war. Marc hatte Hendrik gefunden, niedergestochen, der Ohnmacht nahe. Er hatte nur noch einen Satz über die Lippen gebracht, bevor er tatsächlich ohnmächtig geworden war.

Es tut mir leid.

Was tat Hendrik leid? Dass er gelogen hatte? Dass er sich für Samuel ausgegeben hatte? Oder dass er gemordet hatte?

Keine von diesen Fragen hatte er bislang beantworten können. Er war von der Rettung geholt und direkt in den Operationssaal gebracht worden. Die Operation hatte mehrere Stunden gedauert, doch sie war gut verlaufen. Hendrik war von der Intensivstation bald auf die Aufwachstation verlegt worden, und hier saß Frieda nun und wartete.

Marc und sein Team fahndeten nach Samuel – dem echten Samuel. Zwei Polizisten standen vor dem Krankenzimmer und bewachten Hendrik. Nicht, dass dieser in der Lage gewesen wäre, zu fliehen, dachte Frieda nun und starrte auf die Infusionsfläschchen, die an Hendriks Arm hingen.

Er sah so unschuldig aus, fand Frieda. Mehr wie ein Kind als wie ein Mann Mitte 30. Zarte Gesichtszüge, blasse Haut. Wie hatte all das nur passieren können?

Sie schüttelte den Kopf und strich vorsichtig mit den Fingern über Hendriks Handrücken. Sie kannte die Antwort auf diese Frage. Sie wusste, wie schwer es für psychisch kranke Menschen war, Hilfe anzunehmen. Hendrik hatte von klein auf nur Leid gekannt. Ein toter Bruder, eine verschwundene Mutter, ein gewalttätiger Vater. Er war es gewöhnt, sich in seine eigene Welt zurückzuziehen, Dinge alleine mit sich auszumachen.

Frieda wusste nicht, wann und wo er Samuel über den Weg gelaufen war. Doch der musste Hendrik wie ein Schutzengel erschienen sein.

Sie waren im selben Ort aufgewachsen, hatten in denselben Kreisen verkehrt, nur ein paar Lebensjahre trennten die beiden. Marc hatte Frieda Samuels Akte per E-Mail geschickt, und sie hatte sie in der Zwischenzeit studiert. Auch Samuel hatte einen Leidensweg hinter sich, wenngleich sie alle noch nicht genau wussten, wie dieser ausgesehen hatte. Frieda konnte sich vorstellen, dass er wohl recht ähnlich war. Vielleicht war auch Samuels Vater gewalttätig gewesen. Frieda konnte sich bei alldem noch nicht erklären, was dies mit Kannibalismus zu tun hatte. Aber sie würde es wohl bald herausfinden. Bald …

Hendriks Finger zuckte. Frieda hob den Kopf und sah, dass er wach war. Er blickte sie an.

„Du bist es“, sagte er mit heiserer Stimme.

Sie nickte, griff nach einem Trinkbecher und hielt ihn Hendrik an die Lippen. Der nahm ein paar Schlucke und sah Frieda dann wieder an.

„Du bist hier“, sagte er.

„Ja. Ich habe doch gesagt, dass ich dir helfen werde.“

„Sie werden mich verhaften, oder? Es wäre besser, wenn ich tot wäre. Ich kann nicht ins Gefängnis.“

„Niemand ist je besser dran, wenn er tot ist, Hendrik“, erklärte Frieda.

Er sah sie lange an. „Ich konnte dir meinen Namen nicht sagen.“

„Ich weiß.“

„Ich habe dir seinen gesagt.“

„Ich weiß.“

„Habt ihr ihn gefunden?“

„Noch nicht.“ Frieda sah Hendrik nachdenklich an. „Weißt du, wo er ist?“

Hendrik starrte vor sich hin. Sein Blick ging ins Leere. „Er hat mich angegriffen.“

„Ja.“

„Er hat mich zum Sterben zurückgelassen. So, wie du es prophezeit hast. Ich hätte auf dich hören sollen.“

„Ich kann dir immer noch helfen, Hendrik. Es ist alles okay. Jetzt wird alles gut."

„Versprochen?" Er wandte ihr den Blick zu.

Sie nickte knapp. „Erzähl mir, was passiert ist."

Hendrik senkte seinen Blick und starrte auf seine Finger. „Es ist schwer für mich, darüber zu reden. Der Meister … ich meine … Samuel … Er hat mir … Er hat mir einen einfacheren Weg gezeigt."

„Dieser Weg war nicht einfacher. Und er hat dir auch nicht weitergeholfen. Oder hast du das Gefühl, dass die Erinnerungen an damals dich jetzt weniger verfolgen?"

Hendrik blickte sie kurz an. „Nein." Er schluckte. „Es war wirklich ungerecht, weißt du? Ich konnte nichts für den Tod meines Bruders. Es war ein Unfall. Aber er war der große starke Bruder, derjenige, der den Hof übernehmen sollte. Ich war immer nur ein Schwächling in den Augen meines Vaters. Aus seiner Sicht hat der falsche Sohn unter dem Traktor gelegen, und das hat er mich spüren lassen. Jeden Tag. Er wollte mich abhärten. Er wollte mich so hart machen, wie mein Bruder es gewesen ist."

„Mit Schlägen?"

Hendrik schnaubte. „Wenn es nur das gewesen wäre, wäre ich damit klargekommen. Nein, nicht mit Schlägen. Die Schläge haben Steffi und meine Mutter bekommen. Ich habe eine andere Behandlung erhalten. Ich sollte doch den Hof übernehmen." Hendrik warf ihr einen vielsagenden Blick zu.

„Was heißt das?", fragte Frieda, obwohl ihr langsam eine Idee kam, worauf er hinauswollte.

„Mir haben die Tiere immer leidgetan. Das Witzige ist, dass ich schon lange Vegetarier bin." Er lachte kurz auf, doch da war keine Erheiterung zu spüren, nur Bitterkeit. „Ich wollte schon als Kind kein Fleisch essen. Also hat er mich gezwungen."

„Gezwungen?"

Hendrik nickte nachdenklich. „Sie zu schlachten. Und wenn ich mich weigerte, hat er mich gezwungen, das … das Blut …" Er brach ab und schüttelte den Kopf. „Ich habe mich mehr als nur einmal in diesem verfluchten Stall übergeben. Er hat mich ausgelacht, das

Schwein vor meinen Augen ausgeweidet und mir ein Organ hingehalten."

Und da war sie, dachte Frieda und starrte Hendrik entsetzt an. *Die Verbindung zum Kannibalismus.*

„Ich habe Zwangsstörungen entwickelt. Ich war als Kind schon sehr sensibel, musste ständig zu Ärzten, ständig wegen irgendetwas behandelt werden. Es wurde viel schlimmer, als meine Mutter und dann auch noch Steffi verschwanden. Ich war ein Nichts für meinen Vater. Er hat mich nicht einmal mehr beachtet. Jeder Versuch, ihn stolz zu machen, ging ins Leere. Also hat er mich rausgeworfen."

Frieda nickte. „Das tut mir leid."

Hendrik blickte sie lange an. „Es tut dir leid?"

„Ja. Dass du das alles erfahren musstest. Niemand sollte so viel Leid ertragen müssen."

„Wieso widere ich dich nicht an? Du hast die Leichen doch gesehen."

„Weil ich glaube, dass du Hilfe brauchst. Weil ich glaube, dass du nicht du selbst warst, als du mitgemacht hast. Weil ich glaube, dass du missbraucht wurdest. Schon wieder."

„Samuel wollte mir helfen", bekräftigte Hendrik, doch Frieda hörte den Zweifel in seiner Stimme.

„Nein. Wollte er nicht", sagte sie leise und griff nach Hendriks Hand. „Da bin ich mir ganz sicher, Hendrik." Sie pausierte kurz und dachte einen Moment nach. „Sonst hätte er sich andere Opfer gesucht."

Hendrik zuckte zusammen und entzog ihr seine Hand. „Was soll das heißen?"

Frieda atmete tief ein. „Die ersten drei Opfer, die haben euch beide betroffen. Nenn es Zufall oder Schicksal. Vermutlich hat er einfach gut recherchiert. Wo hat er dich aufgespürt? Online?"

Hendrik zuckte mit den Schultern und schwieg. Frieda konnte sich ihren Teil ohnedies selber denken. Im Darknet fand man heutzutage die widrigsten Chatrooms. Für jeden Fetisch, jede Fantasie gab es eigene Communitys. Frieda wusste nicht, was Samuels Beweggründe gewesen waren, aber ein Wort, das Marc in den Mund genommen hatte, kam ihr in den Sinn.

Sadist.

Ja, es gab sie. Es gab böse Menschen, denen es einfach nur darum ging, Böses zu tun. Seit jeher fragte die Gesellschaft nach dem Warum, allen voran die Psychologie. Doch die brutale Wahrheit war, dass es nicht immer eine Begründung gab. Manche Menschen kamen ohne Gewissen, ohne Moralvorstellungen, ohne jegliche Empathie zur Welt. Sie wurden als Sadisten bezeichnet oder als Soziopathen. In der Psychologie wurden sie als vielschichtig angesehen, als Phänomene, die es zu ergründen galt. Personen, die ein abnormes Verhältnis zur Gemeinschaft aufweisen – so wurden sie ganz pauschal genannt.

Über all das wusste Frieda nur zu gut Bescheid. Und nicht selten neigten Menschen ohne Empathie, ohne Schuldbewusstsein dazu, andere auszunutzen. Personen, die unter Ausnutzung ihrer Mitmenschen ihre eigene Lust befördern – so stand es in einem ihrer Lehrbücher.

Das war hier passiert, oder? Friedas Blick lag unverwandt auf Hendrik. Ja, dachte sie. Deshalb hatte Samuel genau diese Opfer gewählt, hatte die Brotkrümel so verteilt, dass sie zu Hendrik führten. Weil es ihm egal war, wen er umbrachte. Hauptsache, er konnte Schmerzen zufügen. Hauptsache, er konnte sich das Leiden anderer zunutze machen.

„Er hat dich ausgenutzt, Hendrik“, sprach Frieda ihre Gedanken aus.

Hendrik schüttelte schwach den Kopf, entgegnete jedoch nichts.

Wieder griff sie nach seiner Hand. „Wir werden ihn finden, und wir werden ihn bestrafen, okay?“

„Wieso wird er bestraft, aber ich nicht? Er ist auch krank, oder? Aus deiner Sicht ist er krank. Das sagst du immer in den Interviews. Und es steht in deinen Büchern. Ich habe dich ein paar Mal bei Gericht gesehen. Ich habe dir zugehört. Du glaubst, dass Menschen wie Samuel und ich krank sind. Wieso verdiene ich, dass mir geholfen wird, und er nicht?“

Weil es nun mal so ist, dachte Frieda bitter. Doch das konnte sie nicht sagen. Hendrik hatte recht. Das war ihre Philosophie. Das war sie schon immer gewesen. Frieda konnte den Gedanken nicht ertragen, dass es das Böse einfach gab. Sie musste helfen. Sie konnte nicht anders. Aber in diesem Fall war Hendrik das Opfer und Samuel war der Täter, und einer musste ins Gefängnis wandern. Ob Frieda das so sah, war unwichtig. Die Polizei sah es so. Die Angehörigen sahen es so. Und die Gesellschaft ebenfalls. Es musste einen Schuldigen geben, und hier würde es Samuel sein. Dafür würde Frieda kämpfen.

„Er hatte das Zepter in der Hand, nicht du. Er hat die Personen ausgewählt, die Morde geplant und durchgeführt. Also wird er dafür bestraft werden“, erklärte Frieda ruhig.

Hendrik nickte. „Glaubst du an Schicksal?“, fragte er leise.

„Ja.“

„Dann war es Schicksal, dass wir uns gefunden haben. Online. Wir hatten so viele Gemeinsamkeiten, dass es schon lächerlich war. Nur, dass Samuel mit seinen Ängsten und Zwängen viel besser klarkam als ich. Ich hatte es versucht, weißt du? Ich habe früh verstanden, dass es diese Ungerechtigkeit war, die mir den Atem raubte. Die mich nicht mehr schlafen ließ. Die mir diese … diese Rachegelüste bescherte. Ich dachte, wenn ich nur einen Job finde, bei dem ich für Gerechtigkeit sorgen kann …“

„Also wurdest du Sozialarbeiter?“

Er schüttelte den Kopf. „Ich wollte Polizist werden. Um gegen das Böse zu kämpfen, verstehst du? Und … ich dachte … ich hätte meinen Vater vielleicht doch noch stolz machen können. Aber ich habe die Prüfung nicht geschafft.“

Noch mehr Ungerechtigkeit, dachte Frieda. Irgendwann war das Maß voll. Vor allem, wenn weit und breit keine Hilfe in Sicht war.

„Erst dann wurde ich Sozialarbeiter. Ich dachte, das würde helfen. Aber … es hat alles nur schlimmer gemacht. Überall lief alles so unglaublich … *schief*. An allen Ecken. Immer. Ich konnte es nicht ertragen. Und die Fantasien wurden immer intensiver. Und … und die Flashbacks. Kadaver. Blut. Organe. Übelkeit. Erbrechen. Es war … Ich konnte es nicht mehr ertragen, nein.“ Er schüttelte den Kopf, entzog Frieda seine Hand und presste sie auf den Mund, als würde ihn ein Brechreiz quälen. Dann ließ er den Arm langsam sinken. Seine Hand zitterte. „Samuel hatte die Ideen. Er sagte, ich müsse die Menschen verschwinden lassen, die für meine Ungerechtigkeit verantwortlich waren. Und für seine. Er hätte den Plan schon lange gehabt, meinte er. Er hat nur auf den richtigen Moment gewartet.“ Hendrik schüttelte den Kopf. „So viel Ungerechtigkeit. Und so wenige Menschen, die für so viel Leid verantwortlich sind. Eine Richterin, die einfach über ganze Leben entscheidet. Ein Bankier, der korrupt ist und Kredite für Projekte vergibt, die es so nie geben dürfte. Eine Stadträtin, die andere zum Trinken verleitet. Sie hat seinen Vater zum Säufer gemacht.“

„Seinen?“, fragte Frieda nach.

Hendrik nickte nachdenklich. „Hat Samuels Vater zum Säufer gemacht, die Schlampe.“

Frieda schluckte. Sie rückte etwas ab und verschränkte die Arme vor der Brust. Etwas hatte sich gerade verändert. Ihr Blick ging zur geschlossenen Tür, dann wieder zu Hendrik. Nein. Da war er wieder, der hilfesuchende Blick, mit dem er sie ständig bedachte. Sie räusperte sich. „Ich dachte, Samuel hätte die Stadträtin ausgewählt, weil sie das Industriezentrum bewilligt und seine Familie damit in den Konkurs geschickt hat?“, fragte Frieda.

Hendrik hob die Augenbrauen. „Das auch“, sagte er und lächelte sanft. „Du verstehst also doch.“ Er nickte, als würde er sich diese Bestätigung selbst geben können. „Das wusste er. Er hat mir deinen Namen gegeben. Du bist eine wahre Ikone in … diesen Kreisen. Das ist der Grund, warum er dich ausgewählt hat. Er wusste, du würdest verstehen.“

Frieda stutzte. Erneut ging ihr Blick zur Tür. „Du … du hast gesagt, du hättest mich ausgewählt.“

Hendrik hob langsam den Kopf. „Was?“, fragte er ruhig.

„Am Telefon. Du hast in zwei Telefonaten gesagt, dass du mich ausgewählt hast.“

Hendrik lächelte. „Ja. Richtig. So habe ich es auch gemeint.“

Frieda stand langsam auf. Hendriks Blick lag wachsam auf ihr. „Aber gerade hast du …“

Weiter kam Frieda nicht. Ihr Handy klingelte. Sie ging ran.

„Frieda?“, fragte Marc.

„Ja?“

„Wo bist du?“

„Im Krankenhaus. Bei Hendrik.“

„Lauf!“

„Was?“

„Du musst sofort verschwinden, Frieda! Sofort!“

30. Kapitel

Es hatte ein paar Stunden gedauert, bis sie Samuel gefunden hatten. Zuerst waren sie zu der eingetragenen Hauptmeldeadresse gefahren. Dort hatten sie nur eine leere Wohnung vorgefunden. Dann waren sie zu der letzten angegebenen Arbeitsadresse gefahren, doch hier war Samuel schon lange nicht mehr aufgetaucht. Sie hatten ein paar ehemalige Kollegen befragt, und einer von ihnen hatte von einem Heilpraktiker erzählt, zu dem Samuel lange gegangen war. Carsten. Den Nachnamen wusste der Kollege nicht mehr, nur, dass dieser Carsten auf einem sogenannten Ökohof wohnte, der irgendwo nördlich von Viden im Waldgebiet lag.

Von da an war es ziemlich leicht gewesen. Denn dieser Carsten hatte eine Homepage gehabt, auf der nicht nur sein voller Name, sondern auch die Adresse eines Ökohofs stand. Marc und Ralf waren sofort hingerast, hatten sich mit dem Dienstwagen über einen holprigen Feldweg gequält und hatten nach einer schier endlos anmutenden Fahrt vor einem mit Maschendraht- und Stahldrahtzaun abgegrenzten Grundstück gestanden. Sie hatten die Zauntür mit einem Drahtschneider aufbrechen müssen und hatten in der Mitte des weitläufigen, mit diversen Blumen- und Gemüsebeeten überzogenen Grundstücks ein verfallen wirkendes Holzhaus gefunden.

Dort drin war auch Samuel gewesen.

Und zwar tot.

„Das gibt es doch einfach nicht!“, hatte Marc gebrüllt, sich aber sofort wieder im Griff gehabt, als er den Blick von der Leiche ab- und dem Rest des großen Raums zugewendet hatte.

„Der läuft“, sagte Ralf nun und setzte sich vor einen der beiden Computer.

Marc atmete tief durch und betrachtete die Leiche noch einmal. Samuel war erschossen worden. Kein Y-Schnitt, keine entfernten Organe, nur ein einfacher Kopfschuss. Er hatte Samuel sofort erkannt, weil er die Passkopie gesehen hatte, die in der Akte gewesen war. Jemand hatte ihn einfach abgeknallt. Aber erst vor Kurzem. Marc brauchte keinen Gerichtsmediziner, um zu erkennen, dass die Wunde noch frisch war.

„Scheiße", murmelte er und rief im Revier an, um den Erkennungsdienst und Doktor Meissner anzufordern. Dann setzte er sich neben Ralf.

„Da hat es einer eilig gehabt", sagte Ralf. „Die Computer laufen beide noch."

Marc ging direkt in den Browserverlauf. Der war gelöscht worden.

„So weit war ich auch schon. Aber sieh dir mal die Ordnerstruktur an", sagte Ralf.

Das tat Marc und staunte nicht schlecht, als er viele, wohl mehrere hundert abgespeicherte Online-Artikel fand. Die Inhalte waren eindeutig. Es ging um Operationen, Obduktionen, Organe, zudem war einiges zum Thema Okkultismus und innere Reinigung gespeichert.

„Schöne Ökofarm", stieß Marc angewidert aus und klickte auf einen Ordner, der „Protokolle" hieß. Dort fand er mehrere Chatprotokolle, die Carsten oder Samuel oder wer auch immer noch Mitglied dieser kranken Community war, gespeichert hatte. Marc klickte sich durch die Protokolle und erstarrte.

„Scheiße."

„Was ist?", fragte Ralf alarmiert.

Marc starrte auf das Chatprotokoll, das er gerade geöffnet hatte. Da stand es, schwarz auf weiß, alle paar Zeilen. *Meister. Mein Meister. Lieber Meister. Hallo Meister.*

Sie hatten ihn tatsächlich „den Meister" genannt. Doch das war es nicht, was Marc so entsetzte. Was ihn da ansprang, war der Nickname desjenigen, den sie ansprachen.

Pigfarm87.

„Sie ist doch wieder in ihrer Praxis, oder?", fragte Marc und griff eilig nach seinem Handy.

„Frieda?", fragte Ralf. „Ja, ich denke schon. Sie hat doch mit uns das Krankenhaus verlassen."

Ja, dachte Marc. Ja, das hatte sie tatsächlich. Aber er kannte Frieda. Verflucht noch mal, er *kannte* diese Frau!

„Frieda?“, fragte Marc, als sie endlich ranging.

„Ja?“

„Wo bist du?“

„Im Krankenhaus. Bei Hendrik.“

„Lauf!“

„Was?“

„Du musst sofort verschwinden, Frieda! Sofort!“

31. Kapitel

FRIEDA hatte es gewusst. Sie hatte es gewusst, kurz bevor Marc angerufen hatte. Weil Hendrik sich verraten hatte. Es war nicht Samuels Vater gewesen, der ein Säufer war, sondern Hendriks Vater. Hingegen war Samuels Vater derjenige gewesen, der durch die Entscheidung der Stadträtin in die Insolvenz getrieben worden war.

Und er hatte darauf beharrt, dass *er* sie ausgewählt hatte. Er hatte es in den Telefonaten gesagt.

Und jetzt hatte er sich verraten.

Hendrik hatte sich aufgesetzt, als Frieda ans Handy gegangen war. Er verstand, dass sie es wusste. Sie konnte es an seinem Gesicht sehen. Sie wich entsetzt zurück, während Marc ihr ins Ohr brüllte. Sie stolperte über den Stuhl, den sie zuvor an Hendriks Bett geschoben hatte, fiel auf die Knie, ließ ihr Handy fallen. Sie wollte danach greifen, da packte Hendrik sie von oben so heftig an den Haaren, dass sie aufschrie.

„Nur nicht übermütig werden, Frau Doktor“, presste er hervor und zog sie an den Haaren zu sich nach oben.

„Hilfe!“, brüllte sie.

„Das wird dir nichts nützen.“

Frieda schlug um sich, versuchte, Hendrik im Gesicht zu treffen, doch er war weitaus kräftiger, als sie vermutet hatte.

„Medikamente sind etwas Tolles“, lachte er, während er erneut mit einem heftigen Ruck an ihren Haaren zog und mit der anderen Hand nach ihrer Kehle griff. „Man spürt die Schmerzen nicht mehr. Hör auf!“, schrie er, als sie erneut versuchte, nach ihm zu schlagen.

„Hilfe!“, wiederholte sie, diesmal noch lauter.

Warum kam niemand? Da standen zwei Polizisten vor der Tür! Wo, zur Hölle, waren sie?

Plötzlich ertönte ein Schuss. Dann ein zweiter. Etwas stieß gegen die Tür, dann wurde sie geöffnet und ein großer Mann mit breiten Schultern in Polizeiuniform trat herein.

Frieda hatte ihn noch nie zuvor gesehen.

„Da bist du endlich, Carsten", stieß Hendrik genervt aus, seine Finger weiterhin fest in Friedas Haare gekrallt.

„Meister", gab der Mann zurück und nickte knapp.

Frieda holte aus, da zielte der Mann, den Hendrik Carsten genannt hatte, mit der Waffe auf sie. Sie zuckte zusammen, schloss die Augen und hielt sich instinktiv die Arme vors Gesicht.

„Kannst du die verfluchte Nadel aus meinem Arm ziehen und mir die da abnehmen?", sagte Hendrik und zog erneut an Friedas Haaren.

Frieda blinzelte und sah Carsten auf sich zukommen. Sie öffnete den Mund und wollte noch einmal um Hilfe schreien, doch da war Carsten bereits neben ihr und drückte ihr den Lauf seiner Waffe fest an die Schläfe.

„Kein Wort", presste er hervor und schlang den anderen Arm um ihren Hals.

Frieda versuchte, nach Luft zu schnappen, doch Carsten drückte fest zu. Sie spürte, wie ihr Kehlkopf eingedrückt wurde. Sie griff zu Carstens Unterarm, versuchte, den schraubstockartigen Griff zu lockern, doch dieses Unterfangen war sinnlos. Sie schnappte nach Luft, gierte nach Sauerstoff, doch nichts passierte. Sie hatte das Gefühl, dass ihr die Augen aus den Höhlen traten, und dann, mit jeder Sekunde, die verging, wurde ihr schwärzer vor den Augen.

„Wir müssen verschwinden", war alles, was sie noch hörte.

Dann wurde es dunkel.

32. Kapitel

„Sie hat einfach aufgelegt!“, rief Marc, während Ralf den Wagen Richtung Krankenhaus manövrierte.

„Vielleicht hatte sie keinen Empfang dort“, sagte Ralf.

Marc konnte ihm anhören, dass er das selber nicht glaubte. „Wieso ist sie zurückgefahren? Wieso, verdammt noch mal? Wieso bringt sie sich ständig selbst in Gefahr?“

„Ich glaube, sie hat ihn schon als ihren Patienten betrachtet. Du kennst doch Frieda …“

„Der Fall war noch nicht abgeschlossen! Er war kein Patient!“

„Na ja, genau genommen war er schon ein Patient. Im Krankenhaus. Hör mal, er hatte gerade eine Operation, wie soll er sie denn überwältigen?“

„Gar nicht! Er hatte Hilfe! Carsten war längst weg, als wir auf seinem Scheiß-Ökohof ankamen. Wohin denkst du denn, dass er gefahren ist?!“ Marc stieß einen langen Seufzer aus. Sie hatten das alles geplant. Hendrik, dieser verfluchte *Meister*, war ein krankes Genie! Er war die ganze Zeit über einen Schritt voraus gewesen, und natürlich, *natürlich*, hatte er Carsten instruiert, das Krankenhaus zu beschatten, die Lage zu checken, im Fall der Fälle bereitzustehen. „Scheiße!“, stieß Marc aus und fuhr sich mit den Händen durchs Haar.

Ralf schüttelte den Kopf. „Wir brauchen zu lange.“

„Das darf doch alles nicht wahr sein! Wie konnten wir das nur übersehen?!“

„Wir haben es nicht übersehen. Wir hatten nur keine Beweise. Und zu wenige Zusammenhänge. Oder … zu viele, je nachdem, wie man es betrachtet.“

Marc presste seinen Hinterkopf gegen die Sitzlehne und schloss die Augen. Er hatte ins Telefon gebrüllt, dass sie verschwinden musste, und dann war plötzlich das Freizeichen ertönt. Seitdem konnte er

Frieda nicht erreichen. Wider jede Logik versuchte er erneut, sie anzurufen.

„Hallo?", ging jemand ran.

Marc richtete sich überrascht auf. „Wer ist da?"

„Viktor Bessling. Wir sind gerade im Krankenhaus angekommen."

Marc presste die Lippen aufeinander und schloss erneut die Augen. Dass Viktor Friedas Handy hatte, war ein beschissenes Zeichen. „Wo ist sie?", fragte er tonlos.

„Hier ist die Hölle losgebrochen. Das Krankenzimmer von Hendrik ist leer. Die zwei Kollegen, die ihn bewacht haben, sind tot. Niedergeschossen."

„Wo ist Frieda?"

„Nicht hier. Ihr Handy lag unter dem Krankenbett."

„Scheiße! Wieso hat niemand die Schüsse gehört, verdammt?"

„Weil Hendrik ein Hochsicherheitspatient ist und deshalb in einem abgelegenen Trakt des Krankenhauses untergebracht wurde."

„Ohne Handschellen?!", schrie Marc ins Telefon. Er hatte doch extra entsprechende Anweisungen gegeben!

„Nun, ich nehme an, dass das für nicht nötig befunden wurde, solange er auf der Intensivstation und dann im Aufwachraum war."

„Wertet sofort die Überwachungskameras aus!"

„Wird gemacht."

Marc legte auf. „Er hat sie", sagte er zu Ralf.

„Wir finden sie. Wo soll er denn so schnell hin? Wir haben all seine Verschläge unter Beobachtung. Die Schweinefarm, den Ökohof, seine Wohnung …"

„Er wird noch ein anderes Versteck haben. Er hat das alles geplant."

„Denkst du, er hat sich die Stichverletzung selbst zugefügt?"

„Gut möglich. Vielleicht war es auch Carsten. Er wusste, dass wir ihm auf den Fersen sind, er musste sich nur etwas Zeit verschaffen. Er hat das spätestens dann geplant, als er bei uns im Verhörzimmer gesessen hat."

Ralf nickte. „Vermutlich."

„Wir hätten ihn nie gehen lassen dürfen. Er hatte all diese Alibis, verdammt!"

„Wie hätte man denn ahnen können, dass er nicht nur einen, sondern gleich zwei nützliche Helfer hat? Gott, die Welt wird immer wahnsinniger!“ Ralf stieß diese Worte mit einer für ihn untypischen Vehemenz aus.

„Er hat mit uns gespielt. Die Anrufe bei Frieda. Die roten Pakete. Er hat Verwirrung gestiftet, hat uns mit Hinweisen und Interpretationsansätzen nur so überflutet. Er *wusste*, was er tut!“

„Ich frage mich, was das Ziel ist“, murmelte Ralf mehr zu sich als zu Marc, als er gerade zur Krankenhausauffahrt abbog.

„Keine Ahnung. Eine Armee von Kannibalen großziehen?“

„Was für ein Gedanke“, stieß Ralf angewidert aus.

Sie stiegen aus und eilten ins Krankenhaus. Sie fanden Viktor Bessling im Büro der Krankenhausleitung. Er saß an ihrem Computer.

„Was sagen die Überwachungsvideos?“, fragte Marc direkt.

„Nichts, was uns glücklich machen würde“, gab Viktor zurück und warf der Krankenhausleiterin, eine ältere Frau mit strengem Zopf und großer Goldrandbrille, einen genervten Blick zu.

Sie stand mit vor der schmalen Brust verschränkten Armen in der Ecke ihres eigenen Büros und seufzte. „Wir sind ein Krankenhaus, kein Gefängnis. Kameras gibt es nur an den Haupteingängen.“

„Wir haben den Helfer auf einem der Überwachungsvideos. Er war in Polizeiuniform. Aber er ist keiner von uns.“

„Carsten“, sagten Marc und Ralf gleichzeitig.

„Er kam beim Haupteingang rein. Er kam aber nie wieder raus. Ich bin ziemlich sicher, dass sie einfach aus dem Fenster gestiegen sind. Das Badezimmerfenster in Hendriks Krankenzimmer war offen. Und er lag im Erdgeschoss, also …“ Viktor zuckte mit den Schultern.

Ja, dachte Marc. Viel mehr gab es dazu auch nicht zu sagen. Sie hatten auf voller Linie versagt. Er wandte sich zu der Krankenhausleiterin und stierte sie wütend an. „Wieso hatte der Patient keine Handschellen um? Das wurde doch angefordert!“

„Nur, weil es von der Polizei angefordert wird, heißt das noch lange nicht, dass wir das einfach so tun dürfen. Wir brauchen dafür schon einen Gerichtsbeschluss.“ Die Krankenhausleiterin wich seinem Blick aus.

„Der war *ebenfalls* angefordert!“

„Aber er war noch nicht zugestellt.“

„Sie verarschen mich, oder?“ Marc bewegte sich auf die Frau zu, die sofort zurückwich.

Ralf zog Marc am Hemd, und er blieb stehen. Er schüttelte den Kopf und sagte: „Ich fasse das alles einfach nicht!“

„Sie brauchen jetzt nicht *uns* die Schuld zu geben, Herr Kommissar!“, fuhr die Krankenhausleiterin ihn nun an. „Hier gibt es Regeln, die wir beachten müssen. Sie haben uns keinen Häftling gebracht, niemanden, der verurteilt war, keinen Strafgefangenen. Ich kann einem Patienten nicht einfach Handschellen anlegen lassen! Himmel, ich darf noch nicht einmal ohne Gerichtsbeschluss ein Bettgitter hochstellen!“

„Der Gerichtsbeschluss *war angefordert*!“, stieß Marc zwischen zusammengepressten Zähnen hervor.

Die Frau setzte zum Widerspruch an, da packte Ralf Marc am Oberarm und zog ihn aus dem Büro.

„Es ist nicht ihre Schuld, Marc“, sagte er beschwichtigend.

„Scheißbürokratie“, schimpfte Marc.

„Ja. Und? Was jetzt?“, fragte Ralf.

Marc wandte sich um und ging mit hängenden Schultern davon. Er hatte keine Antwort auf diese Frage.

33. Kapitel

FRIEDA blinzelte einmal, zweimal und brauchte einige Sekunden, um ihre Augen an das düstere Licht zu gewöhnen. Ihr Mund war trocken, ihre Kehle brannte, und sie hatte rasende Kopfschmerzen. Sie versuchte, sich zu orientieren, doch als sie sich nach rechts drehen wollte, merkte sie, dass sie gefesselt war.

Aus einem Reflex heraus zerrte sie an den Fesseln. Als sie spürte, dass das nichts brachte und eher eine Panik auszulösen drohte, atmete sie tief durch. Sie konzentrierte sich darauf, Ruhe zu bewahren, und machte sich ein Bild über ihre Lage. Sie saß auf einem Stuhl. Sie war an Fuß- und Armgelenken gefesselt und an den Stuhl gebunden. Im Moment hörte sie nichts. Sie blickte sich um, blinzelte wieder, versuchte, ihren Blick zu schärfen. Sie saß in einer Holzhütte. Es war eiskalt. Es gab Fenster, doch die waren von außen durch Fensterläden verschlossen. Es war dunkel, lediglich eine kleine Öllampe am anderen Ende des Raumes brach die Düsternis ein wenig auf.

Frieda drehte den Kopf nach links, dann nach rechts.

Sie erstarrte.

Sie war nicht alleine. Ein paar Meter neben ihr lag eine ältere Frau auf einem Holztisch. Sie war ebenfalls an Händen und Füßen gefesselt, ihr Oberkörper war entblößt. Entsetzt stellte Frieda fest, dass Blut von ihrer rechten Hand tropfte. Oder … vor einiger Zeit getropft war. Unter der Hand hatte sich eine Blutlache gebildet und die Holzdielen dunkelrot gefärbt. Frieda starrte auf die Hand. Der kleine Finger fehlte.

„Hallo?“, flüsterte sie.

Keine Reaktion.

Sie fragte sich, ob die Frau noch lebte. In dem düsteren Licht konnte sie nicht erkennen, ob sie atmete.

„Hallo?“, fragte Frieda erneut. „Können Sie mich hören?“

Plötzlich wurde eine Tür aufgestoßen, und Hendrik trat ein, dicht gefolgt von Carsten, der einen guten Kopf größer und fast doppelt so breit war.

„Ah, du bist wieder wach“, sagte er und ging mit einem strahlenden Lächeln auf Frieda zu.

Die starrte auf das offene Hemd, das er trug, und auf den dicken Verband darunter. Hendrik folgte ihrem Blick.

„Operationsnarbe. Scheint gut zu verheilen, meinst du nicht? Möchtest du einen Blick darauf werfen?“

„Nein.“

Frieda blickte Hendrik konzentriert an. Wieso war er so fit? Er hatte eine schwere Operation hinter sich. Oder … Genau genommen wusste Frieda nicht, wie schwer die Operation tatsächlich gewesen war. Dennoch – wie konnte er kurze Zeit danach schon wieder munter durch die Welt laufen?

„Medikamente“, beantwortete Hendrik ihre stumme Frage, als hätte sie die Worte laut ausgesprochen. „Wunderwerke der Wissenschaft, oder? Aber das muss ich einer Psychologin sicher nicht erklären. Oder, wenn ich es mir recht überlege, vermutlich doch. Ihr Psychologen dürft keine Medikamente verschreiben, richtig? Dafür muss man zu richtigen Doktoren geben. Psychiatern. Ja, ich kenne mich aus. Ich wurde früher von einem Therapeuten zum nächsten geschleppt.“ Hendrik wandte sich zu der älteren Frau um. „Danke für nichts, Mami.“ Dann blickte er wieder Frieda an. „Oh, darf ich vorstellen? Mami. Oder, wie ich sie nenne: Jane Doe. So sagen die doch in Kriminalfilmen immer, oder? Bei unbekannten Opfern? Das war sie nämlich für mich. Eine Unbekannte. Ein Geist. Abwesend und fremd.“

„Also war alles wahr?“, fragte Frieda leise. Sie räusperte sich und bekam einen Hustenanfall.

Hendrik machte einen Fingerzeig zu Carsten, der sofort verschwand und kurz darauf mit einem Glas Wasser wieder in die Hütte kam. „Trink das“, sagte Hendrik und hielt Frieda das Glas an die Lippen.

Sie nahm gierig ein paar Schlucke, dann betrachtete sie Hendrik wieder. „War alles wahr?“, wiederholte sie.

„Wovon sprechen wir?“

„Von deinen Erzählungen im Krankenhaus. Über deine Kindheit.“

„Natürlich war das wahr. Ich würde dich doch nie anlügen, Frau Doktor. Du hast doch keine Angst vor mir, oder?“

„Nein“, sagte Frieda.

Natürlich hatte sie Angst. Aber die Angst lag mehr an der Situation, weniger an Hendrik. Sie hatte das bestimmte Gefühl, dass er nicht vorhatte, ihr etwas anzutun. Carsten hingegen … der war unberechenbar für Frieda. Sie verstand nicht, wer er war, warum er hier war, was er wollte, was in ihm vorging.

Hendrik folgte Friedas Blick und schien zu verstehen. „Ah, du fragst dich, wer Carsten ist, ja? Samuel hat ihn gefunden. In einem der Chatrooms. Jetzt fragst du dich, wie groß unsere Community ist, richtig? Und warum wir alle hier sind? Nun, Samuel und ich sind ganz in der Nähe aufgewachsen, wie du weißt. Carsten hier ist erst vor eineinhalb Jahren hierhergezogen. Nachdem wir ihm von unserem Plan erzählt haben. Er wollte sich auch nicht mehr nur mit Fantasien begnügen. Richtig, Carsten?“ Hendrik stellte die Frage, ohne Frieda aus den Augen zu lassen.

Carsten nickte knapp.

„Er hat ein abgeschiedenes Grundstück gepachtet und war stets auf Abruf bereit, wenn ich Hilfe benötigt habe.“ Hendrik lächelte grimmig. „Frau Doktor, Frau Doktor … Du hast keine Vorstellung, wie ungerecht viele Menschen behandelt werden. Carsten hier ist im Kinderheim groß geworden. Nicht gerade ein rosiger Start ins Leben, wie du dir sicher vorstellen kannst.“

„Das gibt euch nicht die Berechtigung …“, setzte Frieda an, hielt aber sofort den Mund, als Carsten einen bedrohlichen Schritt auf sie zu machte.

„Doch, liebe Frau Doktor. Das gibt uns sehr wohl eine Berechtigung. Wenn alle Stricke reißen, sorgt man eben selbst für Hilfe. Carsten hat seinen eigenen Racheplan, verstehst du? Oben, im Norden. Da warten ein paar Menschen darauf, von ihm … behandelt zu werden. Er konnte sich aber bisher nicht überwinden, hat nach einer guten Führung gesucht. Die hat er in mir gefunden.“

„Und Samuel?“

Hendrik zuckte mit den Schultern. „Wir hatten schon länger Kontakt. Er war schwach. Er hätte es nie geschafft.“

„Was geschafft?“, fragte Frieda.

„Das Böse aus seiner Welt zu beseitigen.“

„Das ist es, was du hier tust? Das Böse aus deiner Welt beseitigen?“

„Ja.“

„Und dann?“

„Dann bin ich geheilt.“

„Geheilt wovon? Die Fantasien werden nicht aufhören, Hendrik. Der Drang wird stärker werden.“

„Und weiter?“

„Du wirst nicht mehr lange … frei sein.“ Frieda versuchte, Zeit zu gewinnen. Sie sah Hendrik an, dass er schlau war. Und er konnte hervorragend Menschen lesen. Er war ein Soziopath wie aus dem Lehrbuch. Aber einer von der komplexen Sorte, denn seine Fähigkeit, sich in andere Menschen einzufühlen oder einzudenken, war unglaublich stark ausgeprägt.

Hendrik legte den Kopf schief und kam ein paar Schritte auf Frieda zu. „Analysierst du mich?“, fragte er leise.

„Ich versuche es“, antwortete Frieda wahrheitsgemäß. Ihr war bewusst, dass Hendrik Lügen sprichwörtlich wittern konnte. Sie erkannte es an der Art, wie er sie aufmerksam musterte, an seiner Fähigkeit, Gedanken zu erraten. Und er war hochgradig manipulativ. Eine gefährliche Mischung. Es waren Charaktereigenschaften, die bei Serienmördern oft stark ausgeprägt waren. Bei *erfolgreichen* Serienmördern, korrigierte Frieda sich in Gedanken.

„Was ist deine Diagnose?“, fragte Hendrik und klang ehrlich interessiert.

„Ängstlich-aggressive dissoziale Persönlichkeitsstörung“, sagte Frieda geradeheraus.

Hendrik hob die Augenbrauen und stieß einen Pfiff aus. „Was für überaus intelligent klingende Worte.“

„Wenn du als Kind so oft bei Therapeuten warst, hast du sie sicher schon mal gehört“, gab Frieda zurück.

„Ich will aber *deine* Diagnose hören. Dafür habe ich dich ausgewählt. Schon vergessen?“

„Eine dissoziale Persönlichkeitsstörung ist eine Verhaltensstörung. Sie wird der Psychopathie zugeordnet. Es gibt verschiedene Ausprägungen. Du sagtest, du warst als Kind ruhig, wurdest als schwach angesehen. Daher meine Annahme, dass du eine ängstlich-aggressive Ausprägung hast. Menschen wie du sind deprimiert, schüchtern, ängstlich, produzieren in Extremsituationen aber Gewaltausbrüche, die diejenigen anderer Subtypen noch weit übersteigen können. Außerhalb der Gewaltausbrüche führen Menschen wie du ein beherrschtes, normales Leben. Sie sind wenig auffällig. Auslöser für Gewaltausbrüche sind traumatische Erlebnisse. Deshalb hat sich bei dir eine kannibalistische Fantasie ausgeprägt. Aufgrund deiner Erfahrungen in der Kindheit auf der Schweinefarm.“ Frieda hatte alles gesagt, was ihr auf die Schnelle zu dem Thema eingefallen war. Sie folgte ihren Instinkten und versuchte, Hendrik zu geben, was er wollte.

Er sehnte sich nach Heilung. Er ging einen völlig falschen Weg, aber er sehnte sich unbestreitbar danach, geheilt zu werden. Sie konnte es ihm ansehen. Sie konnte es spüren.

Hendrik machte noch einen Schritt auf sie zu. Er betrachtete Frieda mit einer Mischung aus Faszination und Konzentration. „Unbeteiligt gegenüber Gefühlen anderer“, begann er monoton, fast gelangweilt, aufzuzählen. Er hob seinen Arm und tippte nacheinander auf die fünf Finger seiner linken Hand. „Missachtung sozialer Normen, unfähig, dauerhafte Beziehungen aufrechtzuerhalten, geringe Frustrationstoleranz, Unfähigkeit, aus negativer Erfahrung zu lernen.“ Er ließ beide Arme wieder sinken. „Last, but not least: deutliche Neigung, andere zu beschuldigen. Richtig, Frau Doktor?“

Sie nickte langsam.

„Mindestens drei dieser sechs Verhaltensweisen müssen vorliegen, damit eine dissoziale Persönlichkeitsstörung diagnostiziert werden kann. Richtig?“

Frieda nickte erneut.

„Schön, dass wir uns da einig sind. Und jetzt, wo wir all das geklärt haben und alle auf dem gleichen Stand der Dinge sind, können wir mit *meinem* Heilungsweg weitermachen, in Ordnung?“

„Warte!“, rief Frieda, als Hendrik sich abwandte und zu seiner Mutter gehen wollte.

„Was?“, fragte er und blickte über seine Schulter.

„Wie geht es weiter?“, fragte sie.

„Wie geht was weiter?“

„Wenn du mit deinem Plan fertig bist. Die Polizei ist hinter dir her.“

„Na und?“

„Hast du vor …“ Sie wusste nicht, wie sie die Frage formulieren sollte, wollte aber weiterhin Zeit gewinnen. „Hast du vor, dir das Leben zu nehmen, Hendrik?“

Er drehte sich langsam um. Seine Augenbrauen schossen in die Höhe. „Wieso sollte ich das tun?“

„Wo willst du hin, wenn das hier vorbei ist?“

„In den Norden. Mit Carsten. Oder in den Süden. Ohne Carsten. Frau Doktor, du denkst doch nicht, dass ich dir erzähle, wohin ich gehen werde, oder?“

Frieda fühlte so etwas wie Erleichterung. Er hatte nicht vor, sie umzubringen. Wieso hatte er sie mitgenommen? Als Geisel? Als Druckmittel? Oder, fiel es ihr nun wie Schuppen von den Augen, als Zuschauerin?

„Kannst du dich an unser erstes Telefonat erinnern?“, fragte Hendrik. „Oder nein, ich denke, es war unser zweites Telefonat. Ich habe mich darüber aufgeregt, wie leicht man an Skalpelle kommt. Erinnerst du dich?“

Frieda nickte.

„Du hast ja keine Ahnung, wie leicht es ist, an gefälschte Pässe zu kommen. Frag meine wunderbare Schwester. Oh! Stimmt. Das geht ja nicht mehr.“ Hendrik zwinkerte Frieda zu, drehte sich um und ging zu seiner Mutter. „Hey, du! Zeit, aufzuwachen.“ Hendrik hob den Arm und schnippte einmal mit den Fingern.

Carsten verschwand und kam kurz darauf mit einem Eimer Wasser zurück. Er stellte sich neben Hendrik und schüttete das Wasser über das Gesicht der Frau. Die beugte sich ruckartig auf, fiel sofort wieder zurück und riss panisch die Augen auf. Frieda sah, dass ihr Mund sich öffnete und sofort wieder schloss, als sie Hendrik über sich stehen sah. Sie drehte den Kopf hin und her, entdeckte dann Frieda und stierte sie aus angstgeweiteten Augen an.

„Wirst du wach bleiben, Mutter?“, fragte Hendrik, während er zu der Werkbank ging und zwei Paar Einweghandschuhe aus einer Lade zog.

Er zog die Handschuhe an, reichte Carsten das zweite Paar und nahm dann Schutzhauben, die wie Badehauben aussahen, aus der Lade. Er zog sich eine über den Kopf, und Carsten tat es ihm gleich. *Kein Wunder, dass auf den Leichen keinerlei DNA-Spuren zu finden gewesen waren*, dachte Frieda. Hendrik passte gut auf. Er hatte sich gut im Griff, folgte keinen Impulsen, führte jede Handlung bedacht durch. Er ging zurück zu seiner Mutter und griff zu einem Skalpell, das neben dem Holztisch auf einem kleinen Hocker lag. Er hielt es ihr vors Gesicht, und sie stieß einen erstickten Schrei aus. Sofort war Carsten an seiner Seite und stopfte der Frau ein Tuch in den Mund.

„Wir hatten das doch schon, Mutti, oder? Nicht schreien. Wach bleiben, aber nicht schreien. Okay? Es wird das Herz werden. So wie bei Steffi.“

Frieda sah, dass die Frau heftig zu zittern begann. Die Angst und der erste Schock würden sie wohl ziemlich schnell in eine Ohnmacht befördern. Zumindest hoffte Frieda das. Noch mehr allerdings hoffte sie, dass Marc sie bald finden würde.

Hendrik wandte sich wieder zu Frieda um. „Was sagst du zur Wahl der Organe, Frau Doktor? Alles kapiert?“

„Nein“, sagte Frieda wahrheitsgemäß.

Hendrik seufzte. „Schade. Ich hätte dir mehr zugetraut. Okay, ich will mal nicht so sein.“ Er blickte kurz über seine Schulter. „Gut zuhören, Mutti.“ Dann grinste er Frieda an. „Der Magen bei der Richterin … na ja, das war eine eindeutige Wahl. Meine ganze Kindheit über war mir übel. Oder … nicht meine *ganze* Kindheit. Es fing an, als Muttilein ging und uns mit unserem Arschloch von Vater alleinließ. Da wurde es richtig nett. Und wer hat die Entscheidung getroffen, ihm das Sorgerecht zuzusprechen? Und wer hat damit dafür gesorgt, dass mir ständig übel war, weil mein Vater mich mit Schweineblut und Schweineorganen gefüttert hat? Richtig. Ich fand, der Magen hätte eine nette Symbolik."

Hendrik machte eine kurze Pause und blickte Frieda fragend an.

„Okay. Verstanden", gab sie zurück.

„Mister Großbankmeister hatte dort, wo andere ein Gehirn haben, ein Geldzentrum. Ich fand, wenn irgendwo das Böse sitzt, dann dort. Na ja und die Leber von Vivi … Komm schon! Das war eindeutig, oder?"

Frieda nickte.

Hendrik drehte sich wieder um. Frieda starrte auf seinen Rücken und schickte ein stummes Gebet ins Universum. Sie wollte nicht mit ansehen, wie Hendrik seine Mutter aufschnitt. Sie *konnte* es nicht mit ansehen.

„Lass mich gehen", rutschte es ihr heraus, bevor sie darüber nachdenken konnte.

„Nein", antwortete Hendrik, ohne sich umzudrehen.

„Bitte. Du brauchst mich doch nicht."

„Ich brauche auch nicht, dass du draußen frei rumläufst, bevor ich mit alldem fertig bin. Keine Sorge, Frau Doktor. Deine Kollegen werden schon einen anonymen Hinweis von mir bekommen, wo sie dich finden. Ich lasse dich nicht im Stich."

Und dann, ganz langsam, hob Hendrik seinen Arm, hielt das Skalpell direkt vor die Augen seiner Mutter und bewegte die Hand dann im Zeitlupentempo Richtung Schlüsselbein. Frieda schloss die Augen und drehte den Kopf in die andere Richtung, weg von der grauenhaften Szenerie. Doch das brachte nichts. Sie konnte die erstickten Schreie der Frau hören, glaubte sogar zu hören, wie das Skalpell durchs Fleisch schnitt. Sie war drauf und dran, sich zu übergeben, und betete, dass die Frau endlich ohnmächtig werden würde.

„Wir lassen uns Zeit", hörte sie Hendrik sagen. „Schön wach bleiben, ja? Sonst müssen wir die Medikamente holen. Willst du raten, Frau Doktor?"

Frieda hielt weiterhin den Kopf in die andere Richtung gedreht, hatte weiter die Augen geschlossen und versuchte, so wenig mitzubekommen wie möglich. Plötzlich hörte sie Schritte auf sich zukommen. Sie zuckte zusammen, hob den Kopf und öffnete gerade die Augen, als Carsten vor ihr stand und mit seinen Pranken in ihr Gesicht griff. Er packte Frieda am Kinn und drehte ihren Kopf mit einem heftigen Ruck Richtung Hendrik.

Alles, was sie sah, war das Blut. So viel Blut. Und so viel Schmerz. Die Frau hatte ihren Kopf zu ihr gedreht und starrte sie an. *Bitte*, dachte Frieda, und ihre Augen füllten sich mit Tränen, *bitte, bitte, werde ohnmächtig*.

„Du sollst raten", sagte Hendrik, der weiter mit dem Rücken zu Frieda stand.

„Amphetamin", sprach Frieda tonlos aus. „Oder … Modafinil." Letzteres war ein Medikament zur Behandlung von Narkolepsie. Es war verschreibungspflichtig, aber in Zeiten des Darknet kam jeder an alles.

„Gut, Frau Doktor", sagte Hendrik und setzte zum zweiten Schnitt an.

Wieder ertönte das erstickte Schreien der Frau, das sich fast wie ein Quietschen anhörte.

„Du klingst wie die Schweine, die dein Mann abgeschlachtet hat", murmelte Hendrik und führte den Schnitt langsam und bedacht zu Ende.

Frieda starrte auf die grausame Szenerie, sah, wie das Blut aus den beiden tiefen Schnitten quoll und über den Holztisch nach unten auf den Boden lief.

„Ja", hörte sie Hendrik sagen. „Sieh dich nur um, Mutti. Du kennst dieses Haus, richtig? Weißt du nun endlich, wo wir sind?"

Frieda riss die Augen auf. Sie blickte sich kurz um, dann fiel ihr etwas ein. *Ja*, dachte sie, jetzt wusste sie, wo sie war. Sie konnte nur hoffen, dass auch Marc eins und eins zusammenzählte.

34. Kapitel

MARC saß in seinem Büro, die Brille in den Haaransatz geschoben, den Kopf in den Händen abgestützt. Sie hatten eine Großfahndung eingeleitet. Hatten Hendriks Wohnung auf den Kopf gestellt, die Ökofarm, Samuels Wohnung, hatten nach jedem noch so kleinen Hinweis gesucht. Doch nirgends, absolut nirgends hatten sie etwas gefunden, das auf ein weiteres Versteck, eine weitere Adresse hindeutete. Sie hatten die bekannten Handynummern geortet, die Telefonanschlüsse geprüft, sich alle Verbindungsnachweise zustellen lassen.

Nichts.

Hendrik hatte sich in Luft aufgelöst.

Sie hatten das Überwachungsvideo des Krankenhauses überprüft, nachgesehen, mit welchem Auto Carsten angekommen war. Dieses Auto stand nach wie vor in der Garage. Die Nummernschilder waren gefälscht. Sie waren tatsächlich aus dem Badezimmerfenster geflohen, das nach hinten hinaus auf eine kleine Parkanlage ging. Frieda musste ohnmächtig gewesen sein, wahrscheinlich hatte Carsten sie getragen. Oder in einen Rollstuhl gesetzt. Am Ende des Parks gab es einen kleinen Ausgang zu einer Nebenstraße und dort, so nahm Marc an, hatte ein weiterer Wagen gestanden. Genug Zeit hatte Carsten gehabt, alles vorzubereiten. Oder vielleicht war Hendrik selbst mit dem Fluchtwagen hinter das Krankenhaus gefahren, hatte sich ein Taxi zurück zu seinem Haus genommen und sich dort abstechen lassen. Marc hatte die OP-Dokumentation an Doktor Meissner geschickt und ihn gebeten, zu untersuchen, ob die Wunde selbst zugefügt worden war. Nein, hatte der schnell gesagt. Nach dem Eintrittswinkel zu urteilen, war es unmöglich, dass Hendrik sich selbst verwundet hatte.

Also hatte Carsten ihn niedergestochen. Und zwar vorsichtig und bedacht, um nur ja keine lebensbedrohliche Verletzung zu verursachen. Genug Übung hatten sie ja gehabt, stellte Marc bitter fest und fuhr sich mit den Händen übers Gesicht. Sie hatten vier Menschen aufgeschnitten, sie wussten über die Anatomie Bescheid. Außerdem hatten sie Carsten bereits überprüft. Der hatte tatsächlich mal Medizin studiert, war das zu fassen? Er hatte das Studium nicht abgeschlossen, war von einem Gelegenheitsjob zum nächsten gewechselt, war Zeitungskurier, Pflegehelfer, Barkeeper und Busfahrer gewesen, hatte immer mal wieder im Ausland gelebt, oftmals seine Spuren verwischt und war dann plötzlich wieder aufgetaucht.

Sie hatten sich gesucht und gefunden. Ein paar verlorene Seelen, die dank des Darknets eine einfache, effiziente Plattform besaßen, sich gegenseitig zu kontaktieren. Sich aufzuspüren, sich – wie hatte Hendrik noch gleich bei einem seiner Telefonate mit Frieda gesagt? – nicht mehr alleine auf dieser Welt zu fühlen.

Menschen wie Hendrik und all die anderen Wahnsinnigen hatten keinen Grund mehr, sich echte Hilfe zu suchen. Sie waren ja in guter Gesellschaft. Sie waren nicht mehr einsam, nicht mehr allein, konnten sich in Gesellschaft Gleichgesinnter endlich normal fühlen.

Marc griff zu dem Ordner, der Friedas Notizen und Protokolle enthielt, und blätterte zu der Kopie ihres Notizbuches, in das sie die Tabelle gezeichnet hatte.

3. Telefonat/nicht mehr allein; ungerecht/Ungerechtigkeit

Da stand es, schwarz auf weiß, in ihrer chaotisch-hektisch anmutenden Handschrift. Frieda hatte wie immer die richtigen Schlüsse gezogen, nur, dass ihnen das diesmal nichts gebracht hatte.

Marc blätterte lustlos durch den Aktenordner, starrte die Protokolle der Telefonate zwischen Hendrik und Frieda angewidert an. Er war kurz davor, den ganzen verdammten Ordner zu packen und gegen eine Wand zu schleudern. Doch er riss sich zusammen. Es hatte keinen Sinn, auszurasten. Das würde Frieda nicht helfen.

Er war krank vor Sorge. Vor Sorge und vor Wut. Doch er versuchte, auf Friedas Einschätzungen zu vertrauen. Sie hatte ihm gesagt, dass sie vor Hendrik keine Angst hatte, dass er ihr nichts antun würde. Marc musste darauf vertrauen, dass sie recht hatte. Dass sie, wie immer, besser verstand, wie diese Menschen tickten.

Marc hasste ihre Berufswahl. Er hatte sie immer schon gehasst. Es war, als hätte er geahnt, wo es hinführen würde. Frieda war zielstrebig und ehrgeizig, er hatte immer gewusst, dass sie an die Spitze klettern würde, dass sie alles daransetzen würde, erfolgreich zu sein. Und sie hatte es geschafft. Gleichzeitig mit ihrem Erfolg war sie zum Star der irren Community avanciert. Er hatte es mehr als einmal gesehen. Bei Gericht. Im Gefängnis. Sie sprachen von ihr, als wäre sie ihre ganz persönliche Schutzgöttin.

Es war zum Kotzen.

Marc strich über die Protokolle, starrte auf die mit Leuchtstift markierten Stellen, blätterte weiter. Da war das Gesprächsprotokoll von Nikolas Haushofer. Frieda hatte viel Wert auf seine Aussage gelegt, das hatte sie Marc gesagt. Warum, war Marc nach wie vor nicht klar. Er hatte mit alldem nichts zu tun. Wenn überhaupt, war auch er ein Opfer gewesen. Er hatte seine Freundin auf brutale Art und Weise verloren.

Steffi. Hendriks Schwester.

Marc starrte auf das Gesprächsprotokoll und stutzte. Er las ein paar Zeilen, die Frieda pink markiert hatte.

„Wo haben Sie zwischenzeitlich gewohnt?“

„Im Mitarbeiterhaus des Hotels, in dem ich beschäftigt bin. Das geht vorübergehend zu moderaten Konditionen ... Glauben Sie wirklich, er hat sie?“

„Der Meister?“

„Hä?“

„Nichts. Nun, wir haben Steffis Arbeitsvertrag gefunden. Sie war in einer Hühnerfabrik beschäftigt, richtig?“

Frieda hatte das Wort Hühnerfabrik mehrfach unterstrichen und daneben das Wort „Tiere“ notiert.

Ihre Intuition war richtig gewesen. Alles hatte auf einer verdammten Schweinefarm begonnen. Marc seufzte und blätterte weiter. Frieda hatte ein weiteres Mal mit Nikolas gesprochen und auch im zweiten Gesprächsprotokoll war eine Stelle pink markiert.

„... Sie ist keine Mörderin. Sie ... Okay, schön. Sie hatte eine beschissene Kindheit. Das hatten viele. Ihre Mutter hat sie verlassen, ihr Vater hat sie geschlagen. Aber ich weiß, dass sie von dort geflohen ist, sobald sie konnte. Als sie 18 war, erwachsen. Sie hatte mehr als genug Zeit, sich von alldem zu erholen. Sie hat die Dinge verarbeitet. Ab und zu konnte sie davon reden, das bedeutet doch etwas, oder? Dass sie von ihrer Mutter erzählt hat und sie nicht mehr immer bloß als ‚kaltherzige Bestie' bezeichnet hat, vor der sie sich im Schuppen am Teich verstecken musste."

Die Worte „Bestie" und „Teich" waren mehrfach unterstrichen. Dort hatte Frieda handschriftlich Ausrufezeichen notiert. Marc starrte auf die Worte und dachte nach. Sie hatten die Schweinefarm auf den Kopf gestellt, jeden Winkel am gesamten Grundstück und darüber hinaus untersucht. Sie hatten weder einen Teich noch einen Schuppen gefunden. Aber ...

Marc griff zum Telefonhörer. „Ralf?"

„Was gibt's?"

„Gab es dort einen Teich? Bei der Schweinefarm? Oder ... irgendwo in der Nähe?"

„Wir haben keinen gefunden."

„Aber irgendwo muss einer sein. Im Gesprächsprotokoll mit Nikolas steht, dass Steffi sich früher vor ihrer Mutter versteckt hat. In einem Schuppen beim Teich."

„Ich komme."

Ralf legte auf und stand wenige Minuten später mit einem Grundstücksplan in Marcs Büro.

„Wie alt ist der?", fragte Marc.

„Es ist ein aktueller Plan der Schweinefarm und aller umliegenden Grundstücke", sagte Ralf.

„Wir brauchen aber einen historischen Plan. 1997 ist Steffi volljährig gewesen und ausgezogen."

„Also davor“, schlussfolgerte Ralf.

Sie stellten sofort einen entsprechenden Antrag bei der zuständigen Behörde und hatten innerhalb kürzester Zeit einen Auszug als PDF-Anhang im E-Mail-Postfach.

„Teich, Teich, Teich“, murmelte Ralf, der neben Marc stand und konzentriert auf den Computerbildschirm blickte.

Der Plan war detailliert und riesig, er zeigte sämtliche Gemeindegrundstücke samt Widmung. Der Ort, zu dem die Schweinefarm gehört hatte, schien fast ausschließlich aus Feldern zu bestehen. Dennoch waren zahlreiche Baulinien und Baugrenzen eingezeichnet, außerdem verschiedene Nutzungsarten und Kürzel, die für unterschiedlichste Beschreibungen standen.

Marc starrte auf die Grünflächen und entdeckte dann eine kleine Fläche, die aufgrund der Schattierung fast unterging. „Da“, sagte er und deutete auf den Bildschirm. „Das könnte Wasser sein.“

„Das ist aber ganz schön weit weg von der Schweinefarm.“

„Man folgt ein paar Feldwegen, vielleicht 20 oder 30 Minuten. Das ist keine Strecke für ein Kind, das sich vor den Eltern versteckt. Schon gar nicht auf dem Land.“

Ralf und Marc blickten sich an. Dann notierten sie die Koordinaten und liefen los. Ralf fuhr, während Marc Verstärkung anforderte.

Es war eine lange Fahrt, die Marc unerträglich vorkam. Das letzte Stück führte über den Feldweg, den sie bereits auf dem Grundstücksplan gesehen hatten. Er war uneben und dadurch nur langsam befahrbar, und, was noch viel schlimmer war, es gab keinerlei Deckung. Sie fuhren und fuhren und vor ihnen war nichts zu sehen außer kargen Feldern und düsterem Nebel.

„Die verdammte Sicht ist gleich null“, sagte Ralf und schaltete die Nebelscheinwerfer ein.

Zu allem Überfluss brach auch langsam die Dämmerung herein.

„Wir müssen einfach die Augen offen halten … Da!“

Marc streckte den Arm aus. Vor ihnen entdeckte er einen schwachen Lichtschein. Ralf bremste sofort, schaltete die Scheinwerfer aus und stellte den Motor ab.

„Gehen wir“, sagte Marc.

Er zog die Waffe und hielt sie vor sich, während er den Rest des Weges entlanglief. Und tatsächlich – vor ihnen stand, teils verborgen hinter einer Ansammlung trockener Bäume und blattloser Sträucher, ein Holzverschlag. Marc ging langsam näher. Die Hütte war klein und erinnerte an ein Fischerhäuschen. Schräg davor sah Marc einen niedrigen Brunnen, dahinter einen kurzen Steg. Hier war auch ein kleiner Teich, der jetzt, im Winter, zugefroren war.

Ralf folgte Marc, und beide gingen leise, die Waffe im Anschlag, ums Haus. Auf der vom Teich abgewandten Seite der Hütte stand ein Wagen. Der Fluchtwagen, mit dem sie vom Krankenhaus hierhergefahren waren.

Alle Fenster waren verriegelt. Der Lichtschein, den sie gesehen hatten, stammte von einer kleinen Öllampe, die neben dem Brunnen stand. Der Boden war leicht mit Reif bedeckt, und trotz des immer weniger werdenden Tageslichts erkannte Marc Fußstapfen, die von der Hütte zum Brunnen führten.

Er stellte sich dicht an die Wand des Häuschens und lauschte. Waren das Stimmen, die er hörte?

Er bedeutete Ralf, ihm zu folgen. Sie stellten sich links und rechts neben die Tür und blickten einander an. Marc hob die Hand und hielt drei Finger in die Höhe. Er zählte stumm herunter. Drei. Zwei. Eins.

Ralf nickte und stieß mit einem heftigen Tritt die schmale Holztür auf. Marc sprang hinein.

„Polizei! Keine Bewegung!“

Bevor er überhaupt erfassen konnte, was er sah, flog bereits ein Schuss in seine Richtung. Marc feuerte ebenfalls, Ralf auch. Etwas zischte an seinem Ohr vorbei, er duckte sich und verschwand mit einer schnellen Halbdrehung aus dem Schussfeld. Die Tür war nun offen, Marc presste seinen Rücken an die Außenwand neben dem Türrahmen. Ralf hockte neben ihm.

Sie hörten, dass es hektisch wurde, obwohl drinnen kein Wort gesprochen wurde. Schritte gingen hin und her. Dann, plötzlich: „Marc!“

Frieda!

Marc war schon dabei, erneut durch die Tür zu gehen, doch Ralf zog ihn am Hemd und hielt ihn zurück.

„Es sind zwei!“, rief Frieda.

„Klappe!“, hörte Marc eine männliche Stimme brüllen.

Etwas wurde umgestoßen, irgendwo krachte es, und gerade, als Marc die Lage prüfen wollte, ging ein neuer Schuss durch die offene Tür.

Ralf klopfte Marc auf die Schulter und bedeutete ihm, dass er ums Haus gehen würde. Marc nickte und wartete.

Wieder krachte etwas. Ein Schuss fiel.

„Sauber!“, rief Ralf vom anderen Ende des Hauses.

Marc stellte sich in den Türrahmen und zielte mit der Waffe vor sich.

Er sah Ralf gegenüber an einem Fenster stehen. Er hatte den Fensterladen aufgezogen und von dieser Seite nach drinnen geschossen. Vor ihnen am Fußboden lag Carsten. Ralf hatte ihn getroffen. Marc blickte nach links und rechts. Von Hendrik fehlte jede Spur.

„Wo ist er?“, fragte Marc gehetzt, blickte dann zu Frieda und setzte nach: „Bist du okay?“

„Ja. Da ist eine Falltür hinter dem Tisch!“

Marc stürzte zum Tisch, auf dem eine blutende Frau lag.

Ralf kam übers Fenster herein. „Ich kümmere mich um sie“, sagte er.

Marc nickte und stieg die Treppen hinunter. Er stand in einem dunklen, nach feuchter Erde riechenden Kellerabteil. Er nahm sein Handy aus der Hosentasche und schaltete die Taschenlampe ein. Vor sich sah er einen schmalen, niedrigen Gang, der Richtung Feldweg führte. Marc folgte ihm langsam, die Waffe starr vor sich haltend.

„Bleiben Sie, wo Sie sind“, rief Marc laut und deutlich. „Sie haben keine Chance zu entkommen.“

Ein Schuss ertönte, und Marc ging in die Hocke. Gleichzeitig schaltete er das Licht der Taschenlampe ab. Hendrik saß in der Falle, noch dazu verwundet. Es war nur eine Frage der Zeit, bis sie ihn in die Finger bekamen.

Marc lauschte und hörte vor sich Schritte. Hendrik versuchte tatsächlich zu fliehen! Marc fokussierte sich auf das, was er wahrnahm. Er sah nichts, nur Finsternis, also schloss er die Augen, lauschte und zielte. Ein weiterer Schritt vor ihm …

Marc drückte ab.

35. Kapitel

„IST er tot“, fragte Frieda, während Ralf ihre Fesseln löste.

„Sieht so aus“, sagte er.

Als Frieda frei war, gingen sie und Ralf zu Hendriks Mutter. Hendrik hatte es geschafft, den Y-Schnitt zu vollführen. Gerade, als er die Knochensäge gezogen hatte, hatten sie ein Motorengeräusch vernommen. Hendrik hatte alarmiert innegehalten und Carsten bedeutet, die Lage zu prüfen.

Sie hatte gewusst, dass Marc sie finden würde. Als Hendrik seine Mutter gefragt hatte, ob sie endlich wisse, wo sie war, war Frieda ihr Gespräch mit Nikolas eingefallen.

Der Schuppen am Teich.

Mitten im Nirgendwo, keine Häuser, keine Nachbarn, nur Felder.

Es war perfekt.

Frieda legte ihre Finger auf die Halsschlagader der Mutter. „Sie lebt noch“, sagte sie.

Sie war viel zu lange wach gewesen, hatte viel zu viele Schmerzen ertragen müssen. Frieda griff nach der Hand der Frau und blickte sie bange an, während Ralf seinen Kollegen übers Telefon Anweisungen gab und einen Rettungswagen verlangte.

„Wir müssen die Blutung stillen“, sagte Frieda.

Plötzlich hörte sie unter sich einen Schuss.

„Bleiben Sie, wo Sie sind“, hörte sie Marc irgendwo unter der Erde brüllen.

Dann war es still.

Ralf hielt seine Waffe im Anschlag und kletterte die Treppe hinunter in den Keller. Frieda blickte ihm nach, wandte sich dann wieder zu der Frau um und suchte nach etwas, das sie auf die Wunden pressen konnte.

„Mist“, flüsterte sie. Zitternd zog sie ihren Blazer aus und legte ihn der Frau auf den Oberkörper. Sie platzierte eine Hand auf dem Bauchschnitt und den Unterarm längs über beide Schnitte unter den Schlüsselbeinen. Sie versuchte, das richtige Maß an Druck auszuüben, und wusste nicht, ob sie es gerade schlimmer oder besser machte.

„Wo bleibt die verdammte Rettung?“, murmelte sie und starrte verzweifelt auf die arme Frau.

Ein weiterer Schuss war zu hören, und Frieda zuckte zusammen.

„Spiel nicht immer den Helden, verdammt!“, stieß sie aus und starrte gebannt auf die Falltür.

36. Kapitel

MARC musste gebückt gehen, um dem schmalen, niedrigen Gang zu folgen. Weit hinter sich hörte er Schritte. Ralf versuchte, ihn zu sichern, was angesichts der Enge und Dunkelheit kein einfaches Unterfangen war. Marc war sich vollends bewusst, dass er ohne Deckung war, doch Hendrik sah genauso wenig wie er selbst. Und Hendrik war der, der auf der Flucht war.

Nur, dass Marc keine Schritte mehr vor sich hörte. Plötzlich stieß er mit dem Fuß gegen etwas und stolperte fast. Er fing sich mit einem Arm auf und stieß gegen eine Wand vor sich. Er hatte das Ende des Ganges erreicht. Er drehte sich zur Seite, tastete um sich und spürte Holz. Feuchtes Holz. Warm.

Marc schluckte und hielt sich die Hand vors Gesicht.

Blut.

Marc blickte nach oben. Noch eine Falltür.

„Ralf?“, sagte er leise.

„Hinter dir.“

„Hier ist das Ende des Ganges. Ich klettere rauf.“

„Die Verstärkung ist schon am Anfang des Feldweges. Sie sichern das Gebiet von allen Seiten ab. Er entkommt uns nicht.“

„Gut.“

Marc stieg die Treppen nach oben und öffnete die Falltür einen Spalt. Fast schon rechnete er damit, dass ihm erneut eine Kugel um die Ohren fliegen würde, doch nichts passierte. Schnell öffnete er die Luke vollständig, stieg eilig hinaus und ließ sich sofort bäuchlings auf den Boden fallen. Erst, als er Ralf neben sich hörte und er sah, dass dieser die Waffe vor sich richtete, kniete er sich hin und lauschte.

Keine Schritte.

Kein Geräusch, abgesehen vom eisigen Wind.

Dann, ganz leise, hörte er doch etwas. Er zielte sofort in die Richtung, aus der er ein Geräusch wahrnahm. Ein leises Stöhnen. Marc dachte an das Blut auf der Treppe. Er richtete sich auf und folgte den Stöhnlauten. Nach einigen Metern sah er etwas Helles im Feld liegen. Er richtete die Waffe darauf und ging langsam weiter.

„Sie … Sie … ha… haben … mich getroffen“, sagte Hendrik, der auf dem Rücken lag und Marc aus weit aufgerissenen Augen anstarrte.

„Sie sind verhaftet“, sagte Marc und richtete die Waffe direkt auf Hendriks Kopf.

„Machen Sie … schon. Er… erschießen Sie mich.“

„Nein.“

„Warum nicht?“

„Weil ich im Gegensatz zu Ihnen kein Psychopath bin. Sie werden ins Krankenhaus kommen. Sie werden behandelt werden. Ihnen wird ein Anwalt gestellt. Und wenn Sie nach einer ordnungsgemäßen Gerichtsverhandlung schuldig gesprochen und in eine Anstalt für geistig abnorme Rechtsbrecher gesperrt werden, wird Ihnen auch dort geholfen.“

Marc sprach diese Worte mit einer Ruhe, die er zuvor kaum je verspürt hatte. Der Impuls, einfach zu schießen, diesen Irren einfach abzuknallen, war nicht da.

Weiterentwicklung, dachte Marc. Es war faszinierend.

„Ist sie … tot?“, fragte Hendrik.

Marc schnaubte. „Ist das alles, was Sie interessiert?“

„Ja. Ich … ich … wollte doch … nur … geheilt sein.“

„Niemand wird Sie je heilen. Aber Ihnen kann geholfen werden. Schätze ich …“ Was wusste er schließlich schon?

„Ich will …“ Hendrik sog gurgelnd Luft ein. Er schien langsam das Bewusstsein zu verlieren.

„Was wollen Sie?“ Marc blickte auf. Ringsherum hörte er Motorengeräusche. Kurz darauf sah er zahlreiche Scheinwerfer auf sich zukommen.

„Meine … Hilfe …“, sprach Hendrik angestrengt weiter.

„In der Anstalt?“

„J… ja.“

„Was ist damit?“

„Ich … ich will Frieda.“

Epilog

EISIGER Wind blies über die Landschaft. Er sorgte dafür, dass ein ohnedies schon trostloser Wintertag noch viel beklagenswerter wirkte.

Frieda sog die kalte Luft ein, sie brannte in ihren Lungen. Sie fühlte sich überraschend … frei. Begräbnisse hatten etwas an sich, das sie kaum je richtig fassen konnte. Es lag nicht an der Trauer oder der Erschütterung. Es lag an dieser geheimnisvollen Atmosphäre, die fast etwas Heiliges an sich hatte. Ende und Neuanfang, jedenfalls sah Frieda es so.

Sie ging gern auf Friedhöfe. Sie hatten etwas Beruhigendes, aber auch etwas Endgültiges, sie waren in der Lage, einem Menschen Bodenhaftung zu verleihen, wenn er die Bedrohung wahrnahm, den Kopf zu verlieren.

Wie ich, dachte Frieda und starrte aus sicherer Entfernung auf die Szenerie vor sich. So viele Menschen waren gekommen. Alle, um ihren Vater zu verabschieden. In der ersten Reihe waren ihr Onkel Johannes und Friedas Stiefmutter gegangen. Johannes hatte sie gestützt und am Grab eine Rede gehalten. Er war ein Geistlicher, er hatte die Lage im Griff.

Niemand braucht mich hier, dachte Frieda. Doch der Gedanke war weder schmerzhaft noch bitter. Es war schlicht und ergreifend eine Tatsache.

Als sie vom Tod ihres Vaters erfahren hatte, war sie noch sicher gewesen, dass sie nicht zu seiner Beerdigung gehen würde. Dann hatte sie sich aber doch dafür entschieden.

Ende und Neuanfang.

Dafür brauchte man einen ordnungsgemäßen Abschied. Und den nahm sie jetzt. Aus sicherer Entfernung. Sie lehnte an einem Baum und betrachtete die vielen Trauergäste, fragte sich, wer sie alle waren. Freunde, Kollegen, sogar ein paar Lokalpolitiker. Ihr Vater war ein angesehener Anwalt gewesen. Man hatte ihn gekannt. Und man betrauerte ihn. Sogar Michael Merten war unter den Gästen, stellte Frieda fest und wandte angewidert den Blick ab. Und plötzlich sah sie ihn. Ihr Herz machte einen Sprung, ihre Knie wurden weich. Sie stieß sich vom Baum ab und folgte dem Weg Richtung Ausgang.

„Was tust du denn hier?“, fragte sie.

Marc lächelte. „Auf dich aufpassen.“

Frieda nickte und senkte den Blick.

Er war da. Sie hatte ihm nicht vom Tod ihres Vaters erzählt, nicht vom Begräbnis, sie hatte ihn nicht gebeten, den Fels in der Brandung zu spielen. Sie hatte das hier alleine durchgezogen. Hatte Trauer und Frust und alle Emotionen, die mit dem Tod einhergingen, selbst verarbeitet.

Und trotzdem war er hier.

Sie schluckte und ging weiter. Er ging neben ihr her, legte die Hand sanft in ihren Rücken, führte sie zum Auto.

„Alles okay?“, fragte er.

Sie blieb stehen, hob den Kopf und sah ihm in die Augen.

Keine Brille, dachte sie. Kein Schutzwall gegen die Welt. Wofür auch? Hier waren nur er und sie, niemand anderer. Die Mauern, die sie beide um sich herum errichtet hatten, hatten sie gemeinsam gebaut. Und beide hatten sie eine kleine Tür eingebaut, die Durchgang zum jeweils anderen gewährte.

Wenn man jemanden gefunden hat, ohne den man nicht existieren kann, dann sollte man ihn festhalten.

Frieda lächelte. „Kannst du dich an unsere erste Verabredung erinnern?“, fragte sie.

Marc hob überrascht die Augenbrauen. „Natürlich.“

„Das ist tausend Jahre her.“

Marc zuckte mit den Schultern. „Kommt mir wie gestern vor.“

Sie lachte. „Wir waren Eisessen. Dann sind wir spazieren gegangen.“

„Dann sind wir bei einem Friedhof vorbeigekommen. Du bist stehen geblieben und hast gesagt: ‚Ich mag Friedhöfe‘. Und ich dachte, du bist die eigenartigste Person, die mir je über den Weg gelaufen ist.“

Sie sah ihm in die Augen. „Und ich dachte: Das habe ich noch nie jemandem erzählt. Wieso habe ich das gerade gesagt?"

Marc legte den Kopf schief. „Geht es dir gut?"

Sie nickte knapp. „Es geht mir gut."

„Das mit deinem Vater tut mir leid."

„Muss es nicht."

„Wirst du ihn behandeln?", fragte Marc zusammenhanglos.

Frieda wusste, von wem er sprach. „Ja", sagte sie und hatte zum ersten Mal nicht das Gefühl, von Marc dafür verurteilt zu werden. „Ja, ich werde Hendrik behandeln."

„Aber nicht heilen, oder?"

Sie schüttelte den Kopf. „Man kann nicht jeden heilen."

„Nicht mal du?", fragte er und zog einen Mundwinkel nach oben.

Sie musste ebenfalls lächeln. „Nein. Nicht einmal ich."

Wieder sahen sie sich lange in die Augen. Dann nickte er ihr zu. „Lust auf ein Eis?"

Sie lachte schnaubend. „Es ist Winter."

Marc richtete den Blick in den grauen Himmel. „Das war es damals auch."

Frieda legte den Kopf in den Nacken. „Ich erinnere mich."

„Lust auf eine Wiederholung?"

Frieda sah Marc an. Sie wusste nicht genau, worauf er sich bezog. Das Eis? Die Verabredung? Alles? Aber im Grunde war es egal. Denn die Antwort war ein und dieselbe.

„Ja."

ENDE

Eine kleine Bitte zum Schluss ...

Wir hoffen, Ihnen hat dieses Buch gefallen …

Der schnellste Weg, andere Leser da draußen an Ihren Erfahrungen mit diesem Buch teilhaben zu lassen, ist eine Rezension im Online-Buch-Shop. Ihr Feedback hilft nicht nur anderen Lesern, Neues zu entdecken, sondern auch dem Autor, zu verstehen, was aus Lesersicht in diesem Buch gut und weniger gut ist. So kann sich der Autor weiterentwickeln und Ihnen sowie anderen Lesern in Zukunft noch schönere Geschichten präsentieren. Außerdem sind Ihre Erfahrungen, Erkenntnisse und Eindrücke als ehrliches Leser-Feedback eine enorme Wertschätzung vieler liebevoller Arbeitsstunden, die in dieses Buch geflossen sind.

Danke also schon im Voraus, wenn Sie sich zwei bis drei Minuten Zeit nehmen und eine kleine Bewertung zum Buch z.B. auf Amazon veröffentlichen.

Mehr zum Autor finden Sie auf
www.gunnarschwarz.de,
www.facebook.com/gunnarschwarz.autor,
www.instagram.com/gunnarschwarz.autor und
www.feuerwerkeverlag.de/schwarz

<u>Gratis</u> Kurzthriller sichern

Bitte nicht sie!

Kostenloser Nervenkitzel. Auf 80 Seiten. Trauen Sie sich?

„Hängen da oben etwa Füße? In pinken Socken? Oh mein Gott, ist das ein Kind?“

Ein Raunen geht durch die Menge, als auf dem Marktplatz über der goldenen Turmuhr ein Fenster geöffnet wird und kleine Füße in rosa Söckchen zum Vorschein kommen. Kurz darauf wird der Rest des Körpers sichtbar und an einem Seil aus dem Fenster gestoßen. Die Menge ist in Schockstarre. Die Polizei wird gerufen.

Als Kommissar Theo Sammers kurze Zeit später am Ort des Geschehens erscheint, um die aufgebrachte Menge zu beruhigen, gefriert ihm das Blut in den Adern. Denn das, was er sieht, ist ihm nur allzu vertraut …

Den 80-seitigen Kurzthriller komplett kostenlos herunterladen:
<u>https://www.gunnarschwarz.de/kurzroman</u>

Weitere Bücher des Verlages

Das Flüstern der Puppen

Gunnar Schwarz

Lena Freyenberg und Henning Gerlach bekommen es in ihrem ersten gemeinsamen Fall mit einem albtraumhaften Spiel um Leben und Tod zu tun. Ein Serienkiller ermordet seine Opfer auf eine seltsam vertraute Art und Weise und lässt an jedem Tatort eine verunstaltete Puppe zurück.

Nach und nach entschlüsseln die Ermittler das Muster hinter den Morden, die Verbindung zwischen den Opfern und die Bedeutung der Puppen. Doch vom Täter fehlt weiterhin jede Spur.

Als Lena und Henning schließlich erkennen, dass sie selbst ihren engsten Verbündeten nicht mehr vertrauen können, hat der Killer sein Ziel beinahe erreicht. Und plötzlich holt die Vergangenheit nicht nur die Toten, sondern auch die Ermittler erbarmungslos ein …

Braves Kind

Gunnar Schwarz

In Hamburg verbreitet sich ein verstörendes Video. Ein Mädchen in einem weißen Kleid liegt tot am Elbufer, in ihrer Hand hält sie eine blutverschmierte Stoffpuppe. Kommissarin Sina Claasen nimmt zusammen mit ihrem Kollegen Eric Bartels die Ermittlungen auf. Doch anstatt des Kindes finden sie die grausam zugerichtete Leiche eines Hamburger Politikers. Als weitere Mädchen verschwinden, wird schnell klar, dass das vermisste Mädchen und der tote Politiker nur die Spitze eines unfassbaren Eisbergs sind. Und je tiefer die Ermittler graben, desto mehr sehen sie sich einem tiefschwarzen Abgrund gegenüber - einem Abgrund, der auch sie in die Tiefe zu reißen droht...

Nasses Grab – Zwischen Mord und Ostsee

Thomas Herzberg

Am Ostseestrand der Halbinsel Holnis, Dänemark in Sichtweite, wird die schrecklich entstellte Leiche eines Mannes gefunden. Eine Hiobsbotschaft, die kurz vor Start der neuen Urlaubssaison zahlende Gäste abschrecken könnte. Somit ist bei den Ermittlungen Leisetreten angesagt. Ina Drews und Jörn Appel – das neue Team der Flensburger Mordkommission – kommen da gerade recht. Aber schon ihr erstes Aufeinandertreffen endet im Eklat, wofür es gute Gründe gibt. Während sich die beiden widerwillig zusammenraufen, geht es mit den Ermittlungen anfangs erfreulich schnell voran. Doch mehr und mehr versinkt alles sicher Geglaubte in einem Strudel aus Lügen und Halbwahrheiten. Hinzu kommt Druck von oben, mit dem sich Ina und Jörn noch zusätzlich herumschlagen müssen. Dabei gerät selbst der Mordfall zeitweise in Vergessenheit...

Düsterhof

Melisa Schwermer

Eine junge Frau wird in ihrer Wohnung überfallen und bestialisch ermordet. In scheinbar blinder Wut hat der Täter unzählige Male auf sie eingestochen. Schnell fällt der Verdacht auf ihren Ex-Freund, der die Trennung offenbar nicht überwunden hat.

Doch seine Anwältin Annabelle Hart glaubt nicht, dass er der Täter ist, auch wenn alles auf ihn hindeutet. Gemeinsam mit dem Privatdetektiv Felix Hertzlich macht Annabelle sich daran, die Unschuld ihres Mandanten zu beweisen und stößt dabei auf einen kranken Killer, der eine Frau nach der anderen hinrichtet.